中學生◉◉文言經典選讀

詩經

陳煒舜　凌頌榮　編著

中華教育

導言

引言

《詩經》作為五經之一，論者一般認為這是現存最早的詩歌總集，可謂中國詩歌的源頭，亦是古人必讀的經典。這本書共收入自西周初年（約公元前 1100 年）至春秋中期（約公元前 600 年）大約五百多年間的詩歌三百零五篇（另外還有六篇有題目無內容，即有目無辭，稱為笙詩），故又稱「詩三百」。西漢是經學時代，「詩三百」被尊為儒家經典，始稱《詩經》，並沿用至今。

人類早在洪荒時代，應該已有歌謠樂章的產生，正如《禮記・樂記》所謂「歌詠所興，宜自生民始也」。現存不少古逸詩，就有產生於遠古的作品。又例如《山海經》《墨子・非樂》記載夏啟時候有〈九歌〉〈九辯〉等歌舞，商湯時代又有〈晨露〉〈桑林〉等樂章。可惜的是，這些作品不是早已亡佚，就是斷簡零篇，殘缺難認，甚至為後人所偽託。

《詩經》作品的創作時間從西周初年到春秋中葉，前後綿延五百多年。從產生的地域來看，除了周王畿之外，還涵蓋了當時各諸侯國統治的地區，包括現在陝西、山西、河南、山東、湖北等地，範圍十分遼闊。作者的身份，有平民，有貴族。題材的類別，有愛情、婚姻、征戰、祭祀、宴飲等等，非常繁富多樣。就當時的社會狀況來說，交通不發達，通訊不方便，那麼這樣的一本書，是在甚麼情況下才能彙編在一起呢？不僅如此，我們還可以進一步推問：是誰編選成書的？甚麼時代編成的？問題接踵而至。

采詩與獻詩

《詩經》中很大一部分作品，應是透過采詩和獻詩的方式而收集的。關於采詩和獻詩，大家可以先看以下幾條材料。如《左傳・襄公十四年》記師曠引《夏書》曰：

遒人以木鐸徇於路。官師相規。工執藝事以諫。正月孟春。於是乎有之。

杜預注：

遒人，行令之官也。木鐸，木舌金鈴。徇於路，求歌謠之言也。

西周時代，天子身邊有所謂采詩之官。遒人就是采詩之官，會在路中搖起木鐸——這木鐸是銅廓木舌，聲音與一般鈴鐺不同。金木相叩，老百姓聽到木鐸的聲音，知道官員要來采詩，就將自己懂得的詩歌唱給遒人，讓他記錄下來。《漢書・食貨志上》則提到：

孟春之月，羣居者將散，行人振木鐸徇於路以采詩，獻之太師，比其音律，以聞於天子。故曰：王者不窺牖戶而知天下。

太師，就是天子身邊的大樂官。樂官會將遒人所搜集的詩歌加以整理，包括音律和文字，並且改詩歌的語言為雅言，然後向天子演唱。為甚麼要演唱？不是純粹為了娛樂，而是如《漢書・藝文志》所說：「王者所以觀風俗，知得失，自考正也。」如果當地的老百姓對政府某些施政不滿，就會作詩諷刺，滿意的話就會作詩歌頌。天子聽了這些詩歌，即可以了解各地的施政得失，此謂之采詩。《國語・周語上》則提到：

故天子聽政，使公卿至於列士獻詩，瞽獻曲，史獻書，師箴，瞍賦，矇誦，百工諫，庶人傳語，近臣盡規，親戚補察，瞽、史教誨，耆、艾修之，而後王斟酌焉，是以事行而不悖。

意思是天子要公卿、士大夫等貴族和官員獻詩，看看官員對時局是否有所頌揚或諷諫。采詩和獻詩是兩種搜集方式，前者是通過遒人採集，後者是通過貴族官員進獻所得。因此吳宏一教授指出：「采詩是官員到民間去採集歌謠之言，獻詩是官員或貴族所呈獻的詩篇；采詩是在上位者有取於下，而獻詩是在下位者有奏於上。但二者雖似有別，實則一事。」（《詩經與楚辭》）采詩以民間作品為主，輯為「國風」；而獻詩則以貴族作品為主，輯為「二雅」。今本《詩經》中，大部分「國風」作品和一些〈小雅〉作品，是通過采詩而來；「二雅」大部分作品和一小部分的「國風」作品，尤其是以政治諷諫為主題的，無疑就是當時獻詩所得；至於某些〈大雅〉作品和〈周頌〉，則是由周朝歷代掌握詩樂的太師整理、保存而來。孔子之前，周朝的民間沒有甚麼高等教育可言。民間不興私學，《詩經》《尚書》這些典籍都保留在宮廷裏面，平民要接受教育非常困難。《詩經》除了讓天子「知得失、自考正」以外，也是貴族子弟學習的課本之一。

采詩與獻詩的講法是有一定根據的，因為要編成《詩經》這樣一部詩集，必須動員國家的力量，才有機會完成編集。通過采詩、獻詩的渠道，王官到民間採集的詩歌，公卿以至列士所呈獻的作品，以及太師所保存的舊章，越到後代，累積的資料一定越多。經過周朝歷代樂官不斷的篩選、整理、加工、配樂，我們今天所說的《詩經》就逐漸形成了。不過，此書當時還不稱為《詩經》，只泛稱為《詩》而已。它的編纂，既非成於一時，亦非出自一人。它被編訂成我們今天看到的樣子，應該是在孔子采為教本之後。

《詩經》的編纂

《詩經》有十五「國風」，有「二雅」，有「三頌」。今人趙逵夫先生〈論《詩經》的編輯與《雅》詩的分為「小」「大」兩部分〉一文，對於《詩經》的編纂，有「兩次編集說」，很值得參考。他認為，第一次編集的只有〈周南〉〈召南〉〈邶風〉〈鄘風〉〈衞風〉和〈小雅〉。這次所編集的作品大部分產生於西周末年、東周初年，而以周宣王時代的為最多。也就是說，第一次編集的作品時間較為集中，沒有太早的，也沒有太遲的。而編者大概是召公虎的後裔。

至於其他篇章，都是第二次增編的。這些增編的作品有周初的，如〈周頌〉〈豳風〉，也有春秋中葉的，如一般認為〈秦風·渭陽〉是秦康公（公元前 620 年至公元前 609 年在位）送母舅之作，〈陳風·株林〉是譏刺陳靈公（公元前 613 年至公元前 599 年在位）與夏姬淫亂之詩。這兩首作品在《詩經》中，應該是年代最晚的作品。

就地域上而言，首次編集所包括的地區有三個：第一是江、漢、汝、淮流域，也就是周南、召南之地。第二是衞國，包括邶、鄘二國的故地。第三是西周王畿之內，也就是〈雅〉詩產生的範圍。而在第二次增編的作品地區，西至於秦（陝西、甘肅），東至於齊（山東），北至於衞（河南省北部）、晉（山西省），南至於江漢流域（湖北）。

趙先生又指出《詩經》的編纂動機：「西周厲王暴虐，國人起義趕走厲王後，周定公、召穆公主持朝政，所謂『共和，二伯行政』。周朝東遷之後，周、召二公世裔地位的今不如昔，使他們產生了對過去的深深懷念。《詩經》最早的本子，就是周、召二公的後代抱着這種思想感情而編集的。」此外，周召共和時期還有一位重要人物共伯和，大概就是後來的衞武公。第一次編集時，在〈周南〉〈召南〉

之後還有邶、鄘、衛三國之風，就是出於這個原因。

孔子與《詩經》

孔子出生在魯國。這是周公教化所及的舊封地，對文化的繼承發揚，古籍的整理保存，都比較注意。《左傳・昭公二年》記敍晉國韓宣子到魯國時曾經讚歎地說：「周禮盡在魯矣！吾乃今知周公之德，與周之所以王也。」可見魯國的文化地位，在列國是公認的。這一年孔子十二歲。儘管孔子後來在政治上不得意，但他開啟私人講學的風氣，有教無類，還對古代文獻進行搜集、整理。他感歎王道陵夷、禮樂崩壞，懷念周公的美德，因此致力於搜集魯、周、宋、杞等故國文獻，重加整理，編成《詩》《書》等六經教本，用來教導學生。這些教本流傳下來，就成了儒家學派的經典。

近人周予同在〈六經與孔子的關係問題〉中指出，孔子門下弟子前後三千人，通六藝者七十二人。既然學生那麼多，很難想像他講學授徒時沒有教本。例如《詩經》，在整理編次時便可能有所刪訂加工。孔子以前，《詩經》已有傳本，而且不止一次經過刪訂加工。孔子采為教本時，也當有所加工。

歷代文獻都有孔子整理《詩經》的記錄，如在《論語・子罕》提到：「吾自衛反魯，然後樂正，雅頌各得其所。」這逐漸衍申成孔子刪詩說，即如《史記・孔子世家》提到：「古者詩三千餘篇，及至孔子，去其重，取可施於禮義，上采契后稷，中述殷周之盛，至幽厲之缺，始於衽席，故曰：『〈關雎〉之亂以為風始，〈鹿鳴〉為小雅始，〈文王〉為大雅始，〈清廟〉為頌始。』三百五篇孔子皆弦歌之，以求合韶武雅頌之音。禮樂自此可得而述，以備王道，成六藝。」《漢書・藝文志》也記載：「孔子純取周詩，上采殷，下取魯，凡三百五篇。」大家要留意，上文提到孔子刪詩，將三千多首詩作刪為三百首左右。孔子向來重視保留古籍文獻，如果說他將當時保留的詩作刪去十分之九，似乎不太可能。王充在《論衡 · 正說》提到：「《詩經》舊詩亦數千篇，孔子刪去復重，正而存三百篇。」可能總篇數是數千篇，但裏面重複的佔大多數，因此孔子可能做過校勘的工作，將重複的篇章剔除，然後有所整理，最後編定三百零五篇。與其說孔子刪詩，倒不如說是校勘。因此，孔子刪詩之說，由唐代的孔穎達開始，已備受質疑。孔穎達提到：「書傳所引之詩，見在者多，亡逸者少，則孔子所錄不容十分去九。馬遷言古詩三千餘篇，未可信也。」自宋代朱熹以迄清代朱彝尊等，紛紛提出不贊成的理由，吳宏一教授將這些理由歸納為幾點：

第一，孔子在《論語》中時常提到《詩》和《詩三百》，可見《詩經》的篇目在當時已有定數，而且孔子自己從未有過刪詩之語。

第二，《左傳 · 襄公二十九年》記載吳公子季札到魯國觀樂，樂工所演奏的次序與今本《詩經》順序大致相同，當時孔子才八歲。可見孔子之前，《詩經》已有傳本。

第三，孔子說「鄭聲淫」，要「放鄭聲」，但今本《詩經》卻保留了這些靡靡之音。《史記》也說孔子對古詩只「取可施於禮義」之作，然而像《儀禮》所引用過的逸詩，如〈肆夏〉〈新宮〉等，應皆「可施於禮義」，但為甚麼反而在摒棄之列呢？

關於風雅頌

接下來我們討論一下「六義」的概念。《周禮 · 春官 · 宗伯》將「六義」稱為「六詩」：「太師⋯⋯教六詩：曰風，曰賦，曰比，曰興，曰雅，曰頌。」〈詩大序〉提到：「先王以是（《詩經》）經夫婦，成孝敬，厚人倫，美教化，移風俗。故《詩》有六義焉，一曰風，二曰賦，三曰比，四曰興，五曰雅，六曰頌。」孔穎達認為「風、雅、頌者，詩篇之異體；賦、比、興者，詩文之異辭耳。大小不同而得並為六義者，賦、比、興是《詩》之所用；風、雅、頌是《詩》之成形。用彼三事成此三事，是故同稱為義，非別有篇卷也。」風、雅、頌指的是《詩經》的不同文體，賦、比、興，指的是《詩經》的不同寫作手法。

南宋鄭樵在《六經奧論》論及《詩經》的體裁，他說：「風土之音曰風，朝廷之音曰雅，宗廟之音曰頌。」簡單來講，「風」就是民歌，「雅」就是朝廷音樂，「頌」就是宗廟祭祀的音樂。因此有人認為「風」是民間文學，「雅」和「頌」是貴族文學。「風、雅、頌」的概念是從文體上來劃分。

而〈詩大序〉又以作用劃分風、雅、頌三體：「風，風也。風以動之，教以化之⋯⋯上以風化下，下以風刺上。主文而譎諫，言之者無罪，聞之者足以戒，故曰風。⋯⋯以一國之事，繫一人之本，謂之風。」風，即是諷諫之意。如果對在上位者進行諷諫，很難直斥其非，因此必須婉轉，此謂之「譎諫」。〈詩大序〉又提到：「言天下之事，形四方之風，謂之雅。雅者，正也，言王政之所由廢興也。政有小大，故有小雅焉，有大雅焉。」雅就是產生於周天子王畿的作品，因此能聚集「四方之風」，成為雅詩。「頌者，美盛德之形容，以其成功告於神明者也。」可見這裏強調頌的祭祀功能。

〈詩大序〉是從功能考慮風、雅、頌的問題，宋代朱熹在〈詩集傳序〉中，則以作者內容劃分。他提到「凡詩之所謂風者，多出於里巷歌謠之作，所謂男女相與詠歌、各言其情者也。惟〈周南〉〈召南〉，親被文王之化以成德，而人皆有以得其性情之正。故其發於言者，樂而不過於淫，哀而不及於傷。是以二篇獨為風詩之正經。若夫雅頌之篇，則皆成周之世，朝廷、郊廟樂歌之詞，其語和而莊，其義寬而密，其作者往往聖人之徒，固所以為萬世法程而不可易者也。」鄭樵於《六經奧論》中則以音樂分：「風土之音曰風，朝廷之音曰雅，宗廟之音曰頌。」而今人周滿江先生又綜合而論云：「風雅頌是古代的三種詩體，這三體的區分，既有音樂及作者方面的原因，也有政治上的原因。」(《詩經》)

〈詩大序〉又提到，不同時代就會產生不同風格的作品：「治世之音安以樂，其政和；亂世之音怨以怒，其政乖；亡國之音哀以思，其民困。故正得失，動天地，感鬼神，莫近於詩。……至於王道衰，禮義廢，政教失，國異政，家殊俗，而變風變雅作矣。國史明乎得失之跡，傷人倫之廢，哀刑政之苛，吟詠情性，以風其上，達於事變，而懷其舊俗者也。故變風發乎情，止乎禮義。發乎情，民之性也；止乎禮義，先王之澤也。」亂世之後，政治不清明，人們不滿於朝政，自然會產生「變風」「變雅」。「正風」「正雅」以歌頌為主，而「變歌」「變雅」則以諷諫為主。

頌體一般只有歌頌內容，因此無所謂正、變之分，但宋朝以後有不同的看法。如宋人王柏於《詩疑》中提到：「頌有兩體，有告於神明之頌，有期願福祉之頌。告於神明者，類在頌中；期願之頌，帶在風雅中。〈魯頌〉四篇有風體、有小雅體，有大雅體，頌之變體也。」清人袁枚《隨園隨筆·詩有變頌》則進一步說：「金華王柏謂變風變雅之外有變頌焉，〈魯頌〉〈商頌〉是也。」可備一說。

關於賦比興

「賦、比、興」指的是寫作技巧。「賦者，鋪也」，就是鋪陳的意思，也可以說是直敍、說理。如〈鄭風·狡童〉：「彼狡童兮，不與我言兮，維子之故，使我不能餐兮！」直接描寫了打情罵俏的情狀，平鋪直敍，可以算作「賦」。何謂「比」？簡單來說，「比」就是以比喻的手法敍事或抒情，如〈周南·關雎〉：「關關雎鳩，在河之洲，窈窕淑女，君子好逑。」雎鳩這種水鳥，據聞十分恩愛，在水邊互相和鳴，「關關」就是和鳴的聲音。如何從水鳥說到人？一方面是觸景生情，另一方面，據說雎鳩這種水鳥對於伴侶是忠貞不二的，所以詩人從雎鳩和鳴聯繫到君子、淑女。從文字學的角度來說，「比」字是指兩人並排而立，引申為比喻的意思，不論是明喻、暗喻、借喻，都屬於「比」。

所謂「興」，簡而言之就是觸景生情，先寫景狀物，以感發意志，引起聯想，從而抒情。孔子說：「興於詩，立於禮，成於樂。」又說：「詩可以興、觀、羣、怨。」可見對詩歌的「興」義最為重視。然而，「興」又是三者中最微妙的概念。像前面所談的「比」，我們可以從雎鳩聯想到君子、淑女，關係十分直接明顯，但「興」的關係不如「比」明顯。如果我們說「比」是比喻，那麼「興」就有一種象徵意義，而這種象徵意義，有時明顯，有時不明顯。和比喻相較，象徵可以更直接明顯，也可以更隱晦曖昧，令人更難把握，但這也正是象徵手法的迷人之處。大家再看〈秦風・蒹葭〉：「蒹葭蒼蒼，白露為霜。所謂伊人，在水一方。」這是觸景生情。「蒹葭蒼蒼」是秋景，看見蘆葦的景象，想起伊人，兩者之間有何關聯呢？如果說完全無關，好像也說不過去——因為「蒹葭蒼蒼，白露為霜」是描述一種比較清冷的秋景，似乎暗示了所思念的女子，有一種「絕世而獨立」，不食人間煙火的象徵意味。所以，箇中關係難以明辨毫厘，但它已引發你的情緒，因此稱為「興」。但有時「比」「興」兩者很難分辨。以〈關雎〉為例，有朋友也許會說：「我從來沒有見過雎鳩，不知道雌雄雎鳩的感情如何地好，因此也無從由『關關雎鳩』聯想到君子、淑女。」如此一來，這與因「蒹葭蒼蒼」而想到伊人，有何分別？故此，詩中呈現得較為明顯的比喻才算作「比」，而「興」中未必沒有比喻的意味，但只在有無之間。「比」和「興」通常合稱「比興」，其因在此。

結語

本書之撰寫，主要是配合青少年之興趣。為便閱讀，筆者從《詩經》十五「國風」、二「雅」、三「頌」之中各選取作品若干，加以語譯、注釋，並配有強化訓練、「想一想」欄目。語譯部分，筆者以為如果採用五言則字數太少，七言唸起來像順口溜，雜言或更長的句子像散文，都不大具有詩味。相形之下，翻譯以六言為主似乎最為適合 —— 不但長短適中，沒有太多贅字冗詞，而且能承襲四言那種兩字一音步的節奏，保存了一點《詩經》原作的雍容感。至於原文的押韻形式，則基本上加以保留、模擬。

注釋部分，筆者從每一作品中選出重要或艱深的字詞，以今人常用的表達方法作解說，務求疏通讀者對詩句的理解。有感學習所需，一些不常用的字詞亦標注了粵語和普通話的讀音。如同孔子所稱，《詩經》可以助人「多識於鳥獸草木之名」，故注釋動物或植物的名稱時，除了點明其於現代的名稱之外，亦會加入適量的描述，令年輕讀者在增進語文知識的同時，亦能夠對古今事物加深認識。另一方面，去古甚遠，古今語言變化不少，加上詩歌形式含蓄婉轉，各家對部分字詞的解釋往往存有歧見。面對此種情況，筆者顧及引發思考的宗旨，傾向不作武斷，而是保存幾種合理且可行的說法，供由讀者自行斟酌。

就「強化訓練」和延伸思考的「想一想」兩欄，筆者期望讀者在閱讀和賞識詩歌以外，亦能鞏固各類語文知識，達至自學有成的效果。「強化訓練」，恰如其名，針對詞性判辨、代詞解讀、押韻模式和修辭手法等，並附有參考答案，以配合年輕讀者於日常學習所需。即使《詩經》並非中學語文課程的指定篇章，但其中的古漢語常識實無時代限制。若能舉一反三，實有助提升析讀古典詩文的能力；「想一想」涉及的範疇則更廣泛，從《詩經》內部的課題到整個文化體系的思考，旨在觸及不同知識層面。筆者會就作品的內容、情感等加以發揮，藉由提問提起讀者的興趣，引導思考。問題皆採用開放思考的形式，所以不設答案，隨緣討論。

囿於筆者的水準識見，本書必然有不少瑕疵，還望大雅君子有以賜教。

编者

陳煒舜

主要參考書目

- [漢] 鄭玄箋、[唐] 孔穎達正義：《毛詩正義》，台北：藝文印書館，1985。
- [宋] 朱熹：《詩集傳》，上海：上海古籍出版社，1980。
- [清] 馬瑞辰：《毛詩傳箋通釋》，北京：中華書局，1998。
- [清] 方玉潤：《詩經原始》，北京：中華書局，1986。
- 吳宏一：《詩經新繹》，台北：遠流出版有限公司，2018。
- 吳宏一：《詩經與楚辭》，台北：台灣書局，1998。
- 周滿江：《詩經》，上海：上海古籍出版社，1980。
- 陳子展：《詩經直解》，上海：復旦大學出版社，1997。
- 程俊英、蔣見元：《詩經注析》，北京：中華書局，1991。
- 程俊英：《詩經譯注》，上海：上海古籍出版社，2004。
- 褚斌杰：《詩經與楚辭》，北京：北京大學出版社，2002。
- 糜文開、裴普賢：《詩經評注讀本》，台北：三民書局，1995。
- 趙逵夫：〈論《詩經》的編輯與《雅》詩的分為「小」「大」兩部分〉，《河北師範大學學報（社會科學版）》1996 年第 1 期，頁 74-84、90。

目錄

齊風

魏風、唐風、秦風

陳風、檜風、曹風

豳風

小雅

大雅

周頌、魯頌、商頌

強化訓練參考答案

周南、召南

周南、召南

【題解】

「國風」，戰國楚竹書《孔子詩論》又稱「邦風」。無論國、邦，指涉的不僅是諸侯國，也可能是地區。《詩經》共有十五「國風」，包括周南、召南、邶、鄘、衞、王、鄭、齊、魏、唐、秦、陳、檜、曹、豳等地的詩歌共一百六十篇，作品年代上迄西周初年，下至春秋時代。作者方面，一般認為以民間詩人為主，也有少數的貴族詩人。換言之，「國風」篇章以民歌為主，具有濃郁的地方色彩。

據載西周初年，開國重臣周公旦與召公奭「分陝而治」。也就是以陝原（今河南省三門峽市陝州區）為界，把周王朝劃為東、西兩大行政區；周公駐守東都洛邑，統領東方諸侯，召公駐守西都鎬京，統治西方諸侯。這兩大行政區的南疆，達到長江、漢水、汝水流域。當時周朝在這一帶分封了許多小國，以鎮守更南邊的楚國。也就是說，〈周南〉〈召南〉所錄就是當時長江流域諸小國採集到的民歌，長江下游（河南南部及湖北江漢平原）一帶的稱周南，長江上游（河南西南部、陝西南部及今四川）一帶的稱召南。

《詩經》中，〈周南〉錄詩 11 首（本書選 3 首），〈召南〉錄詩 14 首（本書選 1 首）。「二南」之寫作年代，古代學者相信是西周初年的作品，而今人一般認為它們大多作於西周末、東周初。

周南·關雎

【原文】

關關[1]雎鳩[2]，
在河之洲[3]。
窈窕[4]淑[5]女，
君子好逑[6]。

參差[7]荇菜[8]，
左右[9]流[10]之。
窈窕淑女，

1 **關關**：擬聲詞，形容鳥鳴聲，尤指雌雄二鳥彼此和鳴之聲。

2 **雎鳩**：又名「王雎」，諸家對其實際品種多有歧說。西晉人陸機認為此為後世所稱的鷲；稍後的郭璞認為牠屬於鵰類；及至宋代，朱熹又認為此鳥不當為猛禽，而是生於江淮一帶的水鳥。論者按詩意推敲，多從朱說，並指出此種水鳥雌雄相配，終生只有一名配偶，不如普通禽獸般胡亂交雜，因而被視為男女美德的象徵。此說實最早見於《淮南子．泰族訓》，其曰：「《關雎》興於鳥，而君子美之，為其雌雄之不乖居也。」雎（粵 zeoi1 狙 普 jū）。

3 **洲**：自水中露出的陸地。《爾雅．釋水》曰：「水中可居者曰洲。」

4 **窈窕**：窈形容心善，窕形容貌美，二字合用即用以形容女子內外兼美。揚雄的《方言》嘗曰：「美心為窈，美狀為窕。」窈（粵 jiu2 夭 普 yǎo），窕（粵 tiu5 篠 普 tiǎo）。

5 **淑**：且善且美。

6 **逑**（粵 kau4 求 普 qiú）：為「仇」的假借字，配偶。

7 **參差**：高低不齊。參（粵 caam1 攙 普 cēn），差（粵 ci1 雌 普 cī）。

8 **荇菜**：又稱「莕菜」，水生多年生草本植物，廣泛分佈於亞洲南北。其葉呈圓形，浮於水面，根數量不定，浸於水中，一般於夏天開出金黃色的花。古人曾用之於食用或入藥。荇（粵 hang6 杏 普 xìng）。

9 **左右**：此處指稱雙手。

10 **流**：為「摎」的假借字，以手指輕輕摘取。

寤寐[11]求之。
求之不得，
寤寐思服[12]。
悠[13]哉悠哉，
輾轉[14]反側。

參差荇菜，
左右采之。
窈窕淑女，
琴瑟友[15]之。

參差荇菜，
左右芼[16]之。
窈窕淑女，
鐘鼓樂[17]之。

---

11 **寤寐**：「寤」釋作清醒，「寐」釋作睡着，二字合用即為「日夜皆是」之意。

12 **思服**：服，想念。思，一說為助詞，無實際意思；一說釋作想念，與「服」同義。

13 **悠**：形容思緒之渺遠長久，無以窮盡。

14 **輾轉**：來回翻轉之意，此處形容主人公睡不着，身體不斷於牀上左右翻轉。

15 **友**：親近、愛憐。

16 **芼**（粵 mou6 務 普 mào）：為「覒」的假借字，摘取、拔取。

17 **樂**（粵 ngaau6 餚 普 yào）：作動詞，愛好。

【賞析與點評】

按照《毛序》所釋，本詩意在歌頌「后妃之德」，並藉此「風天下而正夫婦也，故用之鄉人焉，用之邦國」，最終達至感化舉國上下的效果。孔穎達進一步解釋，夫婦關係是人倫的重點，亦即「夫婦正則父子親，父子親則君臣敬」，是以本詩教化作用甚為重要。朱熹的《詩集傳》也大致跟從此說，並指明此「后妃」就是太姒，即周文王之正妻、周武王的母親。

【語譯】

雎鳩鳥關關唱，
在黃河沙洲上。
美麗善良好女，
配君子最理想。

荇菜有長有短，
隨水順手擇選。
美麗善良好女，
醒夢追求不斷。
追求不到心急，
醒夢思念不已。
思緒恰如夜長，
翻覆總難入睡。

荇菜有短有長，
左手摘右手採。

美麗善良好女，
鼓琴瑟表友愛。

荇菜有短有長，
兩手連根來拔。
美麗善良好女，
奏鐘鼓娶回她。

【想一想】

1. 本詩位列《詩經》之首，深受注家和研究者重視。你認為《詩經》的編者是否特意置本詩於首位？若然如此，其用意又是甚麼？又，不談編者的動機，改以讀者的觀點而論，《詩經》以此篇啟首，有否產生任何特別的效果或意義？

2. 詩中的主人公遇上理想對象，深切希望與對方共諧連理。從詩歌內容觀之，該女子何以引發其好感？進一步而言，古人一般有甚麼擇偶條件？這又與現代社會的價值觀有何差異？

【強化訓練】

一、 試指出以下詩句之畫線部分的詞性：

（1） 求<u>之</u>不得：

（2） <u>參差</u>荇菜：

（3） 琴瑟<u>友</u>之：

二、 本詩音調豐富，節奏活潑，展現出古典詩歌的音樂性質。如此效果實與本詩的用字有關。試分析之。

____

____

____

三、 本詩開首先寫雀鳥鳴叫的場景，似乎與詩旨沒有直接關係。此寫法有何用意？這是甚麼寫作技巧？

____

____

____

周南・桃夭

【原文】

桃之夭夭[1]，
灼灼[2]其華[3]。
之[4]子于歸[5]，
宜[6]其室家[7]。

桃之夭夭，
有[8]蕡[9]其實。
之子于歸，
宜其家室。

桃之夭夭，
其葉蓁蓁[10]。

---

1 **夭夭**：本意為形容植物絢麗茂盛的姿態，亦可以引申為形容女性少壯美麗的外表。此處表面寫桃，實際寫人，故兩重意義可以並存。

2 **灼灼**：灼為「綽」的假借字，此處「灼灼」形容花朵茂開，鮮艷明媚的姿態。

3 **華**：讀音和意義皆與「花」相通。

4 **之**：指示詞，這。

5 **歸**：古人言「嫁」為「歸」，今人常以「于歸之喜」形容女方出嫁之事。

6 **宜**：使人相處安好，關係和順。

7 **室家**：夫婦，古人稱有夫之婦為「家」，有婦之夫則為「室」。次章「家室」的意思與此相同。

8 **有**：名詞前綴，無實際意思。

9 **蕡**（粵 fan4 焚 普 fén）：形容植物之果實碩大，數量眾多的狀態。

10 **蓁蓁**：形容草木茂盛的姿態。蓁（粵 zeon1 臻 普 zhēn）。

之子于歸，
宜其家人[11]。

【賞析與點評】

據《毛序》所稱，本詩言「妃之所致」，即妃子「不妒忌，則男女以正，婚姻以時，國無鰥民也」。其謂「鰥民」即無妻者。朱熹同意「男女以正，婚姻以時」的解讀，但不認為詩歌是針對為妃者發議。他認為此乃「文王之化，自家而國」的結果，又言：「詩人因所見而起興，而歎其女子之賢，知其必有以宜其室家也。」

【語譯】

桃樹多麼茂盛，
花朵紅豔如火。
女子就要出閣，
夫家和樂多多。

桃樹多麼茂盛，
果實繁多且大。
女子就要出閣，
夫家和樂無涯。

桃樹多麼茂盛，
枝葉多麼繁密。

---

11 **家人**：夫家中的眾人。

女子就要出閣，
夫族和樂怡怡。

【想一想】

1. 本詩談及古代女子出嫁的情況，並且以「宜其室家」「宜其家室」和「宜其家人」的祝願作結。由是觀之，你認為古人對婚姻和組織家庭之事抱着甚麼價值觀？

2. 文學作品以花比喻女子固然是尋常事，然各家所選的品種可謂五花八門。你認為本詩何以選擇桃花？桃花對表達本詩的旨意有何幫助？

【強化訓練】

一、 試指出以下人物代稱的實際指向：「之子于歸，宜其室家。」

______

______

______

______

二、 試指出本詩的押韻模式和韻腳字。

______

______

______

______

三、 本詩先言桃花盛開的狀況，有何用意？這是哪種常見於《詩經》的手法？

周南・漢廣

【原文】

南有喬木[1]，
不可休息[2]。
漢有遊女[3]，
不可求思。
漢之廣矣，
不可泳思。
江之永[4]矣，
不可方[5]思。

翹翹[6]錯[7]薪[8]，
言刈[9]其楚[10]。

---

1 **喬木**：外形高大，主幹強壯的樹木。

2 **息**：當按照《韓詩》的版本作「思」，句末助詞，沒有實際指向。案，有說可以與上字「休」結合，釋作休憩止息，然觀乎本詩的押韻模式，此處實不當作實詞用，故這個解釋甚不可取。

3 **遊女**：一說依從字面意思，釋作離家出遊的女子；一說釋作漢水的女神。

4 **永**：形容水流之長。案，或作「羕」，與「永」相通。

5 **方**：本義為木筏，此處釋作乘木筏渡水。

6 **翹翹**：一說釋作眾多，《廣雅》卷六釋「翹翹」等疊詞為「眾也」；一說釋作形容修長高揚之貌，清人段玉裁的《說文解字注》曰：「尾長毛必高舉，故凡高舉曰翹。」

7 **錯**：為「逪」的假借字，混雜交疊，即今謂之「交錯」。

8 **薪**：柴枝。

9 **刈**（粵 ngaai6 艾 普 yì）：割除、伐下。

10 **楚**：又名「牡荊」，牡荊屬落葉灌木，花為穗狀。特點是枝幹堅韌，故古人常以之製作木杖，用於刑罰、宗教儀式等。

之子于歸，
言秣[11]其馬。
漢之廣矣，
不可泳思。
江之永矣，
不可方思。

翹翹錯薪，
言刈其蔞[12]。
之子于歸，
言秣其駒[13]。
漢之廣矣，
不可泳思。
江之永矣，
不可方思。

【賞析與點評】

觀乎詩歌內容，本詩當述主人公鍾情於某女子，卻不能如願，因而深深歎息。唐人李善有《文選注》，其於處理曹植的〈七啟〉時引《韓詩序》曰：「〈漢廣〉，悅人也。」其理解是切當的。反觀《毛

11 **秣**（粵 mut3 抹 普 mò）：餵食牲畜。

12 **蔞**（粵 lau4 留 普 lóu）：俗稱「白蒿」，多年生草本植物，一般高四五尺，具香氣，多生於水邊一帶；一說為「蘆」之假借字，同樣是常見於水邊地帶的多年生草本植物。

13 **駒**：一說依從字面意思，釋作良馬；一說作「驕」，指稱外形高大，體格強壯的馬匹，東漢許慎的《說文解字》嘗曰：「馬高六尺為驕。」

序》曰：「〈漢廣〉，德廣所及也。文王之道被於南國，美化行乎江漢之域，無思犯禮，求而不可得也。」此則未免流於附會。如同朱熹所釋，「漢廣」一詞只是取自本詩的首句，實不必如《毛序》的作者般理解。

【語譯】

南方一株高樹，
無法樹下小休。
女子出遊漢水，
無法展開追求。
漢水這般寬廣，
就此無法泅渡。
長江這般悠長，
小艇無法駕馭。

薪木交錯遠揚，
伐下堅韌牡荊。
女子若願相許，
餵飽轅馬相迎。
漢水這般寬廣，
就此無法泅渡。
長江這般悠長，
小艇無法駕馭。

薪木交錯遠揚，
伐下水邊白蒿。

女子若願相許，
馬駒先要餵飽。
漢水這般寬廣，
就此無法泅渡。
長江這般悠長，
小艇無法駕馭。

【想一想】

1. 關於「遊女」一詞，如上述注釋提及，歷來素有二說，即「出遊的女子」和「漢水的女神」。仙凡有別，你認為哪一個解釋較符合本詩的指向？其由何在？

2. 古代未有嚴格的科學標準，故「喬木」一詞只需要簡單地釋作「高大的樹木」。然時至今天，「喬木」已經成為植物學的專有名詞，其定義具有嚴格的科學標準，不能當作日常生活的一般語詞來使用。除了「喬木」之外，還有沒有其他語詞出現了類似變化？在古代語詞和現代常用語之間，有關詞語的釋義有多大差距？

【強化訓練】

一、 在本詩中，部分詩句出現了詞性轉換的現象。試舉例說明之。

二、 本詩不但題為〈漢廣〉，詩句當中亦是反覆提及「漢之廣矣」一語。作者如此書寫的用意何在？

三、 本詩的開首先言「南有喬木」，與後文求女之事似乎沒有直接關係。這是哪一種常見於《詩經》的寫作手法？其效果如何？

召南·摽有梅

【原文】

摽[1]有[2]梅[3]，
其實[4]七兮。
求我庶[5]士[6]，
迨[7]其吉[8]兮。

摽有梅，
其實三兮。
求我庶士，
迨其今兮。

---

1 **摽**（粵 piu5 瞟 普 piǎo）：又作「莩」「蔈」，落下。

2 **有**：名詞前綴，無實際意思。

3 **梅**：常見於東亞地區的落葉喬木，薔薇科李屬。果實多為球狀，上有坑紋，視乎品種而呈紅、黃、綠等顏色，味酸，可供食用、釀酒、入藥。其花則有白、粉、紅、紫、綠等色，按品種而定，一般於冬季至初春時節開花，為深受歷代文人雅士愛好的觀賞植物。

4 **實**：果實，此處指結於梅樹上的梅子。

5 **庶**：眾。

6 **士**：未娶妻之男子。此處「庶士」即眾士之意。

7 **迨**：趁着。

8 **吉**：吉時，此處泛指美好的時機。

摽有梅，
頃筐[9]塈[10]之。
求我庶士，
迨其謂[11]之。

【賞析與點評】

推敲內容，本詩當言女子擔心自身青春將逝，遂急於求得郎君。《毛序》指出：「男女及時也。召南之國，被文王之化，男女得以及時也。」宋人朱熹的《詩集傳》亦言：「南國被文王之化，女子知以貞信自守，懼其嫁不及時，而有強暴之辱也。」兩者的看法大致無異。

【語譯】

梅子紛紛落，
枝頭剩七分啊。
追我的少年們，
可要趁良辰啊。

9　**頃筐**：容量淺，具斜度的竹簸箕，為古時的務農器具。農夫用此物鏟起農作物盛於其上，有時候還會加以簸動，以便篩選夾雜於作物中的雜質。頃（粵 king1 傾 普 qīng），筐（粵 hong1 康 普 kuāng）。

10　**塈**（粵 hei3 氣 普 jì）：取。

11　**謂**：古有「謂女而娶」之說，即不待備禮，甚至不正式辦婚禮，直接同居生活。

梅子紛紛落，
枝頭剩三分啊。
追我的少年們，
可要趁如今啊。

梅子紛紛落，
裝筐全不留啊。
追我的少年們，
談好跟你走啊。

【想一想】

1. 按照一般詩旨詮釋，本詩的主人公因羞於直言求「媒」，遂以同音的「梅」字借題發揮，讓聽者自行領會其真正的訊息。事實上，這種有話不直說的情況在中國傳統文化中時有見之。你能夠舉出一些例子嗎？

2. 本詩提出「摽梅」的意象，形容女子希望及時出嫁的意願。然而，隨着後來的詩人改以不懼寒苦的角度歌頌梅花，歷代文學作品對梅花的書寫往往按這種新寫法，用於象徵高潔的志向。本詩對梅花意象的詮釋方法倒是鮮見襲用。你認為此現象的原因是甚麼？又，文學意象的傳統是由甚麼因素決定的呢？

【強化訓練】

一、 句中劃線的部分涉及常見於文言句式的詞性轉換現象，試解釋之：「<u>摽</u>有梅。」

二、 試指出以下句中的代詞之實際指向：「<u>其</u>實七兮」。

三、 本詩以「梅」的意象開首，有何用意？

邶風、鄘風、衞風

邶風、鄘風、衛風

【題解】

邶、鄘、衛都是國名。周武王滅商後，將商紂京都朝歌附近之地分封給紂王之子武庚，號稱殷，以承續商王室香火。武王又在殷國附近設立三個諸侯國，以便監督武庚：北方為邶（今河南湯陰縣），南方為鄘（今河南汲縣），東方為衛（今河南淇縣），由武王的弟弟管叔、蔡叔、霍叔分別守衛，合稱「三監」。武王去世後，兒子成王年幼繼位，由武王四弟周公執政。管叔等人嫉妒周公功高，聯合武庚反叛，史稱「三監之亂」。周公率兵鎮壓，誅滅武庚與三監，並將三地合併為衛國，連同原來的殷地一起封給弟弟康叔，定都朝歌，封爵為侯。東周惠王十七年（公元前 660 年），衛國被狄人攻破，衛懿公被殺，在宋桓公和齊桓公的救援下，在漕邑（滑縣東南）重建衛國。傳至秦二世元年（公元前 209 年），苟延殘喘的衛國才被秦人所滅。

《詩經》所收衛詩包括邶風 19 首（本書選 4 首）、鄘風 10 首（本書選 2 首）、衛風 10 首（本書選 4 首），大多是狄人滅衛以前朝歌一帶的作品，只有少數是此後產生於漕邑的詩篇。衛國地居齊晉爭霸的要衝，商業發達而昏君多，加上又是殷商故地，保留了殷人熱情浪漫的民風，因此衛詩最大的特點就是包括了眾多政治諷刺詩和婚戀詩。

邶風·擊鼓

【原文】

擊鼓其鏜[1]，
踴躍[2]用兵[3]。
土國[4]城[5]漕[6]，
我獨南行。

從孫子仲[7]，
平[8]陳[9]與宋[10]。
不我以歸[11]，
憂心有忡[12]。

---

1 **鏜**（粵 tong1 湯 普 tāng）：擬聲詞，形容擊鼓或敲鐘的聲音。

2 **踴躍**：形容羣眾反應熱烈的狀況。

3 **兵**：兵器。

4 **土國**：在國內擔任土木役工。

5 **城**：修建城牆。

6 **漕**：衛國地名，大約在今河南省滑縣附近。

7 **孫子仲**：人名，即公孫子仲，衛國大夫。據《毛序》所言，衛國公子州吁是次出兵時，即委任公孫子仲為帶兵之將。

8 **平**：調停。此處指透過救陳來調和陳宋二國的關係。

9 **陳**：嬀姓，為周武王最初分封的十二諸侯國之一。其建都於宛丘，即今河南省淮陽地區一帶，國土位處晉國和楚國之間。

10 **宋**：子姓，為殷商的後裔。武庚之亂後，周公改立願意投降周室的微子啟，並把其子民從原來的殷地遷移至商丘，建立了宋國。宋國建都於睢陽，即今河南省商丘市睢陽區，國土同樣位處晉國和楚國之間。

11 **不我以歸**：為「不以我歸」的倒文，即「不許我歸家」的意思。

12 **忡**（粵 cung1 充 普 chōng）：形容人憂慮不安之貌。

爰[13]居爰處，
爰喪[14]其馬。
于以[15]求之？
於林之下。

死生契闊[16]，
與子成說[17]。
執子之手，
與子偕[18]老。

于嗟[19]闊兮，
不我活[20]兮。
于嗟洵[21]兮，
不我信[22]兮。

---

13 **爰**（粵 wun4 垣 普 yuán）：句首語氣助詞，無實際意思。

14 **喪**：喪失，此處為丟失的意思。

15 **于以**：擬問詞，在何處。

16 **契闊**：「契」釋作結合，「闊」釋作分離，二字結合時成為偏義詞，傾向結合的意思。觀乎上文下理，此處即謂夫妻二人立下約定，不論生死，永遠相伴。

17 **成說**：立約作誓。

18 **偕**（粵 gaai1 佳 普 xié）：一同。

19 **于嗟**：歎詞，含有傷感慨歎的語氣。

20 **活**（粵 kut3 聒 普 huó）：與「佸」相通，聚會。

21 **洵**（粵 seon1 詢 普 xún）：為「敻」的假借字，部分版本直接作「敻」，形容事物之遙遠。

22 **信**：信守承諾。

【賞析與點評】

從詩句內容觀之，本詩講述戰爭時期，主人公在外征戍，思念家室，惜不得如願，故百感交雜。《毛序》指示本詩旨在「怨州吁」，即衞國公子州吁「用兵暴亂，使公孫文仲將而平陳與宋，國人怨其勇而無禮」。相關記載詳見《左傳．隱公四年》。不少論者都採納上述說法，然清人姚際恒等卻提出了另一種說法，謂本詩所述當為衞穆公出兵救陳，結果遭到晉國攻伐之事。相關記載則見《左傳．宣公十二年》。兩件史事差逾百年，致使本詩的創作時間難以論定。

【語譯】

擊鼓咚咚作響，
人人踴躍練兵。
大興土木築漕，
獨我隨軍南征。

追隨子仲將軍，
調停陳宋糾紛。
不允我回衞國，
難平忡忡憂心。

一路將息將留，
戰馬無端逸走。
不知何處追蹤？
要到樹林尋求。

相伴同生共死，
早已與你立誓。
牢牢牽着你手，
與你一起白頭。

可歎路途久啊！
我倆難聚首啊！
可歎路途遠啊！
誓言怎兌現啊！

【想一想】

1. 今人在求愛或成婚的時候，或會提及「死生契闊」一語。然觀察本詩的意境，主人公其實是在悽愴的困厄中以之為念，實無喜慶、祝福的意思。為甚麼會出現這種現象？你認為今人需要糾正對此語的掌握嗎？又，除了「死生契闊」之外，你還能舉出其他同樣產生了這類變化的詞語嗎？

2. 偏義詞是一種有趣的構詞現象。諸如在本詩，構成「契闊」的兩個字本來分別釋作結合和分離，然而結合為一詞之後，其指向往往偏向「結合」，忽略了「分離」。你還能夠舉出其他原理相同的例子嗎？又，試追溯這些例子的出處，然後指出偏義現象是出現於最初的用例，抑或發生於流傳的過程中。

【強化訓練】

一、 以下句子的用詞出現了詞性轉換現象，試闡釋之：「土國城漕」「與子偕老」。

____

____

____

二、 試判斷以下詩句中畫線部分之詞性：

（1） 我<u>獨</u>南行：

（2） 憂心有<u>忡</u>：

（3） 于嗟<u>闊</u>兮：

三、 試指出以下詩句所用之修辭手法：「于以求之？於林之下。」

____

____

____

邶風．凱風

【原文】

凱風[1]自南，
吹彼棘心[2]。
棘心夭夭[3]，
母氏劬勞[4]。

凱風自南，
吹彼棘薪[5]。
母氏聖[6]善，
我無令[7]人。

爰[8]有寒泉，

---

1 **凱風**：凱，一說釋作温和，謂在中原地帶，自南方而來的風都是温暖柔和的；一說則釋作喜樂，謂自南方而來的和風滋養天地，使萬物喜樂。後來「凱風」成為了「南風」的別稱。《爾雅．釋天》曰：「南風謂之凱風。」

2 **棘心**：棘樹為叢生的小木，多刺而難長，此處謂其未曾長成以致樹心外露。一說此言孩子如未成的棘樹般稚弱難長；一說棘樹之心為赤色，比喻孩子以一片赤心對待母親，真誠而感恩。

3 **夭夭**：形容植物絢麗茂盛的姿態。

4 **劬勞**：過度勞苦。今人視這個詞語為褒語，專門指稱父母養育子女之勞累。劬（粵 keoi4 渠 普 qú）。

5 **棘薪**：薪即柴枝，謂棘樹長成，其枝條之長足以用作柴枝。此喻孩子長大了。

6 **聖**：賢慧。

7 **令**：為「靈」的假借字，善。

8 **爰**（粵 wun4 垣 普 yuán）：句首語氣助詞，無實際意思。

在浚[9]之下。
有子七人，
母氏勞苦。

睍睆[10]黃鳥，
載好其音[11]。
有子七人，
莫[12]慰母心。

【賞析與點評】

按詩歌內容，本詩言兒子歌頌母親的養育大恩，並自責未能盡孝，報答不了親恩。《毛序》卻言：「美孝子也。衛之淫風流行，雖有七子之母，猶不能安其室，故美七子能盡其孝道，以慰其母心，而成其志爾。」所謂「不能安其室」者，就是再嫁之意，即言孝子打算阻止其母再嫁。朱熹亦從此說。然而，此說似乎無法契合詩歌前半的歌頌之辭，清人如魏源和王先謙等早已質疑之。

---

9 **浚**（粵 seon3 舜 普 xùn）：地名，位處衛國楚丘以東，大約為現今河南省濮陽縣一帶。

10 **睍睆**：一說形容清脆悅耳的鳥鳴聲；一說形容鳥兒身體顏色美麗。睍（粵 jin5 演 普 xiàn），睆（粵 wun5 浣 普 huǎn）。

11 **載好其音**：此為倒裝句式，真正語序當為「其音載好」。載，一說釋作則，「載好」即「則是好聽」之意；一說為「乘載」之「載」，釋作傳播，「載好」就是傳播鳥聲，使人愉悅，心情大好之意。

12 **莫**：不。

【語譯】

南方和風温暖，
吹在棗樹芽端。
樹芽茁壯茂盛，
母親撫養辛勤。

南方和風温暖，
棗芽長成薪柴。
母親善良賢惠，
為子卻不成材。

一股寒涼泉水，
就在浚邑下方。
兄弟七人長成，
母親辛苦奔忙。

黃雀啼叫清脆，
歌聲多麼美好。
兄弟七人長成，
誰把母親慰勞。

【想一想】

1. 孝順父母向來是重要的傳統價值觀，歷來不少文學作品均以此為題材。然本詩只言主人公之母，未及其父。你認為原因何在？又，按照你的閱讀經驗而論，中國文學作品中，孝道的對象多指向母親還是父親？抑或父母兩方均有兼顧？這現象會否揭示出傳統文化對父職、母職在一個家庭中的定位？

2. 謙遜是重要的美德，即使是已臻完善者，猶需自稱不足，決不自滿於人前。按照詩歌內容推敲，你認為主人公自責無能盡孝之事，是純粹的自謙之辭，抑或真的心中有愧？若為後者，其愧疚又是出於甚麼原因？

【強化訓練】

一、 試指出以下詩句在句式層面上用了何種修辭手法：「吹彼棘心，棘心夭夭。」

二、 本詩多次提及「凱風」和「棘」的情況。其用意何在？這是甚麼寫作手法？

三、 本詩末章何以忽然提起「黃鳥」？這是甚麼寫作手法？

邶風．簡兮

【原文】

簡[1]兮簡兮，
方將[2]萬舞。
日之方中[3]，
在前上處[4]。

碩[5]人俁俁[6]，
公庭[7]萬舞。
有力如虎，
執轡[8]如組[9]。

左手執籥[10]，

---

1 **簡**：擬聲詞，形容擊鼓的聲音。

2 **方將**：即將，正要進行或發生。

3 **方中**：正中位置，此處謂太陽位處天空的正中位置，也就是正午時分。

4 **處**：處於。這裏指向舞蹈領隊者。

5 **碩**：形容事物形體之大，此處形容其人身材魁梧，體型高大。

6 **俁俁**：形容人之身材魁偉，即高大而俊美。俁（粵 jyu5 羽 普 yǔ）。

7 **公庭**：宗廟的庭前，常為古人用作舉辦祭祀的場地。

8 **轡**（粵 bei3 庇 普 pèi）：韁繩，即古人駕車時供拉車之牲畜銜着，以操控其前進方向的繩子。

9 **組**：即「織組」，編織時整齊排列成一排的絲線。

10 **籥**（粵 joek6 曰 普 yuè）：為「龠」的假借字，樂器名稱，外型似笛子，設有三孔，為舞者表演時所用。

右手秉[11]翟[12]。
赫[13]如渥[14]赭[15]，
公言錫[16]爵[17]。

山有榛[18]，
隰[19]有苓[20]。
云誰之思？
西方[21]美人。
彼美人兮！
西方之人兮！

---

11 **秉**：手持。

12 **翟**（粵 dik6 迪 普 dí）：野雞尾巴的羽毛，為古代舞者用於表演中的道具。

13 **赫**：形容事物紅而鮮明的樣子。

14 **渥**（粵 ak1 握 普 wò）：又作「屋」，沾濕。

15 **赭**（粵 ze2 姐 普 zhě）：紅土。

16 **錫**：賜贈。

17 **爵**：流行於商周時代的青銅酒器，雀型，附彎曲的手柄，底有三足，此處用作指稱酒水的借代詞。

18 **榛**（粵 zeon1 津 普 zhēn）：樺木科榛屬，落葉喬木，早春開花，常見於中原以北一帶。其葉呈圓卵形或倒卵形，幼枝長有軟毛。其果實稱作「榛子」，呈球型，外皮堅硬，為古人的主要食材和獻祭食品之一。

19 **隰**（粵 zaap6 雜 普 xí）：低濕地帶。

20 **苓**（粵 ling4 淩 普 líng）：即今人謂之「甘草」，豆科甘草屬，多年生草本植物，夏季開花，常見於中原地區。長成後一般高近 80 厘米，其根部粗壯，呈圓柱形，可供入藥。

21 **西方**：有說此為周地的借代詞，因為周天子的領地就在衞國的西方。

【賞析與點評】

觀乎詩歌內容，本詩當記述主人公觀賞萬舞的經歷，以及其感情受舞者牽動之事。萬舞是周代的舞蹈，規模龐大，演出者眾，主要分為「文舞」和「武舞」兩部分，各有專用的道具。按照當時的禮法規定，萬舞當在天子的宗廟外演出，代表了天子的地位。漢代的《毛序》謂本詩諷刺衞國「不用賢」，又指出：「衞之賢者仕於伶官，皆可以承事王者也。」如此說法似乎與詩歌的意境不盡契合，或有過度詮釋之嫌。

【語譯】

鼓聲鏗鏗鏘鏘，
萬舞正要開場。
太陽正好當空，
領隊站前上方。

領隊高拔俊美，
廟庭萬舞開始。
如虎雄健有力，
粗韁舞如細絲。

左手拿着籥笛，
右手持着雉尾。
面如赭泥潤濕，
公侯賜酒一杯。

高山榛樹高，
低地甘草嬌。
說我想着誰？
西方數俊豪。
那位英俊男子啊！
是西方的男子啊！

【想一想】

1. 歷代不少論者對本詩的詮釋皆從《毛序》的判斷，以為本詩當中存有隱晦曲折的含義，不得單從字面意思作理解。你認同這看法嗎？試分析本詩的特定句子，以尋找支持或反對的證據。又，在理解詩歌的時候，你認為當如何在字面意思與隱含意思之間作取捨？

2. 在觀賞舞蹈期間，主人公的情感受到牽動，漸生情愫。你認為舞蹈表演何以牽動和刺激人的情感？人的情感又與藝術的美感有何關係？除了舞蹈之外，你認為何種表演藝術形式同樣具有這種打動人心的效果？試引用自身的經歷，加以討論。

【強化訓練】

一、 試判斷以下詩句中畫線部分之詞性：

（1） 在前上處：

（2） 赫如渥赭：

（3） 公言錫爵：

二、 詩中不時連續使用相近的字詞。這是甚麼修辭手法？其藝術效果如何？

____

____

____

三、 以下詩句使用了相同的修辭手法。試指出該種修辭手法，並評論其藝術效果：「有力如虎」「執轡如組」「赫如渥赭」。

____

____

____

邶風·靜女

【原文】

靜[1]女其姝[2]，
俟[3]我於城隅[4]。
愛[5]而不見，
搔首踟躕[6]。

靜女其孌[7]，
貽[8]我彤管[9]。
彤管有煒[10]，
說懌[11]女[12]美。

---

1 **靜**：一說為「靖」的假借字，釋作「善」，好的意思；一說釋作嫺雅，形容那名女子的氣質與神態。

2 **姝**（粵 zyu1 朱 普 shū）：美麗、姣好。

3 **俟**（粵 zi6 字 普 sì）：等待。

4 **隅**（粵 jyu4 如 普 yú）：角落。此處「城隅」素有二說，一作泛稱，即「都城的某個角落」；一作古代城牆建築的專門術語，即城牆上方角落的樓台。

5 **愛**：為「薆」的假借字，隱藏。

6 **踟躕**：心懷猶豫，不知去留，遂徘徊不止。踟（粵 ci4 普 chí），躕（粵 cyu4 普 chú）。

7 **孌**（粵 lyun5 戀 普 luán）：美好之貌。

8 **貽**（粵 ji4 夷 普 yí）：送贈。

9 **彤管**：學界對此眾說紛紜，始終未知「管」實為何物。常見的解釋有三：一說管是管草一類的植物，故「彤管」就是紅芯茅草；一說作筆管，故「彤管」就是紅色的筆；一說作樂器之管，「彤管」約為紅色的笛子。

10 **煒**（粵 wai5 偉 普 wěi）：通紅明亮之貌。

11 **說懌**：說為「悅」的假借字，此處「說懌」即欣然喜愛的意思。

12 **女**：與「汝」相通，你。下文同。

自牧[13]歸[14]荑[15]，
洵[16]美且異[17]。
匪[18]女之為美，
美人之貽。

【賞析與點評】

從詩歌內容觀之，本詩記述了一對男女約會之事。朱熹批評此為「淫奔期會之詩」，則是出於禮教規範的價值判斷。另一方面，《毛序》則認為本詩意在「刺時」，針對當時「衛君無道，夫人無德」的情況。然而詩句中實未見確實證據，故難以斷定是否真的有如此特定的指向。

【語譯】

女孩嫻靜多嬌，
與我相約城角。
故意躲藏不露，
徘徊不知怎好。

---

13 **牧**：郊野。

14 **歸**：與「饋」相通，饋贈。

15 **荑**：荑草，即初生的嫩茅。或可對應上文所言之「彤管」。

16 **洵**（粵 seon1 詢 普 xún）：確實。

17 **異**：特別、珍奇。

18 **匪**：為「非」的假借字，不。

女孩嫻靜嬌嬈，
贈我紅芯茅草。
紅芯亮如火焰，
美得教人愛憐。

郊外採回茅草，
實在美好可珍。
豈是茅草美好，
只因美人所贈。

【想一想】

1. 如同注釋所言，學界至今對「彤管」一詞素有三說，未有共識。你認為哪種解釋最符合詩歌的意境？又，這個詞語的釋意又會對全詩的解讀構成甚麼影響？例如，這有助確定男主人公的身份嗎？

2. 朱熹直言本詩是「男女淫奔期會之詩」。就詩歌內容而言，你認為這番指控是否言之有理？抑或這只是流於道學家的偏見？試結合古代對男女禮教的規範加以討論。

【強化訓練】

一、 詩句中使用了「踟躕」一詞。此詞有何特別？反映出甚麼中文語文現象？

______

______

______

二、 試指出以下詩句中之畫線字眼的詞性，以及其釋意：

（1） 貽我彤管：

（2） 美人之貽：

三、 不少《詩經》作品皆有使用疊章法。本詩是否屬於疊章法之例？試分析之。

______

______

______

鄘風．相鼠

【原文】

相[1]鼠有皮，
人而無儀[2]。
人而無儀，
不死何為？

相鼠有齒，
人而無止[3]。
人而無止，
不死何俟[4]？

相鼠有體，
人而無禮。
人而無禮，
胡[5]不遄[6]死？

---

1 **相**：觀看。

2 **儀**：威儀，即端莊嚴肅的態度、舉止。

3 **止**：一說為「節止」，節制之意，言人「有止」即懂得節制行為，恪守禮法；一說為「容止」，儀容舉止之意，言人「有止」即注重自身的儀容舉止，不會失禮於人前。兩種解釋雖然有差異，然引申意思均為守禮之意。

4 **俟**（粵 zi6 字 普 sì）：等待。

5 **胡**：為何。

6 **遄**（粵 cyun4 全 普 chuán）：快，結合下字「死」即「快些死」之意。

【賞析與點評】

本詩由人看見老鼠一事借題發揮，痛罵別人多行不軌，簡直是人不如鼠。朱熹曾經指出，本詩「言視彼鼠而猶必有皮，可以人而無儀乎？人而無儀，則其不死何為哉？」而《毛序》則認為本詩「刺無禮」，進而指明：「衞文公能正其羣臣，而刺在位承先君之化無禮儀也。」意謂本詩當針對衞文公一朝的情況。

【語譯】

瞧那老鼠有皮，
為人怎無威儀？
為人既無威儀，
不死沒有意義。

瞧老鼠有牙齒，
為人怎無節制？
為人既無節制，
不死還等啥事？

瞧老鼠有軀體，
為人怎不遵禮？
為人既不遵禮，
幹嘛不快去死？

【想一想】

1. 本詩藉由諧音相關的手法諷刺時弊，宣泄不滿。放眼現今世界，你能夠舉出原理與此相同的例子嗎？

2. 儒家素來以「温柔敦厚」形容《詩經》的教化作用，然而本詩所述可謂惡毒的咒罵。這是否不符儒家所倡？歷代儒家論者又是如何描述本詩的罵言？

【強化訓練】

一、 試指出句中畫線部分所使用的修辭手法：「相鼠有皮，人而無儀。人而無儀，不死何為？」其效果如何？

____

____

二、 詩人從鼠有「皮」「齒」「體」談到人無「儀」「止」「禮」，其實使用了甚麼修辭手法？其效果如何？

____

____

三、 本章採取了「重章疊句」的手法，分三章。那麼此三章之間有何關係？

____

____

鄘風·載馳

【原文】

載[1]馳[2]載驅[3]，
歸唁[4]衛侯。
驅馬悠悠[5]，
言[6]至於漕。
大夫跋涉[7]，
我心則憂。

既[8]不我嘉[9]，
不能旋[10]反。
視[11]爾不臧[12]，

---

1 **載**：相當於「則」，語首助詞，無實際意思。

2 **馳**：駕馭馬車奔走。

3 **驅**：策馬前進。

4 **唁**（粵 jin6 現 普 yàn）：慰問有喪者，此處之「喪」專指衛國失國之喪事。

5 **悠悠**：形容路途之遙遠。

6 **言**：助詞，無實際意思。

7 **跋涉**：跋為陸行，涉為水行，二字結合即形容旅途艱辛，結合主語「大夫」，即描述許國諸臣趕路追來，阻止許穆夫人之事。亦一說稱跋為「軷」，即祭告路神的儀式。若從此說，則「大夫」指向正歷國喪的衛國諸臣。

8 **既**：盡皆。

9 **嘉**：贊許、認同。

10 **旋**：回向。

11 **視**：本義為看，此處引申為比較、對比。按清人朱駿聲的《詩經定聲》所言，此引申義出於「觀此可以知彼」之理。

12 **臧**（粵 zong1 裝 普 zāng）：好、善。

我思[13]不遠。

既不我嘉，
不能旋濟[14]。
視爾不臧，
我思不閟[15]。

陟[16]彼阿丘[17]，
言采其蝱[18]。
女子善懷[19]，
亦各有行[20]。
許人尤[21]之，

---

13 **思**：計策謀略。

14 **濟**：渡水。

15 **閟**（粵 bei3 祕 普 bì）：本意為關門，此處引申為有阻滯，行不通之意。

16 **陟**（粵 zik1 即 普 zhì）：登上。

17 **阿丘**：偏向一方高起的山地。劉熙的《釋名》曰：「偏高曰阿丘；阿，何也，如人儋何物，一邊偏高也。」亦有說「阿」為誤字，當為「衛」。

18 **蝱**（粵 maang4 盲 普 méng）：為「莔」的假借字，多年生草本植物，百合科貝母屬，又稱「貝母」。古人聲稱此植物可供入藥，具有治療內心鬱結的功效。

19 **善懷**：善是「容易觸發」的意思，如「多愁善感」之「善」。此處「善懷」即謂易生思念。

20 **行**：本義為道路，引申為道理、理由。

21 **尤**：同於「訧」，本意為過失，引申為怪罪。

眾[22]穉[23]且狂[24]。

我行其野，
芃芃[25]其麥。
控[26]於大邦，
誰因[27]誰極[28]。
大夫君子，
無我有尤。
百爾[29]所思，
不如我所之[30]。

【賞析與點評】

據《左傳》的記載，本詩賦於公元前 659 年，作者為許穆夫人，亦即衞昭伯與宣姜的女兒。魯閔公二年（公元前 660 年）十二月，北狄南

22 **眾**：一說從字面釋作「眾人」，按照文意即指許國人；一說同於「終」，與同一句中的「且」組成並列結構，也就是「既是」的意思。

23 **穉**（粵 zi6 字 普 zhì）：本意為幼小的禾，同於「稚」，引申為形容人少不更事，行為幼稚。

24 **狂**：愚昧妄撞。

25 **芃芃**：形容植物生長茂盛之貌。芃（粵 pung4 篷 普 péng）。

26 **控**：走來陳訴。

27 **因**：親近，依靠。

28 **極**：古人釋作「至」，專門指稱帶援兵救國難之事。按陳奐的《詩經傳疏》，此字的讀音亦應當作「至」。觀乎本章韻腳，此說成立。

29 **百爾**：為「爾百」之倒裝。百即形容人數眾多，爾為第二人稱代詞，即你，故二字結合就是「你們眾人」的意思。

30 **之**：一說從字面意思，釋作前往；一說釋作「思」，見本篇前注「思」。

侵衛國，沉迷養鶴的懿公無力招架，最終招致滅國之災。懿公被殺後，出逃的衛人在齊國協助下暫居於曹地，又擁立了戴公為新君，令衛國得以保存。誰知戴公即位不到一個月便去世了。早已遠嫁許國的許穆夫人知悉此事，遂不顧夫君阻撓，從速前去曹地，期望施以援手。本詩即寫於她抵達曹地之時。考諸中國文學史，許穆夫人乃是第一位留下姓名的女詩人，在世界文學史上也是比較早留下文字記載的女詩人。

【語譯】

駕車飛快驅馳，
回國弔唁衛侯。
路遠揚鞭趕馬，
來到曹地方休。
許國大夫遠來，
擋我令我心愁。

對我縱不支持，
我難驟回許邦。
你們心存不善，
我心卻懷故鄉。

對我縱不支持，
我難渡河回許。
你們不存善意，
我心長懷故土。

登上偏高山丘，
採摘貝母療憂。

女子易生思念，
自有她的理由。
許人將我責難，
愚稚狂妄可羞。

緩步走在田野，
麥子茂盛無邊。
欲往大國陳訴，
誰能依賴支援？
各位大夫君子，
不要將我責難。
你們百樣想法，
不如我來出面。

【想一想】

1. 關於本詩的分章，不少版本均採用以上所示的五章形式。然《左傳》嘗兩次提到古人「賦〈載馳〉之四章」，令人質疑本詩是否只有四章而已。持此論者進而把五章版本中的第二章和第三章合作一章。你認為哪一種分章方式較為合理？

2. 本詩使用了不少並列結構的詞語，包括「載馳」「跋涉」。觀這些語詞的內部，每個語素都各有意思，如「跋」為陸行，「涉」為水行，而二者結合為一詞後，即引申為「路途多艱」的意思，超出了兩個語素單獨使用時的情況。此實為常見於中文語詞的現象。你能夠舉出更多例子嗎？

【強化訓練】

一、 試指出以下句中畫線部分的詞性：

（1） 視爾不臧：

（2） 誰因誰極：

（3） 無我有尤：

二、 以下字詞涉及詞性轉換，試解釋之：「我思不閟」「許人尤之」。

____

____

____

三、 根據本詩的描述，主人公不顧阻撓，但求前往陷入危難的衛國。本詩藉由甚麼修辭手法呈現主人公的決心？其效果又是如何？

____

____

____

衛風·碩人

【原文】

碩[1]人其頎[2]。
衣錦褧衣[3]。
齊侯[4]之子，
衛侯[5]之妻。
東宮[6]之妹，
邢[7]侯之姨，
譚[8]公維私[9]。

---

1 **碩**：形容事物形體之大，亦可形容其人身材魁梧，體型高大。根據考證，「碩」在先秦時代是相當泛用的讚美詞，凡賢慧美好者皆可稱作「碩」或「美」，不分男女。是以此處以「碩」形容女子莊姜，實不能單從字面意義作理解。

2 **頎**（粵 kei4 淇 普 qí）：本義是形容人的頭部形體美好，引申為形容人的體形高而修長之貌。

3 **褧衣**：又作「絅衣」或「檾衣」，用枲麻纖維織成的紗線所造之罩衣。此處謂「碩人」套上此類罩衣，遮擋塵土，以免沾污錦衣。褧（粵 gwing2 冏 普 jiǒng）。

4 **齊侯**：此處專謂齊莊公，即姜購，齊成公之子，史伯嘗以「俊傑」稱許之。

5 **衛侯**：此處專謂衛莊公，即姬揚，衛武公之子。

6 **東宮**：東宮為一國太子的住所，於古文中不時用作太子的借代詞，此處則是專謂齊國太子得臣。

7 **邢**（粵 jing4 刑 普 xíng）：國名，於史冊中又作「井」「丼」或「郱」等，姬姓，為周公的後裔，封地大約位於今河北省邢台縣一帶。

8 **譚**：又作「覃」或「鄿」，國名，姒姓，齊國附庸，封地大約在今山東省歷城縣。

9 **私**：又作「厶」，古代女子對姐夫或妹夫的稱呼。

手如柔荑[10]，
膚如凝脂[11]，
領[12]如蝤蠐[13]，
齒如瓠犀[14]，
螓[15]首蛾[16]眉，
巧笑倩[17]兮，
美目盼[18]兮。

碩人敖敖[19]，
說[20]於農郊。
四牡[21]有驕[22]，

---

10 **荑**：荑草，即初生的嫩茅。

11 **凝脂**：凝固的油脂，大概指向羊脂一類，此處用作比喻肌膚之雪白、滑嫩。

12 **領**：頸部。

13 **蝤蠐**：天牛的幼蟲，身體為圓筒形，軀長足短，以蛀食樹木的枝幹為食。此處因其色澤偏白，遂以之為喻，形容女子的頸部膚色雪白，美麗悅目。蝤（粵 cau4 囚 普 qiú），蠐（粵 cai4 齊 普 qí）。

14 **瓠犀**：又作「瓠棲」，葫蘆的果籽，此處比喻牙齒，一方面謂其細小形狀和潔白色澤有如果籽，一方面亦稱一口牙齒排列整齊有序。瓠（粵 wu4 胡 普 hù）。

15 **螓**（粵 ceon4 秦 普 qín）：為「蜻」的假借字，一種外形似蟬，但體型小於蟬的昆蟲，特徵為頭呈方形，額上有彩色紋理。

16 **蛾**：蠶蛾的觸鬚細長而彎曲，由此形容女性眉毛的形狀。

17 **倩**：本義為美好的酒窩，即人展露笑容時的表情，引申為泛稱人含笑之貌。

18 **盼**：本義為形容眼球轉動時，顯出黑白分明之貌，引申為美目流轉之意。

19 **敖敖**：形容人身形高大修長之貌。

20 **說**：又作「稅」，實為「稅」的假借字，停馬解車，稍作歇息之意。

21 **牡**（粵 maau5 昴 普 mǔ）：本義為雄性走獸，此處專謂拉車的雄馬。

22 **有驕**：形容馬匹外形高大，體格強壯之貌。

朱幩[23]鑣鑣[24]，
翟[25]茀[26]以朝[27]。
大夫夙退[28]，
無使君勞。

河[29]水洋洋[30]，
北流[31]活活[32]。
施[33]罛[34]濊濊[35]，

23 **幩**（粵 fan4 焚 普 fén）：古代馭馬用具的一部分，即纏於馬口兩旁的綢緞。

24 **鑣鑣**：一說形容事物盛多美好之貌；一說又作「儦儦」，則是形容羣體行進之聲勢。鑣（粵 biu1 標 普 biāo）。

25 **翟**（粵 dik6 迪 普 dí）：野雞尾巴的羽毛，為古人常用的裝飾物。

26 **茀**（粵 fat1 迪 普 fú）：竹製簾幕，為古代馬車的一部分。按傳統禮法，女子乘車出門時不宜為外人瞧見容貌，故需要安裝簾幕於車廂外，以防窺視。

27 **朝**：朝堂。

28 **夙退**：早早告退。夙（粵 suk1 縮 普 sù）。

29 **河**：此處專指黃河。

30 **洋洋**：形容水勢盛大之貌。

31 **北流**：黃河夾在齊、衞兩國中間，齊在西，衞在東，而水至此段剛好是向北方流動的。莊姜出嫁至衞國時，必須渡河，故此處「北流」指向其入衞之路。

32 **活活**：又作「湉湉」，擬聲詞，形容水流動的聲音。

33 **施**：架設，此處謂撒開魚網的動作。

34 **罛**（粵 gu1 姑 普 gū）：大型魚網。

35 **濊濊**：又作「濊濊」，擬聲詞，形容魚網投入水中時的聲響。濊（粵 kut3 聒 普 huò）。

鱣[36]鮪[37]發發[38]，
葭[39]菼[40]揭揭[41]。
庶[42]姜[43]孽孽[44]，
庶士[45]有朅[46]。

【賞析與點評】

考查古代史冊，《左傳・隱公三年》記載：「衛莊公娶于齊東宮得臣之妹，曰莊姜，美而無子，衛人所為賦〈碩人〉也。」莊姜為齊莊公的嫡女，亦是齊國太子得臣的妹妹，符合本詩的描述。故歷代論者普遍採納以上說法，指出本詩為讚美莊姜之辭。《毛序》認為本詩旨在「閔莊姜」，即謂「莊公惑於嬖妾，使驕上僭。莊姜賢而不

36 **鱣**（粵 zin1 氈 普 zhān）：一說為鯉魚的別稱，淡水魚類，鯉目鯉科，體型長而扁，身有銀鱗，頭部有魚鬚，常見於中原一帶的江河，為古人推崇的食材；一說專稱鯉魚中體型較大的一類；亦有說為黃魚，或泛稱無鱗片的大魚。

37 **鮪**（粵 fui2 洧 普 wěi）：又稱「鮥」，即今謂之鱘魚，鱘形目鱘科，頭部細小而尖出，身體最長可達數米，外表青黑，魚肉為白。古人常謂其貌似鱣魚。

38 **發發**：又作「鱍鱍」或「鮁鮁」，擬聲詞，形容魚尾有力擺動的聲響。發（粵 but6 勃 普 bō）。

39 **葭**：本義為未長成的蘆葦草，亦可泛稱所有類別的蘆葦草。

40 **菼**（粵 taam2 憛 普 tǎn）：本義為初生的荻草，亦可泛稱一般的荻草。禾本科芒屬，多年生草木植物，形似蘆葦草，同樣生長於水邊，秋天時會開出紫花。

41 **揭揭**：形容事物形體修長之貌。

42 **庶**：眾多。

43 **姜**：此處謂從屬姜氏一族，隨莊姜出嫁至衛國的陪嫁女子。

44 **孽孽**：又作「巘巘」。一說形容事物裝扮華麗之貌，於此形容「庶姜」所乘的車馬隊伍；一說形容女子長成後的美麗姿態，於此即形容「庶姜」的外貌。

45 **士**：此處謂護送莊姜出嫁至衛國的衛士。

46 **有朅**：朅為「偈」的假借字，形容人英偉勇武之貌。

答，終以無子，國人閔而憂之」。此說固然符合史實，然詩中實無明顯憐憫之辭，令人質疑《毛序》過分看重莊姜「無子」的形象，進而誤會衛人因其「無子」而賦〈碩人〉。

【語譯】

女郎修長美麗，
繡裳麻紗罩衣。
她是齊侯愛女，
衛侯結為連理。
太子嫡親胞妹，
又是邢侯小姨，
譚公娶姊為妻。

手如嫩茅初成，
肌如羊脂初凝，
頸如天牛初生，
齒如瓠籽齊整，
蛾眉廣額蟬形，
梨渦一笑嫣然，
眼波一動豔然。

女郎美麗修長，
歇車郊野田旁。
四馬雄健昂藏，
馬嚼紅綢飄揚。
雉簾車到朝堂，

大夫請早退下，
莫讓君主神傷。

黃河流水茫茫，
向北浩浩湯湯。
漁網撒入波浪，
魚尾擊水作響。
蘆葦又高又長，
陪嫁多少嬌娘，
侍臣赳赳昂昂。

【想一想】

1. 就本詩的旨要，《毛序》認為其有憐憫莊姜因無子而失寵之意，但不少論者都不以為然。你能從本詩中找出含憐憫意思的語句嗎？又，論者大多認為，《毛序》因見《左傳》以「無子」為莊姜生平的一大描述，遂順理成章地把有關莊姜的一切作品扣連至「無子」之事上。這種做法其實是不少論者解釋詩文時的陋習。就自身的學習經驗而言，你有否讀過這類論述？如今重新思考，可否分析那些論述有甚麼不合情理之處？

2. 本詩使用了擬聲詞，如「活活」「濊濊」和「發發」。你認為這些詞語能夠準確地表現其所代表之聲音嗎？若認為不夠準確，你又會使用甚麼字為代替？事實上，隨着語音的變化，部分出自古人筆下的擬聲詞似乎已是難以想像。就閱讀經驗而言，你認為古詩詞中的擬聲詞是否有助理解文意？抑或變成了不必要的妨礙？

【強化訓練】

一、 試判斷以下詩句中畫線部分之詞性：

(1) 衣錦褧衣：

(2) 大夫夙退：

(3) 施罛濊濊：

二、 本詩對「碩人」多有描寫。本詩使用了甚麼人物描寫手法呢？試闡述之。

______

______

______

三、 除了常見於古詩的押韻形式之外，本詩還藉由甚麼手法表現音樂感呢？

______

______

______

衛風·氓

【原文】

氓[1]之蚩蚩[2]，
抱布[3]貿絲。
匪[4]來貿[5]絲，
來即[6]我謀[7]。
送子涉[8]淇[9]，
至於頓丘[10]。
匪我愆[11]期，
子無良媒。
將[12]子無怒，
秋以為期[13]。

---

1 **氓**（粵 man4 民 普 máng）：流亡的人民，部分典籍又作「甿」，則是喪失田地的人民。後來泛稱一切因謀生或活命而被迫離開故土，寄居他地的人。

2 **蚩蚩**：一說形容人敦厚之貌；一說形容人嘻笑之貌；一說形容氣質祥和欣悅之貌。蚩（粵 ci1 雌 普 chī）。

3 **布**：根據考古發現，在貨幣制度統一以前，古人嘗以布匹作貨幣之用，故此處不一定暗示「氓」為布商。

4 **匪**：為「非」的假借字，否定詞，不。

5 **貿**：交易。

6 **即**：接近。

7 **謀**：謀議，此處謂商量婚事。

8 **涉**：描述渡河的動作。

9 **淇**:水名，即淇水，古為黃河支流，發源於今山西省陵川縣一帶，流經衛國。

10 **頓丘**：地名，位處衛國之內，大約為今河南省清豐縣一帶。

11 **愆**（粵 hin1 牽 普 qiān）：耽誤、拖延。

12 **將**（粵 coeng1 昌 普 qiāng）：請求，屬態度有禮的祈使用語。

13 **期**：此處謂婚期。

乘[14]彼垝[15]垣[16]，
以望復關[17]。
不見復關，
泣涕漣漣[18]。
既見復關，
載[19]笑載言。
爾[20]卜[21]爾筮[22]，
體[23]無咎言[24]。
以爾車來，
以我賄[25]遷。

桑之未落，
其葉沃若[26]。

---

14 **乘**：登上。

15 **垝**（粵 gwai2 詭 普 guǐ）：形容事物倒塌的狀態。

16 **垣**：矮小的土牆。

17 **復關**：一說為地名，在澶州之內，即今河南省清豐縣的西南面；一說此為某個關口的名稱而已，大約設於城外近郊處。

18 **漣漣**：形容涕淚連綿不止之貌。

19 **載**：助詞，相當於「則」「便」或「就」等。

20 **爾**：第二人稱代詞，你。

21 **卜**：流行於商周時代的占卜儀式，以火灼龜甲，藉其裂開的紋理狀態，詮釋天意對行事吉凶的定斷。

22 **筮**（粵 sai6 誓 普 shì）：流行於商周時代的占卜儀式，按照特定的術數模式排列蓍草，從而推測吉凶。

23 **體**：即卦體，謂占卜所得的卦象；又作「履」，作副詞，釋為幸好。

24 **咎言**：不祥的言語，謂卜筮所得的凶兆。

25 **賄**（粵 kui2 潰 普 huì）：財貨，此處謂主人公的嫁妝。

26 **沃若**：形容事物飽受潤澤，和順柔軟之貌。

于嗟[27]鳩[28]兮，
無食桑葚[29]。
于嗟女兮，
無與士耽[30]。
士之耽兮，
猶可說[31]也。
女之耽兮，
不可說也。

桑之落矣，
其黃而隕[32]。
自我徂[33]爾，
三歲[34]食貧[35]。
淇水湯湯[36]，

---

27 **于嗟**：又作「吁嗟」，歎詞，含有傷感慨歎的語氣。

28 **鳩**：即班鳩，鴿形目鳩鴿科，一般見於亞洲南部和非洲各地的山地、平原、樹林，體形瘦長，於鳥類中屬於中小型品種。常見的品種為褐色，鳴聲低沉。

29 **桑葚**：桑樹的果實，外形橢圓，未熟時為綠色，成熟後會按品種變成紫紅色或紫黑色，甜美多汁，有滋陰養血、補肝益腎之效。傳說班鳩若進食過量的桑樹果實，便會陷入如同醉酒的狀態，進而損害其身心。葚（粵 sam6 甚 普 shèn）。

30 **耽**（粵 daam1 耼 普 dān）：為「酖」的假借字，過度放縱，沉溺逸樂之意。

31 **說**：與「脫」相通，擺脫。

32 **隕**：落下。

33 **徂**（粵 cou4 曹 普 cú）：往。

34 **三歲**：此處非作實數，泛稱多年而已。

35 **食貧**：生活貧困。

36 **湯湯**：形容水勢浩大之貌。

漸[37]車帷裳[38]。
女也不爽[39]，
士貳[40]其行。
士也罔[41]極[42]，
二三其德[43]。

三歲為婦[44]，
靡[45]室勞[46]矣。
夙[47]興[48]夜寐，
靡有朝[49]矣。

---

37 **漸**（粵 zim1 尖 普 jiān）：浸濕。

38 **帷裳**：安裝在車廂兩旁的布幔，既是裝飾，亦能在女子乘車出行時，防止外人窺視車內狀況。有說此處或使用了借代手法，雖只云馬車部件，實際卻是指向整輛乘載了女性的馬車。

39 **爽**：錯失、差錯。

40 **貳**：本作「貣」，為「忒」的假借字，差錯、失誤。亦有說從本字，形容人的行為前後不一。

41 **罔**：沒有。

42 **極**：準則，此處「罔極」釋作沒有準則，引申為心思變幻無常之意。

43 **二三其德**：等同今人謂之「三心兩意」，形容人心變化無定，三番四次改易自己的主意或心意。

44 **婦**：媳婦。

45 **靡**：否定詞，沒有。

46 **室勞**：居室之勞，即家務勞動。

47 **夙**（粵 suk1 縮 普 sù）：早上。

48 **興**：起來，此處謂睡醒以後，從床上起來。

49 **朝**：朝旦，含短暫的意思，此處謂朝旦之間暇時間。

言[50]既[51]遂[52]矣，
至於暴[53]矣。
兄弟不知，
咥[54]其笑矣。
靜言[55]思之，
躬[56]自悼矣。

及[57]爾偕[58]老，
老使我怨。
淇則有岸，
隰[59]則有泮[60]。
總角[61]之宴[62]，

---

50 **言**：助詞，無實際意思。

51 **既**：已經。

52 **遂**：一說釋作安定，謂生活安定；一說釋作成，謂家業有所成就。

53 **暴**：暴虐。

54 **咥**（粵 hei3 氣 普 xī）：形容人大笑之貌，含譏笑的意味。

55 **言**：助詞，無實際意思，與上文「言既遂矣」之「言」相同。

56 **躬**（粵 gung1 工 普 gōng）：自己。

57 **及**：與。

58 **偕**：一同。

59 **隰**（粵 zaap6 雜 普 xí）：低濕地帶。或作「濕」，即漯水，衛國的川水名稱。

60 **泮**（粵 pun3 判 普 pàn）：與「畔」相通，水邊、岸邊。

61 **總角**：總，紮起事物；角，古代孩童的髮型，即把頭髮紮成兩個團，如凸起的獸角般一左一右地置於頭上；此處以孩童的形象特點為象徵，謂孩童時代之意。

62 **宴**：為「安」的假借字，安樂、閒逸。

言笑晏晏[63]。
信誓[64]旦旦[65]，
不思[66]其反[67]。
反[68]是不思[69]，
亦已[70]焉哉！

【賞析與點評】

按照詩歌內容，本詩為棄婦之詩，完整講述一名女子從戀愛、成婚到遭男方拋棄的故事。如朱熹的說法，本詩言「淫婦為人所棄，而自敘其事，以道其悔恨之意」。以「淫婦」稱呼詩中女子，或是出於朱熹對「鄭衞之風」的偏見，然而其解釋大致是準確的。至於《毛序》，則認為本詩旨在諷刺衞宣公在位之時，衞國「禮義消亡，淫風大行，男女無別，遂相奔誘。華落色衰，復相棄背。或乃困而自悔，喪其妃耦，故序其事以風焉。美反正，刺淫泆也」。儘管「棄背」「自悔」諸語同樣切中棄婦詩的主要特色，但其重點落在諷刺「淫泆」一點上，則未免有所偏離。

---

63 **晏晏**：形容人祥和愉悅之貌。

64 **信誓**：真誠的誓言。

65 **旦旦**：旦為「怛」的假借字，本義為心傷，引申為真誠之意。此處「旦旦」形容人言行誠懇之貌。

66 **不思**：沒想過。

67 **反**：一說釋作反面，此處謂愛意的反面，即愛慕不再；一說釋作反覆無常，此處謂心思變化不定，不再專一用情於主人公。

68 **反**：違背。

69 **不思**：不再顧念。

70 **已**：休止、作罷。

【語譯】

青年樸實敦厚，
抱布來換絲綢。
不是換我絲綢，
是想配成佳偶。
送你涉過淇水，
直到頓丘才回。
豈想耽誤佳期，
你無良媒失禮。
請你不要惱怒，
就以秋日為期。

登上殘破土牆，
直把復關眺望。
復關一片茫茫，
眼淚沾襟浪浪。
直至見到復關，
兩人邊說邊笑。
你去占卜禍福，
卦體沒有凶兆。
你把馬車趕來，
搬我嫁妝上道。

桑葉還未落時，
鬱鬱蔥蔥滿枝。
唉呀小班鳩啊，
桑葚不要貪吃。

唉呀弱女子啊，
別為男子耽迷。
男子雖耽迷啊，
還可斬斷情絲。
女子若耽迷啊，
無法斬斷情絲。

桑葉已經凋零，
隨風枯黃翩翻。
自從嫁到你家，
多年忍受貧困。
浩浩一片淇水。
浸濕我的車帷。
女子過錯何在？
男子二心不該。
男子反覆無常。
一時一個模樣。

多年恪盡婦道，
家務辛勞不辭。
早起更兼晚睡，
何止一天如此。
生活漸入佳境，
對我卻漸兇暴。
兄弟不知詳情，
只會開口嘲笑。
靜中想後思前，
只能自傷自悼。

發誓白頭到老，
未老我已怨愁。
淇水尚有岸口，
濕地也有盡頭。
少時快樂悠遊，
談笑風生無憂。
歷歷誓言賭咒，
誰料反目成仇。
誓言既成虛話，
那就隨他去罷！

【想一想】

1. 本詩述說了主人公的不幸經歷。剖析個中情節，你認為在種種不幸中，主人公對哪一項最感痛心？你認為哪些人要為這段不幸故事負上責任？這些人當中又以誰人的責任為最大呢？又，本詩的主人公既為女性，即本詩的所有敘述皆出自女性的視角。由是觀之，你認為當時的女性如何看待婚戀關係的挫敗？

2. 本詩敘事完整，情節豐富，不免教人想去稍後出現的漢樂府，特別是同樣訴說婦女苦況的《孔雀東南飛》。試比較本詩與《孔雀東南飛》於內容、形式和寫作手法等方面的異同。又，《孔雀東南飛》既為後出之作，會否存在改進本詩而來的痕跡？反過來說，本詩又是如何影響古典敘事詩的發展？

【強化訓練】

一、 以下句中的畫線部分涉及詞性轉換，試解釋之：

（1） 其黃而隕：

（2） 夙興夜寐：

二、 以下句子均使用了代詞，試指出它們的實際指向：

（1） 將子無怒：

（2） 以爾車來：

（3） 反是不思：

三、 本詩使用了不少借代手法，試舉例說明其藝術效果。

衛風．河廣

【原文】

誰謂河[1]廣？
一葦[2]杭[3]之。
誰謂宋遠？
跂[4]予望之。

誰謂河廣？
曾[5]不容刀[6]。
誰謂宋遠？
曾不崇[7]朝。

【賞析與點評】

按照《毛序》的說法，宋襄公的母親，即宋桓公夫人生子以後，

---

1 **河**：此處專指黃河。

2 **葦**：即蘆葦草。草本植物，禾本科蘆葦屬，一般叢生於河邊、沼地等與水相接的濕潤環境。其葉呈修長的形狀，可生長至十數厘米至半米不等。

3 **杭**：為「斻」之假借字，本義為舟船，此處引申為乘船渡河的意思。又，「斻」就是「航」的古字。

4 **跂**（粵 kei5 企 普 qì）：為「企」之假借字，舉踵而立之意，即站立時撐起後腳跟，只以腳尖觸地的姿態。今亦有「跂踵」一詞指稱以上動作。

5 **曾**：何曾。

6 **刀**：為「舠」之假借字，外型像刀刃的小舟。

7 **崇**：為「終」之假借字，終盡之意。「崇朝」即「終朝」，終盡早晨，也就是過了整個早晨的意思。按《毛序》所述，古人謂之「終朝」專指從日出之後，吃早餐之前的時段。

就回到了其原來所屬的衞國。及至襄公即位，為人母者甚為思念，卻是無從前往，遂作本詩以抒懷。朱熹又補充，桓公夫人眼見宋國不遠，奈何「義不可而不我往」，難免心有鬱結。

【語譯】

誰說黃河寬廣？
葦筏便可橫渡。
誰說宋國遼遠？
想望只需踮足。

誰說黃河寬廣？
何曾容得小船。
誰說宋國遼遠？
何曾需要半天。

【想一想】

1. 你有與親人分隔異地的經歷嗎？其間可曾生出過馬上前往當地，與對方見面的衝動嗎？又，本詩所述與你當時的感受相似嗎？

2. 本詩的主人公為了與心中想念的人相見，生出了渡河的念頭。依其想像來看，你認為其成功的機會有多大？又，為何在主人公眼中，一河之隔會是如此大的困難？試結合不同資料，或其他文學作品的描述，討論古人渡河的難度何在。

【強化訓練】

一、 試指出以下畫線字彙的詞性：

（1）一葦杭之：

（2）曾不容刀：

二、 本詩使用了何種敍述人稱？其效果如何？

三、 本詩兩章合計由四組問答構成。這種寫法有何用意？

衛風·伯兮

【原文】

伯[1]兮朅[2]兮，
邦之桀[3]兮。
伯也執殳[4]，
為王前驅[5]。

自伯之[6]東，
首如飛蓬[7]。
豈無膏[8]沐[9]？
誰適[10]為容[11]！

---

1 **伯**：此處用於稱呼主人公的丈夫，大概是因為在兄弟中排行居長的緣故。

2 **朅**：為「偈」的假借字，英偉勇武之貌。

3 **桀**：一說當作「傑」，才智過人之貌；一說為「健」之假借字，健兒、強者之意。

4 **殳**（粵 syu4 殊 普 shū）：古代長柄型兵器，竹製或木製，全長一丈二尺，無刃，有八面棱角，用於撞擊或擊打。

5 **前驅**：按《周禮》記載，當指王出入時，在其前側馭馬的護衛。發展至後期，則可以指稱主帥馭車時，守於其前側的護衛或先鋒。

6 **之**：前往。

7 **飛蓬**：飛散的蓬草，此處用作比喻「伯」披頭散髮的形象。

8 **膏**：油脂，有說用於潤澤頭髮，亦有說用於潤澤臉部；亦有一說稱此為動詞，釋作洗臉，與下文的「沐」構成並列結構的詞語。

9 **沐**：洗頭。

10 **適**：取悅。

11 **容**：打扮、裝飾。

其[12]雨其雨，
杲杲[13]出日。
願言[14]思伯，
甘心[15]首疾。

焉得諼草[16]？
言[17]樹[18]之背[19]。
願言思伯，
使我心痗[20]。

---

12 **其**：庶幾，即表示希望、冀盼的意思。

13 **杲杲**：形容明亮之象。杲（粵 gou2 稿 普 gǎo）。

14 **願言**：形容人念念不忘的狀貌。另有一說當作「睠然」，同今人謂之「眷然」，即心有依戀，回頭顧看之意。

15 **甘心**：按照清人馬瑞辰的解釋，古時「甘」與「苦」相反為義，此處「甘心」可以釋作「苦心」，也就是憂心、痛心的意思。

16 **諼草**：又作「萱草」或「諠草」，也就是今人謂之「金針菜」。古人亦俗稱此為「忘憂草」，相信其具忘卻憂傷、釋解鬱悶的功效。諼（同萱，xuān）。

17 **言**：虛詞，而。

18 **樹**：種植。

19 **背**：通「北」，此處指房屋北面。

20 **痗**（粵 mui6 妹 普 mèi）：本意為病，結合上字「心」即心中有病，也就是心懷憂傷的意思。

【賞析與點評】

按照《毛序》解說，本詩意在「刺時」，即「言君子行役，為王前驅，過時而不反焉」。有說藉「為王前驅」一語進而推斷，本詩實指向衞宣公在位時，蔡人、衞人、陳人從王伐鄭一事。然朱熹指出，鄭國其實在衞國的西邊，與詩中「自伯之東」一句矛盾，故「為王前驅」一語大概不是指向上述史事，舊說屬過度詮釋。

【語譯】

大哥真威風啊，
國中他稱雄啊。
大哥手執長殳，
擔任天子先驅。

自從大哥征東，
我髮亂如飛蓬。
難道缺少髮油？
為誰修飾顏容！

說要下雨下雨，
偏偏出了豔陽。
綿綿思念大哥，
甘心頭痛何妨。

哪有忘憂仙草？
把它種在堂北。
綿綿思念大哥，
心痛我也無悔。

【想一想】

1. 在本詩末處，主人公苦於思憶，唯有藉由種植「諼草」緩解心結。事實上，不少文學作品都會視各類植物為精神寄託之物。除了本詩之外，你還可以舉出其他作品為例子嗎？古人使用這種植物的方式，又體現了甚麼傳統文化精神？

2. 本詩的主人公固然不欲與「伯」分離。然按照詩歌所稱，「伯」才華出眾，實為人中龍鳳，是次出征亦獲委派擔當「前驅」之職，說不定真的有建功立業，飛黃騰達的機會。在生離死別與建功立業之間，你會以何者為重？又，若有選擇餘地的話，你會阻止「伯」參與是次出征嗎？試代入詩中主人公的位置討論之。

【強化訓練】

一、 試指出以下詩句之畫線部分的詞性：

（1） 邦<u>之</u>桀兮：

（2） 自伯<u>之</u>東：

（3） 言樹<u>之</u>背：

二、 試指出以下詩句使用了何種修辭手法，並評論其效果：「其雨其雨」。

____

____

____

三、 試指出本詩的押韻方式。

____

____

____

王風、鄭風

王風、鄭風

【題解】

西周滅於犬戎後，周平王東遷，定都洛邑，是為東周之始。〈王風〉便是在東周洛邑附近採集的歌謠。當時王室土地日蹙，威望一落千丈，但名義上仍是天下共主，故這輯詩歌稱為〈王風〉而非「周風」。〈王風〉共收錄詩作 10 首（本書選 2 首），皆為東周之作。由於「平王播遷，家室飄蕩」，因此〈王風〉諸作多有離亂悲涼的氣氛。

鄭國本在西周鎬京附近的咸林，是周宣王封給同母弟友的采邑。鄭桓公友封爵為伯，曾擔任周幽王的司徒，死於犬戎之亂。其子武公掘突、孫莊公寤生勤王有功，隨平王東遷，仍任司徒，定都於洛邑附近的新鄭（今河南省新鄭）。東周初年，鄭國為一強國，但不久便趨於衰弱。周安王二十六年（公元前 276 年），鄭為韓國所滅。鄭國地處中原，往來商旅雲集，男女交往比較開放，故〈鄭風〉21 首（本書選 6 首）中，多有以情愛為主題的歌謠。

王風·黍離

【原文】

彼黍[1]離離[2]，
彼稷[3]之苗。
行邁[4]靡靡[5]，
中心搖搖[6]。
知我者，
謂我心憂。
不知我者，
謂我何求。
悠悠[7]蒼天，
此何人哉！

---

1 **黍**（粵 syu2 暑 普 shǔ）：俗稱「黃米」，禾本科黍屬，生長期頗短，具耐寒、耐旱等特點。其籽多而形小，為常見於中國北方的穀物，用作人吃的主糧或禽畜的飼料。古人稱之「黍」大多專指其種子部分而已。

2 **離離**：釋意眾說紛紜，一說形容植物遍地長成，井然排列的景象；一說形容植物生長繁盛之貌；一說形容植物形體下垂之貌。

3 **稷**（粵 zik1 積 普 jì）：古代常見的農產品。一說為小米，又稱「粟」，禾本科一年生狗尾草屬，常見於中國北方，特別是黃河流域一帶，其籽為古人的主要糧食之一；一說為高粱，禾本科一年生高大草本植物，常見於中國東北一帶，其籽可加工為供蒸煮的米，為古人的主要糧食之一。

4 **行邁**：遠行。案，「邁」一字本來已經具有遠行的意思，在此與「行」並用，實有重複用字的效果。

5 **靡靡**：形容步履遲緩之貌。

6 **搖搖**：為「愮」的假借字，形容人憂思甚深，又苦無訴說對象的心理狀態。《爾雅·釋訓》曰：「愮愮，懮無告也。」

7 **悠悠**：形容遙遠之貌。

彼黍離離，
彼稷之穗[8]。
行邁靡靡，
中心如醉[9]。
知我者，
謂我心憂。
不知我者，
謂我何求。
悠悠蒼天，
此何人哉？

彼黍離離，
彼稷之實[10]。
行邁靡靡，
中心如噎[11]。
知我者，
謂我心憂。
不知我者，
謂我何求。
悠悠蒼天，
此何人哉？

---

8 **穗**（粵 seoi6 睡 普 suì）：生於禾類植物之莖部頂端的果實。

9 **如醉**：此處以醉酒狀態為喻，形容主人公心有憂思，以致精神不佳，意識恍惚。

10 **實**：籽實。

11 **噎**（粵 jit3 謁 普 yē）：本意為食物塞住喉部的狀態。此處則是用作比喻，形容憂思深入胸懷，如同進食時噎住一般，連呼吸也感到困難。

【賞析與點評】

按《毛序》所述，本詩意在「閔宗周」，即「周大夫行役至於宗周，過故宗廟宮室，盡為禾黍。閔周室之顛覆，彷徨不忍去，而作是詩」。後世卻認為「周室顛覆」之語過於誇張，詩中未見亡國的指向。他們認為本詩僅為感歎周室遷都而已。西周末年，國都鎬京歷盡天災人禍，實在難以運作。周平王遂於即位翌年（公元前 770 年）遷都至洛邑，東周時期亦由此展開。自此次史稱「平王東遷」的事件以後，周室力量大減，由過去統領諸侯變為依賴強大的諸侯保護。且平王自身有弒父之嫌，威望更是一落千丈，實無力阻止天下諸侯逾越封建制度的規限，肆意擴張，甚至互相攻伐，稱王稱霸。於東周時期的人而言，周室的強盛僅存在於故人的記憶中。

【語譯】

黍子生長成行，
高粱冒出新苗。
遠行步履徬徨，
心中恍惚悲悼。
理解我的，
說我心中憂愁。
不理解的，
笑我何所尋求。
問聲茫茫老天，
是誰造成惡果！

黍子生長成行，
高粱長出花穗。

遠行步履徬徨，
心中恍惚似醉。
理解我的，
說我心中憂愁。
不理解的，
笑我何所尋求。
問聲茫茫老天，
是誰造成惡果！

黍子生長成行，
高粱結出籽實。
遠行步履徬徨，
胸中哽咽無詞。
理解我的，
說我心中憂愁。
不理解的，
笑我何所尋求。
問聲茫茫老天，
是誰造成惡果！

【想一想】

1. 自本詩面世之後，歷代文人不時以「黍離」一語述說亡國的悲痛，文學意象的傳統由此形成。你認為本詩為何會產生如此深遠的影響？哪些因素促成本詩獲取這個重要而崇高的位置？

2. 按《毛序》所述，本詩的主人公為正在行役的周大夫。這大概與「行邁靡靡」一語有關。你認同這個判斷嗎？又，主人公的身份對本詩抒發的情感有何影響？若然主人公的身份有變，本詩將可能產生甚麼變化呢？

【強化訓練】

一、 試指出以下詩句在用詞層面上使用了何種修辭技巧：「行邁靡靡」。

______

______

______

二、 一如其他《詩經》作品，本詩使用了疊章法。試分析之，並評論其效。

______

______

______

三、 試指出本詩的押韻形式。

______

______

______

王風·采葛

【原文】

彼采[1]葛[2]兮，
一日不見，
如三月兮！

彼采蕭[3]兮，
一日不見，
如三秋[4]兮！

彼采艾[5]兮，
一日不見，
如三歲兮！

【賞析與點評】

從字面意思觀之，詩意當為抒發對採花姑娘的思念之情。朱熹就指出：「采葛所以為絺綌，蓋淫奔者託以行也。故因以指其人，而

1 采：為「採」之假借字，採集之意。

2 葛：藤本植物，豆科葛屬。其葉子可作食物或調味品；根部可入中藥，主治傷寒温熱，頭痛頸硬等症狀；莖部的皮亦可製成纖維，織成葛布。

3 蕭：菊科蒿屬植物，特徵為香氣濃烈。相傳古人會於祭祀儀式中點燃此物，以供奉神明；亦有說此實為「艾」的別稱，有「蒿艾」一詞，詳見注5。

4 三秋：孔穎達《毛詩正義》曰：「年月四時，時有三月。秋三，謂九月也。」其謂一年分四季，每季相當於三個月，故「三個秋天」就是九個月的時間。

5 艾：草本植物，菊科蒿屬，葉子呈分裂羽狀，背有白絲絨毛，多於秋天開花。其葉可入中藥，亦可燃燒用於針灸治療，是為「艾灸」。

言思念之深，未久而似久也。」固然在其立場看來，此當為「淫奔者」所為；另一方面，《毛序》認為本詩為政治託喻，有「懼讒」之意。它的解釋為：「桓王之時，政事不明，臣無大小使出者，則為讒人所毀，故懼之。」

【語譯】

那採葛姑娘啊，
一天沒見到她，
像三月漫長啊！

那採蕭姑娘啊，
一天沒見到她，
像三秋漫長啊！

那採艾姑娘啊，
一天沒見到她，
像三年漫長啊！

【想一想】

1. 從字面而言，本詩當是描寫思念他人，苦苦等候的感受。然《毛序》一脈指出本詩具有政治意含，有着「懼讒」之意，即臣子時刻擔心為讒言所害，小事之憂使之度日如月，大事之憂則是度日如年。你認為如此比附合理嗎？

2. 詩中「一日不見，如隔三秋」已經成為今天的熟語。然按注釋所稱，四時皆是各佔三月之長，則「三秋」無異於「三春」「三夏」「三冬」。何以詩人最終選擇使用「三秋」呢？

【強化訓練】

一、 本詩三章的末句分別言「三月」「三秋」和「三歲」。如此差別，體現了甚麼修辭手法？效果如何？

二、 試指出以下詩句使用了何種修辭手法：「一日不見，如三歲兮！」

三、 試指出本詩的韻腳分佈。

鄭風·將仲子

【原文】

將[1]仲子[2]兮，
無踰[3]我里[4]，
無折[5]我樹杞[6]。
豈敢愛之？
畏我父母。
仲可懷[7]也，
父母之言，
亦可畏也。

將仲子兮，
無踰我牆[8]，

---

1 **將**（粵 coeng1 昌 普 qiāng）：請求，屬態度有禮的祈使用語。

2 **仲子**：本義為次子，於本詩中則是主人公對愛慕對象的稱呼。古人會按長幼，順序以伯、仲、叔、季稱呼家中的男丁。論者相信，本詩的「仲子」亦是家中次子，所以他人都習慣以此稱呼他，甚至連家族以外的人亦受此影響，視之為其人的別名，類似今人所言「二哥」。

3 **踰**：越過。

4 **里**：古代制度，劃分民眾居住區域的單位，由二十五戶組成。《周禮·地官》記曰：「五家為鄰，五鄰為里。」

5 **折**：折斷。案，按照文意，此處當不是主動折斷植物的意思，而是指其人越過牆壁時，或是不夠小心，或是無可避免，總之身體把附近的植物壓至折斷。

6 **杞**（粵 gei2 己 普 qǐ）：即杞柳，楊柳科柳屬，落葉叢生灌木，樹枝多為黃綠色，葉有細鋸齒，開花期始於初春。常見於中原地區東北一帶山區，多長於河川旁邊或濕潤的草地。

7 **懷**：思念。

8 **牆**：此處當謂主人公居處的院子牆壁。

無折我樹桑[9]。
豈敢愛之？
畏我諸兄。
仲可懷也，
諸兄之言，
亦可畏也。

將仲子兮，
無踰我園[10]，
無折我樹檀[11]。
豈敢愛之？
畏人之多言。
仲可懷也，
人之多言，
亦可畏也！

---

9 **桑**：桑屬落葉灌木，樹皮有淺淺的裂紋，葉呈橢圓，花為黃綠色，於古代農業社會中具有很高的經濟價值，如其葉為蠶蟲的主要飼料，其果實、根部、樹皮等亦可入藥或入饌。案，現代植物學對桑屬植物頗有爭議，部分學者認為其不限於灌木，部分品種亦屬喬木。

10 **園**：古人家居範圍內的戶外區域，專門用以種植花木或蔬果。

11 **檀**：根據現代植物學分類，坊間可稱「檀」的植物實有多種，且歸屬不同類別。現代學者普遍相信先秦文獻中的「檀」都是青檀。青檀，又名「翼朴」，大麻科翼朴屬，落葉喬木，一般高約二十米，葉形不規則，長有白花。其樹皮呈灰白色，條紋淺細，古人嘗用之製作宣紙。青檀廣泛分佈於中原各區，亦是當時中原獨有的植物。

【賞析與點評】

歷代論者對本詩的旨要分歧頗大，有關意見主要分為兩方。一者，如《毛序》稱本詩旨在諷刺鄭莊公，謂其「不勝其母，以害其弟。弟叔失道而公弗制，祭仲諫而公弗聽，小不忍以致大亂焉」。三家詩皆從此說，可視為漢儒的共識。另一種意見則認為本詩並無指向歷史事件，只需按照詩歌內容的字面意思，謂男女相思，卻為家庭和外界的壓力所限制，以致不得共諧連理，陷入進退兩難之境。朱熹謂：「此實淫奔之詩，無與於莊公、叔段之事。」朱熹從執守禮法的角度出發，固然認定本詩屬「淫奔」之作，但另一角度來說，此則肯定了本詩當言男女的感情瓜葛。

【語譯】

請求二哥啊，
不要翻我里牆壁，
不要折我杞樹枝。
哪是吝嗇捨不得？
怕我父母太嚴厲。
二哥真讓我掛記，
一旦父母要嚴斥，
實在也讓我焦慮。

請求二哥啊，
不要翻我園牆壁，
不要折我桑樹枝。
哪是吝嗇捨不得？
怕我兄弟太嚴厲。

二哥真讓我掛記，
一旦兄長要嚴斥，
實在也讓我焦慮。

請求二哥啊，
不要翻我園牆壁，
不要折我檀樹枝。
哪是吝嗇捨不得？
只怕鄰人閒話起。
二哥真讓我掛記，
一旦鄰人閒話起，
實在也讓我焦慮。

【想一想】

1. 按照詩意推敲，本詩大概是說一名女子向其愛慕的男子表示，二人的關係備受各方壓力，似乎難以維持。就你的體會而言，你認為女子對這段愛情抱有甚麼態度？她請求那名男子「無踰」其居、「無折」其樹，實有何含義？又，詩歌內容有否任何蛛絲馬跡，揭示諸人反對這段愛情的原因？

2. 本詩的韻腳，受疊章法的影響，其分佈理應穩定。事實上，在本詩的第二章和第三章中，韻腳分佈完全相同。然在第一章，韻腳出現在同於另外兩章的位置外，還見於兩個位置，即「將仲子兮」的「子」和「豈敢愛之」的「之」。值得留意的是，這兩句是本詩運用疊章法時加以重複的句子，故不會與換了韻的後兩章產生押韻的效果。由是觀之，你認為這是否反映出詩人的用韻安排有所不妥？

單就第一章內部而言，韻腳會否過多？影響何在？又於三章而言，這是否破壞了詩歌形式之工整？對其藝術效果有何影響？

【強化訓練】

一、 試判斷以下詩句中畫線部分之詞性：

（1） 將仲子兮：

（2） 無踰我里：

（3） 父母之言：

二、 試指出以下詩句所用之修辭手法，並評論其藝術效果：「仲可懷也。父母之言，亦可畏也。」

三、 本詩藉由疊章法營造了層遞效果。試闡釋之。

鄭風·大叔于田

【原文】

叔[1]于田[2]，
乘[3]乘[4]馬，
執轡[5]如組[6]，
兩驂[7]如舞。
叔在藪[8]，
火烈[9]具[10]舉[11]。
襢裼[12]暴[13]虎，
獻於公所。

---

1 **叔**：一說為該男子於家族中的排名，即傳統謂之「伯、仲、叔、季」中的第三位，不少古人會直接以之為自身的表字；一說為古代女子對其情人或丈夫的稱呼，與該男子的名字或輩份無關。

2 **田**：與「畋」相通，打獵。

3 **乘**：駕駛。

4 **乘**：數詞，古代兵制以四馬一車合計為一乘。

5 **轡**（粵 bei3 庇 普 pèi）：韁繩，即古人駕車時供拉車牲畜銜着，以操控其前進方向的繩子。

6 **組**：即「織組」，編織時整齊排列成一排的絲線。

7 **驂**：專門指稱在一乘的四匹馬中，於馬車左右兩旁的兩匹馬。

8 **藪**（粵 sau2 手 普 sǒu）：草木叢生的低窪濕地。

9 **烈**：為「列」的假借字，部分版本直接作「列」，釋作遮斷，此處謂獵人點火，藉火勢遮斷獵物的退路。

10 **具**：一起。

11 **舉**：高舉而起。

12 **襢裼**：脫衣露體。襢（粵 taan2 坦 普 tǎn），裼（粵 sik3 錫 普 tì）。

13 **暴**：徒手搏鬥。

將[14]叔無狃[15]，
戒[16]其傷女[17]。

叔于田，
乘乘黃[18]，
兩服[19]上襄[20]，
兩驂鴈行[21]。
叔在藪，
火烈具揚[22]。
叔善射忌[23]，
又良御[24]忌，
抑[25]磬控[26]忌，

---

14 **將**：請求，屬態度有禮的祈使用語。

15 **狃**（粵 nau2 扭 普 niǔ）：習以為常，含有放下戒心之意。

16 **戒**：警惕。

17 **女**：與「汝」相通，第二人稱代詞，你。

18 **黃**：此處謂黃色毛髮的馬。

19 **服**：專門指稱在一乘的四匹馬中，置中拉車的兩匹馬。

20 **上襄**：襄，與「驤」相通，描述馬匹頭部高起低落的動作。此處「上襄」即謂馬匹昂首的動作。

21 **鴈行**：驂馬保持稍後於服馬的位置，四馬以如同「人」字型雁陣的陣式前行。

22 **揚**：揚動，即高舉輕搖的動作。

23 **忌**：語末助詞，無實際意思。

24 **御**：駕乘、控制馬匹。

25 **抑**：句首助詞，無實際意思。

26 **磬控**：磬（粵 hing3 慶 普 qìng），本意為樂器名稱，後來因其形狀彷如人彎腰曲身向前之貌，遂引申為騎馬加速的意思；「控」則釋作止住馬匹，不容前行之意。二字結合為並列結構，意謂馭馬之術。

抑縱送[27]忌。

叔于田，
乘乘鴇[28]，
兩服齊首，
兩驂如手[29]。
叔在藪，
火烈具阜[30]。
叔馬慢忌，
叔發[31]罕忌，
抑釋[32]掤[33]忌，
抑鬯[34]弓忌。

【賞析與點評】

按照詩句的內容，本詩代入旁觀者的視角，讚美某位獵人英勇俊美，身手了得。《毛序》則言，本詩旨在諷刺鄭莊公，言其「多才

27 縱送：策馬奔馳。

28 鴇（粵 bou2 保 普 bǎo）：毛色黑白相雜的馬，又稱作「烏驄」。

29 如手：此處謂兩旁的驂馬保持稍後於服馬的位置，如同人之兩手與軀幹的關係。

30 阜（粵 fau6 埠 普 fù）：形容事物旺盛的狀態，此處用於形容火勢。

31 發：放箭。

32 釋：解開。

33 掤（粵 bing1 兵 普 bīng）：箭筒的蓋子。

34 鬯（粵 coeng3 唱 普 chàng）：與「韔」相通，本義為弓袋，此處作動詞，釋作把弓放入弓袋的動作。

而好勇，不義而得眾」。然不少論者均質疑，詩中實未見明確指向，漢儒的看法大概流於附會史事而已。值得一提的是，本詩的真正詩題當作「叔于田」，今本所見的「太」（大）字為後人添加。這實為詩題篇章的命題慣例，意謂本詩的篇幅長於排列在本詩之前的〈叔于田〉。畢竟二詩篇名相同，不得不加以區別。

【語譯】

三哥出門狩獵，
車駕四馬前馳，
粗韁握如細絲，
側馬昂揚舞姿。
三哥來到濕地，
隨從舉火劃一。
裸身與虎搏擊，
獻予國君為禮，
三哥請別輕心，
要防猛虎傷你。

三哥出門狩獵，
四馬毛色金黃，
駕轅馬首高昂，
側馬如雁飛翔。
三哥來到濕地，
火把烈焰飄揚。
三哥神射手啊，
馭馬又一流啊，

又彎身勒馬啊，
又鬆韁呼駕啊。

三哥出門狩獵，
四馬黑白雜毛，
駕轅馬首等高，
側馬如手夭矯。
三哥來到濕地，
火把明光燃燒。
四馬蹄聲渺啊，
箭射也漸少啊，
又收箭入筒啊，
又開囊置弓啊。

【想一想】

1. 為免與同處〈鄭風〉的「叔于田」相混，古人為本詩的篇名添一「太」（大）字。試比較兩篇作品，探討其於題目旨要、寫作手法和章法形式等層面的異同。又，你較喜歡哪一篇？有何原因？

2. 本詩代入了旁觀者的角色，描寫其所見之獵人的英姿。然關於這位敍述者，詩人顯然着墨不多。有人認為，此人實為「叔」的情人以至妻子，亦有人認為其不過是國內崇拜「叔」的人，雖有傾慕之心，卻未見實際關係。你又認為其身份如何？試利用詩中有限的線索，加以推敲。又，結合其他寫法相似的作品觀之，又會否對此疑問得出更深入、更精確的看法？

【強化訓練】

一、 試判斷以下詩句中畫線部分之詞性：

（1） 乘乘馬：

（2） 兩服上襄：

（3） 叔發罕忌：

二、 本詩藉由描寫「叔」的打獵過程，讚賞其身手了得，英姿不凡。作者運用了甚麼人物描寫手法，以達到這個目的？

三、 本詩的節奏感強而多變，試闡釋之。

鄭風．女曰雞鳴

【原文】

女曰雞鳴，
士曰昧旦[1]。
子興[2]視夜[3]，
明星[4]有爛[5]。
將翺將翔[6]，
弋[7]鳧[8]與鴈[9]。

---

1 **昧旦**：昧為將明未明之意，昧旦就是即將天亮，天色處於明與未明之間的時分。

2 **興**：起來，此處指從床上爬起來。

3 **夜**：此處指夜色。

4 **明星**：啟明星，即金星。古人發現，在日出前後的時分，金星仍會於東邊地平線的上方閃閃發亮，異於一般隨夜色褪去的星辰，遂稱之為「啟明星」。

5 **爛**：本意為爛熟，引申為明亮耀眼。

6 **將翺將翔**：此處以雀鳥飛翔為喻，描述男主人公出遊之事。

7 **弋**（粵 jik6 翼 普 yì）：繫繩的箭矢，為古人專用來射擊雀鳥的工具。此處作動詞用，描述以此工具射擊雀鳥的動作。

8 **鳧**（粵 fu4 符 普 fú）：水鳥，即坊間謂之「野鴨」「水鴨」，身體呈黑褐色，能展翅飛翔，然多羣聚於湖中暢游。

9 **鴈**：同於「雁」，多羣居於水邊一帶的鳥類，集體飛行時會保持一字形或人字形的隊形，聲勢浩大，俗稱「雁陣」。

弋言[10]加[11]之，
與子宜[12]之。
宜言飲酒，
與子偕老。
琴瑟在御[13]，
莫不靜好[14]。

知子之來[15]之，
雜佩[16]以贈[17]之。
知子之順[18]之，
雜佩以問[19]之。
知子之好[20]之，
雜佩以報[21]之。

---

10 **言**：助語詞，無實際意思。

11 **加**：命中。

12 **宜**：一說釋作菜餚，引申為烹調；一說釋作分享，謂男主人公打獵有所收穫，便與女主人公一同享用，樂其滋味。

13 **御**：使用，御琴即彈琴。

14 **靜好**：一說依從字面意思，釋作安靜和美的心境，描寫詩中女子撫琴時的情況；一說靜為「靖」之假借字，釋作善，此處「靜好」就是相善友好的意思，形容詩中男女的相處情況。

15 **來**：辛勤。《爾雅．釋詁》曰：「勞、來、強、事、謂、翦、篲，勤也。」現今嘗有「勞來」一詞，即「慰勞」之意。

16 **雜佩**：統稱一組集合多種玉石的佩飾。

17 **贈**：可能是「貽」的錯字。

18 **順**：依從不違。

19 **問**：饋贈。

20 **好**：喜歡。

21 **報**：酬答。

【賞析與點評】

由內容觀之，本詩當為描寫一對恩愛夫妻的日常生活，藉其生活中的情趣勾勒出這段關係的和諧和愉快。聞一多直言本詩實為「樂新婚」之意。另一方面，《毛序》認為本詩意在「刺不說德」，即「陳古義以刺今，不說德而好色」。此說法不明所以，歷代諸家大多不取，甚至以為這是在不滿〈鄭風〉的前提下強行解說所致。

【語譯】

妻子說雞已啼，
丈夫說天未亮。
起床看看夜色，
金星熠熠閃光。
讓我出門走走，
獵些雁鴨充腸。

一射便中獵物，
交給你來烹煮。
煮好配上佳醪，
舉杯白頭祝老。
就像琴瑟和鳴，
無不寧謐美好。

知你對我關愛深，
贈以雜佩表同心。
知你對我柔情牽，
饋以雜佩表纏綿。
知你對我情無他，
報以雜佩綻心花。

【想一想】

1. 從本詩的字面意思推敲，本詩當言夫妻相處的情況。聞一多則進一步指出這對夫妻是處於新婚之期。你同意聞一多的判斷嗎？何以這對夫妻不似結合已久呢？詩文內容如何暗示這段婚姻的階段？

2. 本詩以夫妻二人的對話為骨幹，就二人的身份、家境等細節着墨不多。試就詩文內容加以推敲，以豐富讀者對本詩的想像。

【強化訓練】

一、 試指出以下詩句之畫線字眼的詞性：

（1） 明星有爛：
（2） 與子宜之：
（3） 琴瑟在御：

二、　以下詩句之畫線字眼涉及詞性轉換，試分析之：「弋鳧與鴈」。

三、　本詩的內容以對話為主。這種寫法有何用意？效果如何？

鄭風·風雨

【原文】

風雨淒淒[1]，
雞鳴喈喈[2]。
既見君子，
云[3]胡[4]不夷[5]？

風雨瀟瀟[6]，
雞鳴膠膠[7]。
既見君子，
云胡不瘳[8]？

風雨如晦[9]，
雞鳴不已[10]。
既見君子，
云胡不喜？

---

1 **淒淒**：形容風雨興起，環境變得陰冷的狀態。

2 **喈喈**：擬聲詞，鳥類鳴叫的聲音。喈（粵 gaai1 街 普 jiē）。

3 **云**：語氣助詞，無實際意思。

4 **胡**：疑問詞，為何。

5 **夷**：一說為「怡」之假借字，喜悅之意；一說取其字面釋為「平」，即今謂之「夷平」，引申為平復心情，從憂思歸於安寧之意。

6 **瀟瀟**：形容風急雨驟的狀態。

7 **膠膠**：為「嘐」之假借字，擬聲詞，雞鳴聲。

8 **瘳**（粵 cau1 抽 普 chōu）：痊癒。

9 **晦**：昏暗，形容風雨交加時，天色陷於昏暗之景象。

10 **已**：停止。

【賞析與點評】

詩意謂主人公在風雨中深切思念君子。《毛序》就此指出，本詩「思君子也。亂世則思君子，不改其度焉」。朱熹則不以為此處的「君子」具有道德含義。其言：「淫奔之女，言當此之時，見其所期之人而心悅也。」意謂此乃純粹男女相思之辭。

【語譯】

風雨冷冷清清，
羣雞啁啾啼鳴。
盼到君子回來，
怎能不安下心？

風雨冷冷蕭蕭，
羣雞啁啾啼叫。
盼到君子回來，
怎能病不轉好？

風雨昏暗迷離，
羣雞啁啾鳴啼。
盼到君子回來，
怎能心不歡喜？

【想一想】

1. 詩中的「君子」存有歧義，致使後世對詩旨眾說紛紜。有人視「君子」為日常泛用的詞彙，意思純粹指向主人公思念的男性對象；然「君子」素為儒家思想的關鍵概念，而《詩經》又是儒家經典，故又有論者認為本詩實為發揚儒家思想，言亂世中人對「君子」的思念與渴求。你認為何者說法較為合理？

2. 在嚴峻的困境中，本詩的主人公渴望與「君子」相見。你會如何書寫這份苦苦的思念，以及後來二人得以相見的喜悅？會聯想到其他文學作品的情節嗎？

【強化訓練】

一、 試指出以下詩句使用了甚麼修辭手法：「云胡不夷？」

____

____

____

二、 本詩三章皆先言「風雨」與「雞鳴」的景觀，用意何在？

____

____

____

三、 本詩先寫風雨之猛烈，最後以主人公與「君子」相見，心感喜悅作結。這是甚麼修辭手法？試評論其效果。

____

____

____

鄭風·子衿

【原文】

青青子衿[1]，
悠悠[2]我心。
縱我不往，
子寧[3]不嗣[4]音。

青青子佩[5]，
悠悠我思。
縱我不往，
子寧不來。

挑兮達兮[6]，
在城闕[7]兮。
一日不見，
如三月兮。

---

1 **衿**（粵 kam1 衾 普 jīn）：古人服裝的衣領部分。

2 **悠悠**：形容思緒之渺遠長久，無以窮盡。

3 **寧**：豈會、怎麼、為何，具反問語氣。

4 **嗣**：一說解作接續；一說為「詒」的假借字，解作寄送。結合下文的「音」，就是再無送來音訊的意思。

5 **佩**：玉佩。

6 **挑兮達兮**：挑又作「佻」，達（粵 taat3 撻 普 dá）則又作「闥」或「撻」，此處「挑達」就是獨自來回而行的意思。

7 **城闕**：城門兩邊的樓台，用於瞭望城外的地域。

【賞析與點評】

依從字面的意思，本詩當言主人公對心上人思念情切，奈何無從相見，因而坐立不安。朱熹進一步指出這位主人公當是女性，並直言本詩是「淫奔之辭」，指斥其思念男子的情狀有失矜持，踰越了禮教規範。另一方面，《毛序》則由本詩的人物和情節加以推敲，認為詩旨當是「刺學校廢也。亂世則學校不脩焉」。

【語譯】

想你衣領青青，
我心縈繞無盡。
雖然不去找你，
為何你沒回訊。

想你玉佩青青，
我心思緒縈縈。
雖我不去找你，
為何你不登門。

獨自徘徊走啊，
就在望樓口啊！
一天沒見到你，
就像隔三秋啊！

【想一想】

1. 就本詩旨意，《毛序》與朱熹的解釋差距甚大。你認為哪一方較合理、可取？《毛序》的解讀方式似乎遠離字面意思，你會否覺得此做法實有不妥？

2. 本詩先後反問「子不嗣音」和「子不來」，似是責怪男子不負責任。不過，考慮到本詩的敍述是出於女主人公的視角，這也許只是出於其一廂情願而已。進而言之，從詩文推敲的話，你認為詩中所言是男女間的相思，抑或只是主人公的單相思？

【強化訓練】

一、 試分析以下詩句的句式結構：「縱我不往，子寧不嗣音」。

____

____

____

二、 試從造句層面分析以下詩句的修辭手法：「青青子衿，悠悠我心」。

____

____

____

三、 試指出本詩的押韻模式。

____

____

____

鄭風・出其東門

【原文】

出其東門，
有女如雲[1]。
雖則如雲，
匪[2]我思存。
縞[3]衣綦[4]巾[5]，
聊[6]樂我員[7]。

出其闉闍[8]，
有女如荼[9]。

---

1 **雲**：雲朵遍天，數之不盡，以之為喻，即言其數量眾多。

2 **匪**：為「非」的假借字，不。

3 **縞**（粵 gou2 稿 普 gǎo）：白色。

4 **綦**（粵 kei4 旗 普 qí）：青黑色。案，「綦」的本字為「綥」。許慎的《說文解字》曰：「綥，帛蒼艾色。」可知其專門用於形容絲織品的「蒼艾」之色，於本詩中就是形容之後的字「巾」。

5 **巾**：此處指稱「佩巾」，為古代女子服飾的一部分，有說相當於今人料理家務時穿着的圍裙。

6 **聊**：姑且。

7 **員**：一說為句末助詞，相當於常見於古詩文句末位置的「也」，沒有實質意思；一說為「云」的假借字，釋作親近愛護。

8 **闉闍**：一說二字當分開解釋，闉為曲城，闍為城牆上的樓台；一說則認為二字當視作一個意思，僅解作曲城。曲城又稱「甕城」「曲池」「回門」等，即古代城池於主要城門外增建的半圓型或方型護牆。其兩側與主城牆連結，牆上設有閘門、樓台等，利於防禦攻城的外敵。闉（粵 jan1 因 普 yīn），闍（粵 dou1 都 普 dū）。

9 **荼**（粵 tou4 途 普 tú）：白茅花。以之為喻，一說形容女子美麗如花；一說形容人數多若叢生的花朵，同於上一章的「如雲」。

雖則如荼，
匪我思且[10]。
縞衣茹藘[11]，
聊可與娛[12]。

【賞析與點評】

觀乎詩句的意思，本詩當為歌頌男子能抵受美色誘惑，一心忠於自己的妻子。朱熹言以「惡淫奔者之辭」形容本詩，乃從反面角度思考。至於《毛序》，其曰本詩旨在「閔亂」，進而解釋：「公子五爭，兵革不息，男女相棄，民人思保其室家焉。」從魯桓公十一年至魯莊公十四年間，鄭厲公與兄弟就君位繼承之事爆發多次政變，後世以「公子五爭」稱呼之。有關事實固然見於《春秋》和《左傳》等，然《毛序》以此解釋本詩的內容，則為多家斥為胡亂附會。

---

10 **且**（粵 cou4 曹 普 cú）：為「徂」的假借字。一說釋作「往」，在此謂思念朝往之處；一說則釋作「存」，謂思念所在之處，即等同上一章的「匪我思存」。兩種解釋皆源自《爾雅》。《爾雅 · 釋詁》曰：「如，適，之，嫁，徂，逝，往也。」稍後又曰：「徂，在，存也。」

11 **茹藘**：本意為茜草，茜草科多年生草本植物，常見於中國黃河以北的地區，大多用作製造紅色染料，亦可入藥，主治吐血、血尿、去瘀等病症。王先謙等指出，此處或非指向實物，而是用於借代上文之「綦巾」而已，以達至「省文以成句」的效果。茹（粵 jyu4 普 rú），藘（粵 leoi4 普 lǘ）。

12 **娛**：樂，此處謂使之快樂的意思。

【語譯】

走出東門徘徊，
美女多如雲彩。
雖然多如雲彩，
不是我所心愛。
白衣綠裙那位，
才會令我愉快。

走出䦧城門外，
美女多如花蕊。
雖然多如花蕊，
不是我所歡喜。
白衣紅巾那位，
才可令我快慰。

【想一想】

1. 如清人方玉潤所稱，本詩的內容、用字和意境等似乎都無動亂或敗壞的意思，然而《毛序》斷定本詩是說「兵革不息，男女相棄，民人思保其室家」之事。你認為《毛序》何以如此解釋本詩？或曰，當如何解釋本詩的內容，方能配合《毛序》的說法？

2. 按照上述注釋，本詩的兩章雖有轉換字詞，然意思分別不大，部分句子更是重複而已。對比其他見於《詩經》的作品，你認為本詩如此處理是否不妥？這影響了其藝術成就之高低嗎？

【強化訓練】

一、 試指出以下句子中畫線部分的詞性：

（1） <u>聊</u>樂我員：

（2） 匪我思<u>且</u>：

二、 試指出本詩的押韻模式。

____

____

____

三、 試指出以下詩句使用了哪些修辭手法：「有女如雲。雖則如雲，匪我思存。」

____

____

____

齊風

齊風

【題解】

齊國為東方大國，東臨黃海，佔有漁鹽之利，商業非常發達。武王伐紂次年，封三公之首的太公姜尚於齊地，爵位為侯，都治營丘（臨淄）。自太公起，歷經西周、春秋時期，共傳 31 代，六七百年之久，史稱姜齊。齊康公十九年（公元前 386 年），大夫田和篡權自立，是為田齊，仍都臨淄。歷經 8 代君主，治齊達一百六十餘年，於公元前 221 年亡於秦。

〈齊風〉共 11 首（本書選 4 首），不少詩篇產生於東周前期，作品主題以婚戀為最多，其次為人們感歎徭役、政治諷刺等。

齊風·還

【原文】

子之還[1]兮，
遭[2]我乎[3]峱[4]之間[5]兮。
並驅[6]從[7]兩肩[8]兮，
揖[9]我謂我儇[10]兮。

子之茂[11]兮，
遭我乎峱之道兮。
並驅從兩牡[12]兮，
揖我謂我好兮。

---

1 **還**：與「旋」相通，便捷之貌，即形容其人身手敏捷。又，據《齊詩》版本，此字作「營」，與「嫙」相通，形容美好之貌。

2 **遭**：遇見。

3 **乎**：與「於」相通。

4 **峱**（粵 naau4 撓 普 náo）：古代山名，其時位於齊國境內，大約在現今山東省淄博市一帶。

5 **間**：又作「閒」，釋義亦與之同。

6 **並驅**：一同騎馬，朝同一方向奔走。

7 **從**：追逐。

8 **肩**：大型走獸。《毛詩傳》曰：「獸三歲曰肩。」此「獸三歲」不一定是實數，可以泛指成熟的大獸。

9 **揖**（粵 jap1 泣 普 yī）：古代禮儀，拱手行禮，以向對方表示尊敬、善意。

10 **儇**（粵 hyun1 圈 普 xuān）：一說釋作「利」，輕利，即動作輕快之意；一說釋作「慧」，聰慧敏銳的意思；一說為「嬛」的假借字，釋作美好之貌。

11 **茂**：本為形容草木生長茂盛，此處引申為「美」的意思，即技藝華麗之意。

12 **牡**（粵 maau5 昴 普 mǔ）：雄性獸類。

子之昌[13]兮，
遭我乎猺之陽[14]兮。
並驅從兩狼兮，
揖我謂我臧[15]兮。

【賞析與點評】

觀乎詩文內容，當言兩位獵人在外狩獵時相遇，彼此讚賞身手了得。《毛序》認為本詩旨在「刺荒」，並解釋：「哀公好田獵，從禽獸而無厭。國人化之，遂成風俗，習於田獵謂之賢，閒於馳逐謂之好焉。」然歷代多家指出，從詩中「揖」「好」「臧」等字眼觀之，本詩內容偏向欣賞與讚譽，未見諷刺的含義。朱熹亦指出，哀公好田獵之事未見史證，懷疑《毛序》只是見其諡號不佳，遂加以附會。

【語譯】

這位朋友好身手啊，
猺山之間喜邂逅啊。
並肩馳馬逐走獸啊，
作揖說我功夫夠啊。

---

13 昌：一說釋作「盛」；一說釋作「佼好貌」，即形容獵人長相俊美。

14 陽：山的南面。

15 臧（粵 zong1 裝 普 zāng）：好，此處用以讚許獵人身手了得，意義同於上一頁「揖我謂我好兮」之「好」。

這位朋友好獵術啊，
猺山路上喜相遇啊。
並肩馳馬逐獸去啊，
作揖說我好功夫啊。

這位朋友貌堂堂啊，
猺山之南喜遇上啊。
並肩馳馬逐野狼啊，
作揖說我功夫強啊。

【想一想】

1. 本詩使用了常見於《詩經》的疊章法，於每章的特定位置變換字眼。然歷代注家對這些字眼的解釋多有分歧。如「還」「儇」「茂」「好」「昌」「臧」諸字既可一併釋作長相美好的意思，亦可各自解釋為其他意思，分別形容其長相、動作等。按照你對詩意的見解，你認為上述字眼的意思當為相同還是有異？又，這判斷會否影響本詩的旨要和藝術價值？

2. 按照本詩的內容，在古人眼中，一位優秀的獵人當具備甚麼特質？你認同這些判斷標準嗎？除了本詩所言之外，你認為還有其他不可或缺的特質嗎？

【強化訓練】

一、 試指出以下虛詞的詞性：「遭我乎猺之道兮。」

二、 試指出本詩的押韻情況以及韻腳分佈。

三、 本詩採用第一人稱的角度，先言「子」之優秀，再謂「子」對我的稱讚。這是甚麼修辭手法？效果如何？

齊風·著

【原文】

俟[1]我於著[2]乎而[3]，
充耳[4]以素[5]乎而，
尚[6]之以瓊華[7]乎而。

俟我於庭[8]乎而，
充耳以青乎而，
尚之以瓊瑩[9]乎而。

俟我於堂[10]乎而，

---

1 **俟**（粵 zi6 字 普 sì）：等待。

2 **著**（粵 zyu6 住 普 zhù）：為「宁」之假借字，即古代建築物中，大門與屏風之間的區域。《爾雅·釋宮》曰：「門屏之間謂之宁。」案，傳統建築常於大門後立一屏風，免得門外的人隨便窺看屋內的狀況。

3 **乎而**：語末語氣助詞，一般用於表示讚歎的意義。

4 **充耳**：古代配飾，一般掛於頭上冠冕的兩旁，下垂至及耳的位置。其構造主要分作三部分，包括用以繫結冠冕的絲線、結於耳邊的繩結，以及垂於繩結下的玉石。古人認為利用這種配飾遮蔽耳朵，象徵君子處世時當有所聞亦有所不聞，需要時刻警醒自己，謹慎判斷。今人謂之「充耳不聞」即源自此說。

5 **素**：白色。

6 **尚**：加上，為某事物加以補充之意。

7 **瓊華**：瓊（粵 king4 鯨 普 qióng），釋作美玉。華，釋作光華。二字結合即指稱美玉的光輝。

8 **庭**：中庭，傳統建築中堂階前的花院。

9 **瑩**：晶瑩剔透。

10 **堂**：傳統建築中房屋的正廳部分，一般用於處理正事，包括接見賓客、舉行家族聚會等。案，堂後的區域為「室」，即主人家的私人生活區域。進一步而言，傳統建築以前堂後室為格局，實有着區別公私與親疏的意味。

充耳以黃乎而，
尚之以瓊英[11]乎而。

【賞析與點評】

朱熹引述時人呂祖謙的分析，認為本詩描述了一場婚禮的過程，其中三次的地點轉換即為儀式的不同階段，並揭示了其時「齊俗不親迎，故女至壻門，始見其俟己也」。其實，「時不親迎」早已見於《毛序》，但《毛序》認為本詩具有諷刺意思，即言「不親迎」實為不可取之風氣，故「陳親迎之禮以刺之」。

【語譯】

門屏之間等着我啦呀，
冠上素絲垂耳過啦呀，
絲帶結着美玉閃爍啦呀。

門庭之中將我望啦呀，
冠上青絲垂耳旁啦呀，
絲帶結着美玉透亮啦呀。

門堂之上將我等啦呀，
冠上黃絲垂耳根啦呀，
絲帶結着美玉晶瑩啦呀。

11 **英**：精華，此處實指玉石中最美好的部分。

【想一想】

1. 本詩提到了「著」「庭」「堂」這些傳統建築的概念。事實上，傳統建築充分考慮和配合古人的生活方式，影響深遠。現代香港地小人多，固然難以全數繼承這些建築方式，然當中不少細節其實仍有保留。在你的生活環境中，可有甚麼例子？

2. 本詩題為「著」，然全詩只有首句與此有關。即使古人向來有取首句字眼為詩題的原則，然而本詩似乎還有「俟」「俟我」等選擇。由是觀之，你認為本詩取題合理和準確嗎？會否有其他更好的詩題？

【強化訓練】

一、 本詩每句的末處皆加上「乎而」一語。事實上，即使全數除去這些語氣助詞，全詩意義仍然完足。那麼如此使用「乎而」一語的意義何在？

____

____

二、 本詩三章的首句先後提到「著」「庭」和「堂」，用意何在？是甚麼修辭手法？

____

____

三、 試指出本詩三章的押韻字。

____

____

齊風．東方之日

【原文】

東方之日兮。
彼姝[1]者子，
在我室兮。
在我室兮，
履[2]我即[3]兮。

東方之月兮。
彼姝者子，
在我闥[4]兮。
在我闥兮，
履我發[5]兮。

【賞析與點評】

按《毛序》的說法，本詩意在「刺衰」，言「君臣失道，男女淫奔，不能以禮化」，也就是描述世風日下，男女不守禮法的光景。朱熹的《詩序辨說》則認為：「此男女淫奔者所自作，非有刺也。」他

1 **姝**（粵 zyu1 朱 普 shū）：美麗、姣好。

2 **履**：踩踏。

3 **即**：一說作名詞，為「膝」之假借字；一說作動詞，釋為「就」，亦即靠近的意思，如同成語「若即若離」之「即」。

4 **闥**（粵 taat3 撻 普 tà）：本意為門，《毛序》稱此處當釋為「門內」。

5 **發**：一說作動詞，釋作行去，如同「出發」之「發」；一說則從近人楊樹達的說法，作名詞，釋為腳。

又指出《毛傳》引申詩意至「君臣失道」的層面，實屬附會，並無依據。無論如何，兩者皆斷定本詩所涉就是男女失德之事。

【語譯】

東方太陽燦爛啊。
那個美麗女子，
就在我的房間啊。
就在我的房間啊，
悄悄與我相伴啊。

東方月亮生輝啊。
那個美麗女子，
就在我的門內啊。
就在我的門內啊，
悄悄與我相隨啊。

【想一想】

1. 按照《毛序》的詮釋，詩中失德的男女固然有錯，然其所為亦與「君臣失道」的大局有關。你同意這種看法嗎？在上位者的品行對社會風氣有何影響？

2. 本詩兩章先言日月。清人馬瑞辰就指出：「古人喻顏色之美，多取譬於日月。」你認為古人如此聯想有何道理？在中外文學作品中，有沒有原理相近的例子？

【強化訓練】

一、 本詩兩章的開首先言日月，似與詩旨所言男女失德之事無關。其由何在？

______

______

______

二、 本詩兩章的第三句和第四句均見重複，有何藝術效果？

______

______

______

三、 試指出本詩的押韻形式。

______

______

______

齊風·東方未明

【原文】

東方未明，
顛倒[1]衣裳[2]。
顛之倒之，
自[3]公召[4]之。

東方未晞[5]，
顛倒裳衣。
倒之顛之，
自公令[6]之。

折柳樊圃[7]，
狂夫[8]瞿瞿[9]。

---

1 **顛倒**：倒置，即事物上下易位之意。

2 **衣裳**：古人素有「上衣下裳」的說法，意即穿在上身的服裝稱作「衣」，處在下身的衣裙則是「裳」。

3 **自**：從、由。

4 **召**：呼召。

5 **晞**（粵 hei1 希 普 xī）：為「昕」之假借字，早上旭日初昇之時。

6 **令**：告知。

7 **樊圃**：樊（粵 faan4 凡 普 fán），本意為「籬笆」，此處引申為「以籬笆包圍某地」之意。圃（粵 pou2 普 普 pǔ），釋作菜園。此處「樊圃」即以籬笆包圍菜園之意。

8 **狂夫**：發狂失常的男子，為語帶不敬的稱呼。

9 **瞿瞿**：雙目瞪視之狀貌。瞿（粵 geoi3 據 普 jù）。

不能辰夜[10]，
不夙[11]則莫[12]。

【賞析與點評】

無論是《毛序》抑或《詩集傳》，都指出本詩旨在言「朝廷興居無節，號令不時」，只是《毛序》進而指出，如此情況導致「挈壺氏不能掌其職」的惡果。「挈壺氏」即掌管漏刻（古代計時工具）的官員。

【語譯】

東方未露晨光，
穿亂上衣下裳。
衣裳都一團糟，
只因公家急召。

東方太陽未昇，
穿亂衣裳出門。
衣裳顛倒不清，
只因公家急令。

---

10 **辰夜**：一說為並列結構，即早上和夜晚，引申為明辨晝夜，安分守時的觀念；一說為動賓結構，「辰」為「時辰」之「辰」，意義與「時」相通，此處引申為伺候守望之意，而「辰夜」就是徹夜守望之意。

11 **夙**（粵 suk1 縮 普 sù）：本意為「早上」，此處引申為「朝早出門」之意。

12 **莫**：為「暮」之假借字，本意是泛稱傍晚時分，或者指太陽西下之時，此處則是引申為「入夜歸來」之意。

折柳圍住園墻，
瞪眼漢子癲狂。
報鐘他不準點，
不早就是太晚。

【想一想】

1. 觀乎本詩的用詞情況，不難發現部分詞彙的構造相當靈活，如「顛倒」和「倒顛」,「衣裳」和「裳衣」。事實上，這正好體現了漢語造詞的特色。除了見於本詩的詞例之外，你還能夠舉出其他原理相同的例子嗎？

2. 有關本詩的意旨，其中一種說法為妻子述其丈夫公事繁忙，以致生活陷於一片忙亂中。若然從本詩的用詞和語氣等層面分析，你認為本詩是否真的出自為人妻者的視角呢？你又認為這對夫妻的關係孰好孰壞？

【強化訓練】

一、 本詩使用了不少代詞，試說明以下各個代詞的指向：「顛<u>之</u>倒<u>之</u>，自公召<u>之</u>。」

____

____

____

二、　本詩的用詞多有詞性轉換的現象，諸如以下例子，試解釋之：
「不能辰夜」「不夙則莫」「不夙則莫」

三、　本詩出現了不少詞序錯置的現象，如「顛倒」轉為「倒顛」，
「衣裳」轉為「裳衣」等等。這種做法於本詩中有何效果？

魏風、唐風、秦風

魏風、唐風、秦風

【題解】

西周初年，周室封同姓的畢公高於魏（今山西芮城）。至周惠王二十二年（公元前 661 年），魏為晉獻公所滅。（此後，魏國公族魏犨因輔佐晉文公有功，子孫得到重用，成為晉國六大家族之一。周考王七年（公元前 434 年），韓、趙、魏三家分晉，位列「戰國七雄」。但戰國時期的魏國距離春秋前期魏國的滅亡已達二百餘年之久，二者不宜混淆。）魏國幅員小而土地貧瘠，人民生活困苦。7 首〈魏風〉作品（本書選 2 首），多作於春秋前期，也就是亡國前不久，因此每多憤慨諷刺之音。

唐國始封之君為周成王少弟叔虞，爵位為侯。唐國都治在今山西翼城（一說太原），因有晉水流經，後來又稱晉國。周平王二十六年（公元前 745 年），晉昭侯封叔父成師於曲沃（今山西聞喜）。後來曲沃日益壯大，成師之孫曲沃武公於周僖王三年（公元前 679 年）攻滅翼城的晉侯嫡系，史稱「曲沃代晉」。此後晉國日益強盛，至晉文公時稱霸諸侯。晉國後期，卿大夫勢力壯大，最終導致三家分晉。〈唐風〉首錄詩作共 10 首（本書選 3 首），大抵作於曲沃亂晉的六七十年間，故作品每多哀傷無助之感。

秦本為周天子的附庸，周孝王時，封大臣非子於秦（今甘肅省天水故秦城）。東周初年，秦襄公護駕有功，周平王將秦列為諸侯，位居伯爵，建都於雍（今陝西鳳翔），自此日漸強大，最終統一天下。春秋前期，秦國的版圖包括陝西中部、甘肅東南部，〈秦風〉10 首（本書選 3 首）主要產生於這個區域。由於秦國毗鄰西戎，修習戰備，因此尚武精神就是〈秦風〉篇章的主要特點。

魏風·陟岵

【原文】

陟[1]彼岵[2]兮，
瞻望[3]父兮。
父曰：「嗟！
予子行役，
夙夜[4]無已[5]。
上[6]慎旃[7]哉，
猶[8]來無止[9]！」

陟彼屺[10]兮，
瞻望母兮。
母曰：「嗟！

---

1 **陟**（粵 zik1 即 普 zhì）：登上。

2 **岵**（粵 wu6 戶 普 hù）：長滿草木的山。《爾雅·釋山》曰：「多草木岵。」東漢人劉熙的《釋名·釋山》曰：「山有草木曰岵。」許慎在《說文解字》中也明言：「岵，山有草木也。」

3 **瞻望**：遠眺。

4 **夙夜**：早晨與夜晚，即「整天」之意。夙（粵 suk1 叔 普 sù）。

5 **已**：休止。

6 **上**：為「尚」的通假字，釋作「庶幾」，即表示希望、祝願的意思。

7 **旃**（粵 zin1 煎 普 zhān）：按馬瑞辰所說法，當為「之焉」的合音字。「之」為代詞，此處釋為「你」，即那位行役者。「焉」則是語氣助詞，無實際意思。

8 **猶**：還是、尚且，結合下字「來」，即「還可回來」之意。

9 **止**：一說釋作停滯；一說釋為獲，為人所捕之意。

10 **屺**（粵 hei2 起 普 qǐ）：沒有草木的山。《說文解字》曰：「屺，山無草木也。」《釋名·釋山》曰：「山無草木曰屺。」案：今見《毛詩傳》稱「山無草木曰岵」，同時說「山有草木曰屺」，朱熹《詩集傳》亦從之，蓋為顛倒之誤。

予季[11]行役，
夙夜無寐[12]。
上慎旃哉，
猶來無棄[13]！」

陟彼岡[14]兮，
瞻望兄兮。
兄曰：「嗟！
予弟行役，
夙夜必偕[15]。
上慎旃哉，
猶來無死！」

【賞析與點評】

本詩講述征夫無法歸家，只能苦苦思念家人。《毛序》嘗曰：「孝子行役，思念父母也。國迫而數侵削，役乎大國，父母兄弟離散，而作是詩也。」

11　**季**：幼子。

12　**寐**：睡眠。

13　**棄**：一說釋作拋棄，此處謂母親不希望為兒子所拋棄，也就是希望兒子平安歸來，免得遭遇不測，遺下母親於人世；一說釋作死後為人棄屍於外。

14　**岡**：山脊地帶。

15　**偕**：共同行動，謂行役者須要與同伴同行同止，不得自作主張。

【語譯】

高山草木叢生啊，
登山眺望父親啊。
老父好像在說：「唉，
我的孩子服役，
遠行日夜無暇。
望你多保重吧，
盼你早日歸家！」

高山寸草不生啊，
登山眺望母親啊。
老母好像在說：「唉，
我的幼子服役，
遠行日夜無眠。
望你多保重吧，
家人不要棄捐！」

高山山脊蒼莽啊，
登山眺望兄長啊。
哥哥好像在說：「唉，
我的小弟服役，
日夜都要結伴。
望你多保重吧，
不要棄屍不返！」

【想一想】

1. 詩句中的「旃」為合音字，本為「之焉」。合音字即「合二字之音」為一字，如語尾助語「而已」可合為「耳」，有時候更加會直接合二字為一新字，如「不用」可以結合為「甭」。你還能舉出其他例子嗎？又，你認為合音字為何會出現呢？

2. 代言體要求作者代入另一角色，以其角度思考和發言。使用這種寫作手法時，當要注意甚麼？以本詩為例，你認為詩中三章的話語符合父親、母親和兄長應有的身份與語氣嗎？抑或只是作者自說自話，毫不神似？

【強化訓練】

一、 試指出以下句子畫線部分的詞性：

（1） 夙夜無已：

（2） 上慎旃哉，猶來無止：

二、 本詩旨要當為征夫思念家人，然詩歌的內容卻是家人訴說對他的思念。這是甚麼寫作手法？效果如何？

____

____

三、 一如不少《詩經》作品，本詩使用了疊章法。試評論其效果。

____

____

魏風·碩鼠

【原文】

碩[1]鼠碩鼠，
無食我黍！
三[2]歲[3]貫[4]女[5]，
莫我肯顧[6]。
逝[7]將去女，
適[8]彼[9]樂土。
樂土樂土，
爰[10]得我所[11]。

碩鼠碩鼠，
無食我麥！

---

1 **碩**：外型龐大。又，馬瑞辰《詩經通釋》認為此實為「鼫」之假借字，與下字結合為「鼫鼠」，即一種外型似兔的哺乳綱嚙齒目動物，專吃農作物，被視為農害。

2 **三**：非為實數，泛稱多數而已。

3 **歲**：年。此處「三歲」即多年。

4 **貫**：《毛序》釋作「事」，侍奉、供養之意。

5 **女**：通「汝」，人稱代詞，你。

6 **莫我肯顧**：倒裝句式，當釋讀為「莫肯顧我」，即「不願顧念我」。後兩章的第四句當同樣依此模式作釋讀。

7 **逝**：一說釋「往」，前去（某地）之意；一說為「誓」之假借字，誓要之意。

8 **適**：往、至（某地）。

9 **彼**：指示代詞，那。

10 **爰**（粵 wun4 垣 普 yuán）：於是。

11 **所**：地方，此處「我所」即「屬於我的歸宿」。

三歲貫女，
莫我肯德[12]。
逝將去女，
適彼樂國。
樂國樂國，
爰得我直[13]。

碩鼠碩鼠，
無食我苗！
三歲貫女，
莫我肯勞[14]。
逝將去女，
適彼樂郊[15]。
樂郊樂郊，
誰之[16]永[17]號。

---

12 **德**：感激。

13 **直**：為「值」之假借字，價值之意。

14 **勞**：慰勞、慰問之意。

15 **郊**：泛指都城以外的野外區域。

16 **之**：往（某地）。

17 **永**：一說為「詠」之通假，歌詠之意；一說釋「長」，結合下字「號」即「發出長長的呼號」之意。

【賞析與點評】

由詩句內的容觀之，本詩當言農民不甘承受統治者剝削，憤然控訴，甚至提出離開此地，另覓安身之所的念頭。《毛序》言：「國人刺其君重斂，蠶食於民，不修其政，貪而畏人，若大鼠也。」朱熹也言：「民困於貪殘之政，故託言大鼠害己而去之也。」

【語譯】

大老鼠，大老鼠，
別吃我黃米穀。
把你伺候多年，
你卻不把我顧。
發誓要離開你，
去到一片樂土。
安樂土，安樂土，
是我的好歸宿。

大老鼠，大老鼠，
別吃我的麥黃。
把你伺候多年，
道謝一聲休想。
發誓要離開你，
去到一片樂國。
安樂國，安樂國，
才有好的生活。

大老鼠，大老鼠，
別吃我的秧苗。
把你伺候多年，
慰問都沒聽到。
發誓要離開你，
去到一片樂郊。
安樂郊，安樂郊，
誰會在那長嚎。

【想一想】

1. 詩歌如何達成控訴社會問題的目的？對比其他文學體裁，詩歌於此有何優劣？試以本詩為例，解釋箇中原理。

2. 本詩藉「重章疊句」和複疊手法呈現出強烈的節奏感，對彰顯詩旨幫助不少。你還可以舉出其他手法相似的文學作品嗎？又，詩歌與歌詠相通，那麼現代的歌曲作品中又有相似的例子嗎？

【強化訓練】

一、本詩以何種人稱為敘述角度？其效果如何？

二、除了常見於《詩經》的「重章疊句」外，本詩的每一章內亦多見複疊手法。試評論其效果。

三、詩歌開首提到的「碩鼠」與其主旨有何關係？這是甚麼修辭手法？

唐風．蟋蟀

【原文】

蟋蟀在堂，
歲聿[1]其莫[2]。
今我不樂[3]，
日月[4]其除[5]。
無[6]已[7]大康[8]，
職[9]思其居[10]。
好樂無荒[11]，
良士瞿瞿[12]。

蟋蟀在堂，
歲聿其逝。

---

1 **聿**（粵 jyut6 穴 普 yù）：與「曰」相通，助詞，與今人謂之「就」相約。

2 **莫**：與「暮」相通，本意是指稱日落時分。由於日落時分即一天將盡，所以此處引申為將要終結的意思。

3 **樂**：享樂。

4 **日月**：日升月落為一天，引申為時間的意思。

5 **除**：去掉、變換，此處謂去舊更新之意。

6 **無**：與「毋」相通，不要。

7 **已**：過度。

8 **大康**：大即「泰」，「泰康」就是安祥喜樂的意思。

9 **職**：時常。案，《爾雅．釋詁》曰：「典、彝、法、則、刑、範、矩、庸、恆、律、戛、職、秩，常也。」

10 **居**：一說釋作動詞，即「位居」之「居」，此處則謂主人公所身居之職務；一說釋作家居，此處引申為家事。

11 **荒**：荒廢事情。

12 **瞿瞿**：帶着受驚的眼神，一臉不安，保持警戒之貌。

今我不樂，
日月其邁[13]。
無已大康，
職思其外[14]。
好樂無荒，
良士蹶蹶[15]。

蟋蟀在堂，
役車[16]其休[17]。
今我不樂，
日月其慆[18]。
無已大康，
職思其憂。
好樂無荒，
良士休休[19]。

---

13 **邁**：行進，此處謂時間的推進。

14 **外**：配合上一頁「居」的兩種釋意，一說釋作正職以外的事務；一說釋作家事以外的事務。

15 **蹶蹶**：一說形容人動作敏捷之貌；一說形容人驚駭震動，不能放鬆的神態。蹶（粵 kyut3 訣 普 jué）。

16 **役車**：用於行役的車輛，為行役者所乘。

17 **休**：休止，此處藉役車的休止代表老年的行役者將獲遣散回家。

18 **慆**（粵 tou1 滔 普 tāo）：為「滔」的假借字，本義為形容水大量流動的狀況，此處則是以此比喻時間的流逝。

19 **休休**：一說釋作喜樂正道的心態；一說釋作祈求安和的心態，而清人方玉潤強調這種心態源於心底存有恐懼，所以才有如此渴求。

【賞析與點評】

從詩歌內容觀之，本詩當為一位老人的自述，謂其有感一生的時光轉眼逝去，生出及時行樂的念頭，卻又明白職責在身，不當怠忽。由於詩中提及公職之事，故不少研究者都相信此主人公屬於「士」的階級。早前出土的清華簡嘗有〈耆夜〉一篇，言周武王戰勝耆國後，返回文王的宗廟辦「飲至」之禮，與諸公邊暢飲邊賦詩。當中，周公就賦了〈蟋蟀〉一詩，其用字和章法與本詩異中有同，或可成本詩的參照。至於《毛序》，則指明本詩旨在諷刺晉僖公，斥其「儉不中禮，故作是詩以閔之，欲其及時以禮自虞樂也」。朱熹卻認為這只是漢儒藉僖公的諡號胡亂附會，而「儉不中禮」諸語亦不合史實和情理。

【語譯】

蟋蟀跳進堂屋，
一年匆匆又暮。
我不及時行樂，
時光一去不復。
行樂不可過度，
時時別忘本分。
娛樂不廢正業，
好人必須警醒。

蟋蟀跳進堂屋，
一年匆匆過去。
我不及時行樂，

時光向前不居。
行樂不可過度，
時時別忘分外。
娛樂不廢正業，
好人必須警戒。

蟋蟀跳進堂屋，
役車也要駛回。
我不及時行樂，
時光就像流水。
行樂不可過度，
時時別忘憂患。
娛樂不廢正業，
好人先憂後歡。

【想一想】

1. 本詩有「日月其慆」一句，藉滔滔流水的意象引導讀者想像時光飛逝的狀況。事實上，古人時常以流水比喻時間的流動，相關詩文多不勝數。你能夠舉出其中一二嗎？又，你認為這個比喻妥當嗎？其為歷代古人所承襲的原因又是甚麼？

2. 如上述注釋，歷來注家對「居」和「外」的含義多有分歧。就個人感覺而言，你認為主人公最為記掛的是自身的公職還是家事？又，對以上兩種釋意的取捨將如何影響本詩的旨要與意境？

【強化訓練】

一、 試指出以下句子中畫線部分的詞性：

(1) 今我不樂：

(2) 職思其憂：

(3) 良士休休：

二、 本詩採用了常見於《詩經》作品的疊章法。試闡析之。

三、 除了疊章法之外，本詩還使用了甚麼方法，以加強其節奏感？

唐風·綢繆

【原文】

綢繆[1]束[2]薪，
三星[3]在天。
今夕何夕，
見此良人[4]？
子[5]兮子兮，
如此良人何？

綢繆束芻[6]，
三星在隅[7]。
今夕何夕，
見此邂逅[8]？
子兮子兮，
如此邂逅何？

---

1 **綢繆**：形容緊密交纏，牢牢相縛的狀態。綢（粵 cau4 囚 普 chóu），繆（粵 mau4 謀 普 móu）。

2 **束**：形容物件捆在一起的形態。

3 **三星**：一說「三」為數詞，於此處作虛數，即眾多之意，所以「三星」就是繁星；一說同於「參星」，即二十八星宿中的參宿，為冬季北天的明星。

4 **良人**：古代婦女對丈夫的稱呼。

5 **子**：人稱代詞，你。

6 **芻**（粵 co1 初 普 chú）：用以餵飼牲畜的草料。

7 **隅**（粵 jyu4 如 普 yú）：角落，此處指向夜空的一邊。

8 **邂逅**：一說依字面意思，釋作會合，於此即謂夫婦的會合；一說依引申意思，釋作喜悅的人，即如高誘注《淮南子·俶真訓》曰：「因會合而心解意悅耳。」

綢繆束楚[9]，
三星在戶[10]。
今夕何夕，
見此粲[11]者？
子兮子兮，
如此粲者何？

【賞析與點評】

從詩歌的內容觀之，本詩描寫了一對男女於新婚時刻的情狀。就如朱熹所判斷，本詩是「婚姻者相得而喜之詞」。至於《毛序》，其謂本詩旨在「刺晉亂」，亦即「國亂則婚姻不得其時」的情況，則是甚有附會之嫌。畢竟本詩未見如此明確的意向，語調與意境亦沒有諷刺、控訴的意思。

【語譯】

薪柴捆得緊緊，
天上閃耀三星。
今晚是何夜晚，
見到這個好人？
問你哦問你哦，
拿這好人如何？

---

9 **楚**：又名「牡荊」，古人常以之製作木杖，用於刑罰、宗教儀式等。
10 **戶**：門戶，即房門，此處當謂就在房門之外。
11 **粲**：為「殁殘」之假借字，美麗。

草料捆得牢牢，
三星東南一角。
今晚是何夜晚，
見到這個相好？
問你哦問你哦，
拿這相好如何？

緊緊捆好柴火，
門外三星閃爍。
今晚是何夜晚，
見到這個俊哥？
問你哦問你哦，
拿這俊哥如何？

【想一想】

1. 綜觀《詩經》中有關婚姻的作品，不少詩歌都傾向刻畫禮儀的莊嚴和美感，以及婚姻於人倫與社會的正面價值。本詩反而藉由夫婦的話語，直白地呈現出二人成婚的喜悅和甜蜜。試摘取相關作品，在內容、技巧和美學等層面上與本作進行對比。另外，你喜歡上述哪一種寫法？為甚麼？

2. 文字紀錄往往難以直接保留非字義層面的意思，以致後人對作品的行文語氣多有疑惑。諸如就本詩的釋義，《毛傳》以為本詩諷刺「國亂則婚姻不得其時」，清人魏源也指出：「此蓋亂世憂婚姻之難常聚。」他們大抵針對詩中「今夕何夕」一句，以為是感歎之辭。朱熹則相信本詩充滿喜慶與祝福，而「今夕何夕」一句只是夫妻的甜言蜜語。你認為何者的判斷較有理據？就判斷作品語氣的方法，你又有何意見？本詩的情況有否帶來任何啟發？

【強化訓練】

一、 本詩的用詞出現了詞性轉換的現象。試舉例說明之。

二、 本詩加入了大量人物對白。試闡析之，並評論其藝術效果。

三、 試指出本詩的押韻形式。

唐風 · 葛生

【原文】

葛[1]生蒙[2]楚[3]，
蘞[4]蔓[5]於野。
予美[6]亡此，
誰與獨處。

葛生蒙棘[7]，
蘞蔓於域[8]。
予美亡此，
誰與獨息。

---

1 **葛**：即今謂之「葛藤」，藤本植物，豆科葛屬。其葉子可作食物或調味品；根部可入中藥，主治傷寒溫熱，頭痛頸硬等症狀；莖部的皮亦可製成纖維，織成葛布。

2 **蒙**：覆蓋、遮閉。

3 **楚**：又名「牡荊」，此處專指整棵荊木。

4 **蘞**（粵 lim4 廉 普 liǎn）：多年生蔓生草本植物，其葉多而细密，一般於五月開花，七月結果，不能食用，但根部可供入藥。

5 **蔓**：蔓生，即以藤蔓的形態滋生、漫延、擴張。

6 **美**：古人對丈夫的稱謂。案，清人陳奐的《詩毛氏傳疏》曰：「婦人稱夫為美，猶稱夫謂良。」

7 **棘**：酸棗樹，落葉喬木，枝幹表面有刺，果實較一般棗類小，味道酸澀，其種子與果皮皆可入藥。

8 **域**：墓地。

角枕[9]粲[10]兮，
錦衾[11]爛[12]兮。
予美亡此，
誰與獨旦[13]。

夏之日，
冬之夜。
百歲之後，
歸於其居。

冬之夜，
夏之日。
百歲之後，
歸於其室。

【賞析與點評】

觀乎詩句內容，此當為悼亡詩。其言主人公正悼念剛逝去的丈夫，又想及以後只能孤身過活，故深感悲痛和絕望。《毛序》言本詩旨在諷刺晉獻公，斥其「好攻戰，則國人多喪矣」。可是，本詩似乎

---

9 **角枕**：由獸骨製作，或者以獸之骨角為裝飾的枕頭。

10 **粲**：與「燦」相通，形容事物亮麗華美之貌。

11 **錦衾**：衾（粵 kam1 襟 普 qīn）即被子。此處謂錦緞製成的被子，一說是婦人家中的日用品；一說為在葬禮中，用以包裹死者身體的禮儀用品。

12 **爛**：與上一句的「粲」為互文關係，故意義相同，也是形容事物亮麗華美之貌。

13 **獨旦**：旦，一說釋作日出，結合「獨」後即為「孤身棲宿至日出時分」之意；一說為「坦」的假借字，釋作安息，於此即與上一章的「獨息」同義。

未有明確提及征戰之事，更無指向晉獻公的證據，故後世研究者大多質疑此判斷。

【語譯】

葛藤遍覆荊木，
蘞草蔓延荒土。
吾愛長眠於此，
和誰唯有獨處。

葛藤遍覆棘枝，
蘞草蔓延墓地。
吾愛長眠於此，
和誰獨自歇息。

角枕多光鮮啊！
錦被多燦爛啊！
吾愛長眠於此，
和誰獨自達旦。

夏日炎炎，
冬夜悠悠。
到我老死之際，
回你居所相守。

冬夜悠悠，
夏日炎炎。

到我老死之際，

回你居室相伴。

【想一想】

1. 古人對死亡之事多有忌諱。諸如本詩談及主人公想像死後情況時，亦只以「百歲之後」表達壽命至盡的意思，及後又只言死後的「居」與「室」，沒直接說出「墳墓」或「棺木」之語。試就自己的閱讀經驗，討論古典文學作品還會以甚麼方式或手法婉轉地表達死亡的意思。又，這反映出甚麼傳統價值觀？

2. 本詩的用詞甚為特別，部分句子需要兩句結合，方能得出完整意思。無論是「冬之夜，夏之日」還是「夏之日，冬之夜」，都不是專指冬夜與夏日，而是從夏至冬，從日至夜，即「時時刻刻」之意。第三章中的「角枕粲兮，錦衾爛兮」一句，更是分拆「粲爛」一詞於兩句中。這些都是典型的互文見義。除了本作之外，你還能夠舉出其他原理相同的古詩文句子嗎？又，你能夠從互文見義的現象中看出古漢語的特點嗎？

【強化訓練】

一、 試判斷以下詩句中畫線部分之詞性：

(1) 蘞<u>蔓</u>於野：

(2) 予<u>美</u>亡此：

(3) 歸於其<u>居</u>：

二、 試分析本詩的章法。

三、 本詩雖為悼亡詩，然開首三章的開首皆不是直言主人公對亡者的情感，而是描寫葛藤生長的情況。這是哪一種常見於《詩經》的寫作手法？試加以闡述。

秦風·蒹葭

【原文】

蒹葭[1]蒼蒼[2]，
白露為霜。
所謂伊[3]人，
在水一方。
溯洄[4]從[5]之，
道阻且長。
溯游[6]從之，
宛在水中央。

蒹葭萋萋[7]，
白露未晞[8]。
所謂伊人，
在水之湄[9]。

---

1 **蒹葭**：「蒹」本指未長成的荻草（又稱「萑」或「雚」），「葭」則是未長成的蘆葦草。由於兩者皆是時常大量見於河邊的植物，所以古人會以「蒹葭」一詞泛稱這類賤生的水草。蒹（粵 gim1 兼 普 jiān），葭（粵 gaa1 家 普 jiā）。

2 **蒼**：草青色，此處「蒼蒼」形容蘆葦草叢生，形成一片青色的景象。

3 **伊**：指示代詞，是，此處「伊人」即「是人」，同今謂之「那人」。

4 **溯洄**：溯，釋作朝向。洄（粵 wui4 回 普 huí），釋作逆流。此處「溯洄」即是「逆流而行」的意思。

5 **從**：跟隨。

6 **游**：河水流向的範圍。此處「溯游」即「順流而行」。

7 **萋萋**：草木生長茂盛之貌。

8 **晞**（粵 hei1 希 普 xī）：為日曬而變乾。

9 **湄**（粵 mei4 眉 普 méi）：河岸一帶，河水與草地交接之處。

溯洄從之，
道阻且躋[10]。
溯游從之，
宛在水中坻[11]。

蒹葭采采[12]，
白露未已[13]。
所謂伊人，
在水之涘[14]。
溯洄從之，
道阻且右[15]。
溯游從之，
宛在水中沚[16]。

---

10 **躋**：登上高處。

11 **坻**（粵 ci4 辭 普 chí）：自水中露出的一小片陸地。《爾雅．釋水》曰：「水中可居者曰洲，小洲曰渚，小渚曰沚，小沚曰坻。」

12 **采采**：茂盛繁多，也有明亮之意。

13 **已**：古人釋為「止」，止盡之意，此處「未已」即「未有盡為乾透」。

14 **涘**（粵 zi6 字 普 sì）：水邊。

15 **右**：據《毛序》，此言「出其右」，即往拐向右方之意。鄭玄進而認為，此實引申為迂迴曲折之意。然此解釋於語用上並不常見，故近年亦有其他解法，如認為此與音近之「幽」為通假關係，釋為幽暗；亦有人據前兩章的「長」和「躋」推斷，認為此當由「支」訛誤而成，意思仍為曲折難行。

16 **沚**（粵 zi2 止 普 zhǐ）：自水中露出的陸地，面積大於次章的「坻」。

【賞析與點評】

關於本詩的含義，歷來多有歧說。朱熹曰：「言秋水方盛之時，所謂彼人者，乃在水之一方，上下求之而皆不可得。然不知其何所指也。」他依從了詩句的字面意思，但最後還是坦言「不知其何所指」。《毛序》則認為此是政治託喻，諷刺秦襄公「未能用周禮，將無以固其國焉」。

【語譯】

蘆荻莽莽蒼蒼，
白露凝結成霜。
心中思念的人，
就在河水那方。
逆流尋覓蹤跡，
路途險阻漫長。
順流尋覓蹤跡，
彷彿就在水的中央。

蘆荻萋萋芊芊，
白露還未全乾。
心中思念的人，
就在河畔草岸。
逆流尋覓蹤跡，
路途起伏漫漫。
順流尋覓蹤跡，
彷彿就在水中沙灘。

蘆荻亮光油油，
白露還未乾透。
心中思念的人，
就在河水岸頭。
逆流尋覓蹤跡，
路途曲折不休。
順流尋覓蹤跡，
彷彿就在水中沙洲。

【想一想】

1. 詩中未有指明「伊人」的身份，以致眾說紛紜。有說其為主人公傾慕的對象，亦有人認為那是君主所求的賢臣，或士子所覓的明君。你對此有何看法？

2. 詩中的主人公沒有任何計時工具，遂依靠露水的細微變化體察時間的流逝。在此以外，還有甚麼自然現象具有這種報時功能？有見於文學作品的例子嗎？

【強化訓練】

一、 請判斷以下句子中代詞的指向：「溯洄從<u>之</u>」。

____

____

____

____

二、 本詩採用了常見於《詩經》的「重章疊句」手法，其效果如何？

____

____

____

____

三、 除了藉由「重章疊句」重複三章的用字之外，詩中每一章之內其實也有重複用字的情況，其效果又是如何？

____

____

____

____

秦風．黃鳥

【原文】

交交[1]黃鳥，
止[2]於棘[3]。
誰從[4]穆公？
子車奄息。
維[5]此奄息，
百夫之特[6]。
臨[7]其穴[8]，
惴惴[9]其慄[10]。
彼蒼者天，
殲[11]我良人[12]。
如可贖[13]兮，

---

1 **交交**：為「咬」之假借字，擬聲詞，鳥鳴聲。

2 **止**：停留。

3 **棘**：酸棗樹，落葉喬木，枝幹表面有刺。有說此為近音相關的手法，「棘」可引申為「急」，釋作危急。

4 **從**：從死，即殉葬。

5 **維**：句首助詞，無實際意思。

6 **特**：匹敵。

7 **臨**：來到。

8 **穴**：墓穴。

9 **惴惴**：形容人恐懼不安之貌。惴（粵 zeoi3 最 普 zhuì）。

10 **慄**：又作「栗」，即今謂之「戰慄」，因懼怕而身體發抖。

11 **殲**：殺盡、滅絕。

12 **良人**：好人、出色的人。

13 **贖**：救贖，抵償。

人百其身[14]。

交交黃鳥，
止於桑[15]。
誰從穆公？
子車仲行。
維此仲行，
百夫之防[16]。
臨其穴，
惴惴其慄。
彼蒼者天，
殲我良人。
如可贖兮，
人百其身。

交交黃鳥，
止於楚[17]。
誰從穆公？
子車鍼虎。
維此鍼虎，

---

14 **人百其身**：由於本詩句子結構過分精煉，此句的釋意歷來眾說紛紜。一說釋作人願以一身百死贖回子車氏之身；一說釋作願以百人之身贖回子車氏之身；一說釋作百人願意隨子車氏赴死。

15 **桑**：桑屬落葉灌木。有說此為同音相關的手法，「桑」又是「死喪」之「喪」。

16 **防**：為「方」之假借，比方，即言其與某事物相當。

17 **楚**：即「牡荊」，有說此為同音相關的手法，「楚」又是「痛楚」之「楚」。

百夫之禦[18]。
臨其穴，
惴惴其慄。
彼蒼者天，
殲我良人。
如可贖兮，
人百其身。

【賞析與點評】

據《毛序》的說法，本詩旨在「哀三良」，即「國人刺穆公以人從死，而作是詩」。《左傳・文公六年》的記述更加詳細，其曰：「秦伯任好卒，以子車氏之三子，奄息、仲行、鍼虎為殉，皆秦之良也。國人哀之，為之賦〈黃鳥〉。」秦穆公於公元前 621 年過身，其時秦國為之舉辦隆重的葬禮，更安排了 177 人為殉葬者。詩中提到的子車氏兄弟就在其中。子車氏兄弟於國人眼中有「良人」之譽，無疑是國之棟樑，如今卻枉送性命，可知殉葬之事摧殘了無數年青的人才。史家普遍相信，秦國於穆公以後國力漸衰，實與其殉葬之風關係深遠。

【語譯】

黃鳥交交哀鳴，
停在棗樹枝。
誰為穆公殉葬？

18 禦：抵擋。

子車家的奄息。
這位大哥奄息，
能力百人莫敵。
來到他墓塋，
大家膽顫心驚。
在上浩浩蒼天，
竟讓好人命斷。
若能贖回啊，
百人都願替換。

黃鳥交交哀鳴，
停在桑樹上。
誰為穆公殉葬？
子車家的仲行。
這位二哥仲行，
能力百人莫當。
來到他墓塋，
大家膽顫心驚。
在上浩浩蒼天，
竟讓好人命斷。
若能贖回啊，
百人都願替換。

黃鳥交交哀鳴，
停在野荊樹。
誰為穆公殉葬？
子車家的鍼虎。

這位三哥鍼虎，
能力能敵百夫。
來到他墓塋，
大家膽顫心驚。
在上浩浩蒼天，
竟讓好人命斷。
若能贖回啊，
百人都願替換。

【想一想】

1. 在本詩中，每章的第二句皆言黃鳥落在某種植物之上。不少研究者都相信，詩人實藉由植物的名稱產生近音或同音相關的效果，即「棘」為「急」，「桑」為「死喪」，「楚」則為「痛楚」。其相關意義於詩中固然不難明白，然這些字詞的本義還是不可能無視的，畢竟它們影響了讀者對詩歌意境的想像。若只關注其相關意義，忽略寫入詩中的字詞本義，對詩歌的藝術價值影響不少。由是觀之，本詩對以上三種植物的選擇，你認為是否恰當？有沒有牽強或突兀的感覺？

2. 本詩的章法較為特別，「臨其穴」以下五句重複了三遍，與每章前半具變化的部分構成了相間的規律。你認為這種處理有何效果？可否與其他詩詞作品的章法形式作一比較？又，這種形式與現代流行曲中的「副歌」概念頗有相似。你可否運用平日的經驗，分享一下本詩與流行曲的藝術效果有何異同？

【強化訓練】

一、 試判斷以下詩句中畫線部分之詞性：

(1) 臨其穴：

(2) 維此仲行：

(3) 如可贖兮：

二、 本詩為悼念子車氏兄弟之作，唯其開首處卻寫黃鳥之事，與主題看似無關。這是哪種常見於《詩經》的寫作手法呢？試闡析之。

____

____

____

三、 指出以下詩句所用的修辭手法：「誰從穆公？子車奄息。維此奄息，百夫之特。」

____

____

____

秦風 · 無衣

【原文】

豈曰無衣？
與子[1]同袍[2]。
王[3]于[4]興師[5]，
脩[6]我戈矛[7]，
與子同仇[8]。

豈曰無衣？
與子同澤[9]。
王于興師，
脩我矛戟[10]，

---

1 **子**：一說為人稱代詞，你；一說為子民之意，即對治下百姓的泛稱。

2 **袍**：夾層包藏棉絮的連身長衣，披於肩上，覆蓋人身，可於擋風保暖，入夜睡覺時還可充當被子。有利於快速的長途行程，為古代常見的軍戎服飾。

3 **王**：一說指向周天子；一說秦國國軍僭稱王號。

4 **于**：助詞，有正在之意。

5 **興師**：興，釋作發動。師，釋作軍隊。此處「興師」即出兵上陣之意。

6 **脩**：與「修」相通，整理之意。

7 **戈矛**：按《毛序》，戈長六尺六寸，矛長二丈。兩者皆為長柄型的古代兵器，頂端尖銳，用於刺向敵人，亦能橫擊。此處「戈矛」泛指士兵使用的兵器。

8 **同仇**：或作「同讎」，對特定對象抱有共同的憤慨，引申為一同對付仇敵之意。仇（粵音：kau4 求 普 chóu）。

9 **澤**：為「襗」之假借字，為古人的褻衣，即內衣。

10 **戟**（粵 gik1 擊 普 jǐ）：長柄型古代兵器，青銅製，約為矛與戈的混合體，用於直刺或橫擊。此處「矛戟」泛處士兵使用的兵器，與上一節的「戈矛」相若。

與子偕[11]作[12]。

豈曰無衣？
與子同裳[13]。
王于興師，
脩我甲兵[14]。
與子偕行。

【賞析與點評】

本詩的旨意存有多種解釋。《毛序》認為本詩源於秦人諷刺君主「好攻戰，亟用兵，而不與民同欲」。朱熹則認為本詩反映秦風強悍，樂於戰鬥，其子民在戰時一同懷着「懽愛之心，足以相死」。朱熹同時引述「蘇氏」之言論，提出了另一種解釋：「秦本周地，故其民猶思周之盛時而稱先王焉。」。

【語譯】

誰說沒衣可穿？
和你共用戰袍。
君主正在出師，

11 **偕**：一起。

12 **作**：起動，即開始行動之意。

13 **裳**：古代男女用於遮蔽下體的衣裙。古有「上衣下裳」的說法，用以區分組成古人服飾的不同部件。

14 **甲兵**：甲，即盔甲。兵，即兵器。此處「甲兵」泛稱士兵上陣時的所有裝備。

修整我的戈矛。
和你敵愾同仇！

誰說沒衣可穿？
和你共用內衣。
君主正在出師，
修整我的矛戟。
和你行動不離！

誰說沒衣可穿？
和你共用戰裙。
君主正在出師，
修整盔甲刀兵。
和你一起前進！

【想一想】

1. 有說本詩為軍中的戰歌，用於提振士氣。你認為本詩如何達到這個目的？又，在參與團體活動或組隊比賽時，你有聽過或使用過這類振奮士氣的音樂嗎？

2. 詩中「同袍」一語仍為今人所使用，然只是用於稱呼一同於軍隊或紀律部隊中服役的人而已，不一定如同本詩般具有同心一志，無分你我的含義。概言之，「同袍」的含義隨着時代推移而有所放寬。這種語用現象在中文世界裏其實不算罕見，你能夠舉出其他例子嗎？

【強化訓練】

一、 本詩三章分別提到「袍」「澤」和「裳」三種衣飾，其意何在？

二、 本詩以「豈曰無衣」一問啟首，效果如何？

三、 本詩一如其他《詩經》作品，使用了「重章疊句」的手法。試評論其效果。

陳風、檜風、曹風

陳風、檜風、曹風

【題解】

周文王時，虞舜後裔遏父擔任陶正。周武王將長女太姬嫁給遏父之子胡公滿，又將他封於株野（今河南柘城胡襄鎮），後遷都宛丘（今河南淮陽一帶），國號為陳，位居侯爵。陳國共歷 25 世，延續六百餘年，中間曾兩度亡國、兩度復國。至周敬王四十一年（公元前 479 年），楚惠王殺陳湣公，陳亡不祀。由於陳國臨近楚國，加上太姬好祭祀，影響所及，巫風興盛。〈陳風〉錄詩 10 首（本書選 4 首），多有巫音，浪漫綺麗。〈陳風・株林〉是《詩經》年代最晚的作品，大約在公元前 599 年左右，亦即春秋中葉。

檜國為周初所封，或作鄶國、會國，國君為上古火正祝融氏的後代，故地在今河南密縣、新鄭一帶。西周末年為鄭桓公所滅。〈檜風〉收錄篇章 4 篇（本書選 1 篇），皆為西周作品。

曹國始君為周武王、周公的弟弟曹叔振鐸，封地在今山東西南荷澤、曹縣、定陶一帶。春秋時期，曹國成為列強爭霸的對象之一。後來曹國與宋國交惡，周敬王三十三年（公元前 487 年），宋景公擒殺曹伯陽，曹國滅亡。〈曹風〉錄詩 4 首（本書選 1 首），多為春秋時期的作品。

陳風·宛丘

【原文】

子之湯[1]兮，
宛丘[2]之上兮。
洵[3]有情兮，
而無望[4]兮。

坎其[5]擊鼓，
宛丘之下。
無冬無夏，
值[6]其鷺[7]羽[8]。

坎其擊缶[9]，

---

1 **湯**：又作「蕩」。一說釋作遊蕩，此處形容「子」遊蕩於山間；一說釋作擺盪，此處形容「子」的舞姿。

2 **宛丘**：陳國內的山丘，大約位處今河南省淮陽縣一帶。

3 **洵**（粵 seon1 詢 普 xún）：確實、誠然。

4 **無望**：一說釋作沒希望，謂主人公雖然有情，卻對追求「子」之事不抱希望；一說與「無妄」相通，釋作意料之外，謂邂逅「子」於此地，繼而「有情」之事出乎意料；一說釋作不需瞻望，謂「子」如今「蕩」於山中，有淫荒之情，毫無值得他人瞻望的價值。

5 **坎其**：敲擊之聲。

6 **值**：與「植」相通，手持。

7 **鷺**：水鳥，翅膀寬大，羽毛純白而柔軟，頸項、雙腳和嘴部皆長，常見於江河的岸邊，以捕食水中的小魚為生。

8 **羽**：舞者用的羽扇。

9 **缶**（粵 fau2 否 普 fǒu）：古代常見的敲擊樂器，外形似反轉的足盤，或陶製，或瓦製。

宛丘之道。
無冬無夏，
值其鷺翿[10]。

【賞析與點評】

按《毛序》解釋，本詩旨在諷刺陳幽公，斥其「淫荒昏亂，遊蕩無度」。唯朱熹質疑此說，認為漢儒只是見幽公謚號不佳，便隨意借題發揮。他進而指出，詩中的「子」實不知名，只是時常遊蕩於山中，無所事事，遂招來國人諷刺。及至現代，部分學者則認為本詩並無諷刺的意味，其所敍者實為巫女於山中跳降神舞的情形。如此解釋與古代注家的看法相去甚遠，以致他們解釋詩中字詞時亦是頗有分歧。

【語譯】

你的舞姿飄盪啊，
迴旋宛丘之上啊。
誠然對你有情啊，
卻難抱有奢望啊。

鼓聲敲得咚咚，
宛丘下面舞動。
不管酷夏嚴冬，
鷺羽持在手中。

---

10 **翿**（粵 tou4 桃 普 dào）：舞者用的羽扇，與上一章的「羽」同義。

瓦缶敲得鏗鏘，

宛丘大道回翔。

不管嚴冬酷夏，

鷺羽持在手掌。

【想一想】

1. 關於本詩的旨要，古今論者分歧頗大。其中一個關鍵在於，古人認為本詩具有明確的諷刺意味，今人則不以為然。依據你閱讀時的體會，你認為本詩的語調如何？敘述者究竟對詩中的「子」抱有甚麼態度呢？又，今人謂「子」為巫女，其想法又是否合理？你能否在本詩中找出任何證據或疑點？

2. 本詩採取了疊章法，分章明確。然而首章第二句「宛丘之上兮」為全詩唯一的五言句式，明顯破壞了詩歌的工整形式。對照其餘兩章，似乎刪去此句的「兮」字為佳。然從另一角度觀之，首章每句皆以「兮」作結，構成另一種形式特點。你認為「宛丘之上兮」一句應否刪去當中的「兮」字？刪去與否的影響又是甚麼呢？試從形式、聲韻、結構等角度討論之。

【強化訓練】

一、 試判斷以下詩句中畫線部分之詞性：

（1） <u>洵</u>有情兮：

（2） <u>而</u>無望兮：

（3） <u>值</u>其鷺羽：

二、 試指出本詩的押韻模式。

三、 試評論本詩的章法。

陳風．東門之枌

【原文】

東門[1]之枌[2]，
宛丘之栩[3]。
子仲之子，
婆娑[4]其下[5]。

穀旦[6]于[7]差[8]，
南方之原[9]。
不績[10]其麻，
市[11]也婆娑。

1　**門**：此處謂城門。

2　**枌**（粵 fan4 焚　普 fén）：又稱「白榆」，榆科榆屬落葉喬木，於中原各個區域皆十分常見。其樹冠呈扇型，樹皮灰黑，條紋直裂，葉呈橢圓，色澤深綠。長成後一般高約 25 米，三月開花，四月結果。

3　**栩**（粵 heoi2 許　普 xǔ）：又稱「柞」「杼」等，今人則常稱作「櫟」，殼斗科櫟屬，落葉喬木，常見於中原各個區域。其木質堅硬，枝節粗壯，葉呈橢圓形，嫩枝還會長有黃褐色短毛，觸感柔軟。

4　**婆娑**：形容身體旋轉，輕盈搖擺的舞姿。

5　**下**：此處謂樹下。

6　**穀旦**：穀，形容事物之美好。旦，指定的一天。二字結合即吉日之意。

7　**于**：助詞，無實質意義。

8　**差**：選擇。

9　**原**：廣闊而平坦之地。

10　**績**：把麻捻搓成線的動作。

11　**市**：市集。

穀旦于逝[12]，
越[13]以鬷[14]邁[15]。
視爾如荍[16]，
貽[17]我握椒[18]。

【賞析與點評】

關於本詩的旨要，朱熹的《詩集傳》說：「此男女聚會歌舞，而賦其事以相樂也。」可知本詩述說一對愛侶歡聚時的情況。《毛序》謂本詩意在「疾亂」，即諷刺陳幽公「淫荒，風化之所行，男女棄其舊業，亟會於道路，歌舞於市井爾」。此說同樣看重「男女歌舞」一點，卻是以負面的態度看待之，與詩歌的意境似乎不同。至於諷刺幽公之事，更是難以從詩歌內容找到實證。

---

12 **逝**：前往。

13 **越**：語首助詞，無實際意思。

14 **鬷**（粵 zung1 終 普 zōng）：一說從本意，釋作鐵釜，即煮食器具，此處謂帶着鐵釜出行；一說釋作集合，此處謂集合而行；一說釋作數次，此處謂數次出行。

15 **邁**：向前行進。

16 **荍**（粵 kiu4 橋 普 qiáo）：即錦葵，又名「荊葵」，二年生至多年生直立草本植物，生長於中原東北以至華南一帶，開花期為夏秋之間。其莖部長有粗毛，葉呈心形或腎形，花為紫紅色。

17 **貽**（粵 ji4 夷 普 yí）：送贈。

18 **握椒**：即花椒。此名既可指稱芸香科花椒屬植物，亦可指稱該類植物的果實，並且以後者為常見。花椒多為球形，呈紅楬色，外有裂紋，頂端裂開。因其味道濃烈，古人多以之為香料，亦會用於祭祀儀式中。握，則是用於形容「椒」的大小，謂其可為一手所握。案，因本詩的意境，此詞後來引申為男女定情信物的代稱。

【語譯】

東門白榆茂密，
宛丘柞木翠綠。
子仲家的女兒，
樹下翩翩起舞。

選定佳日良辰，
相約城外南郊。
市集織女停機，
沿途舞姿婀娜。

佳日一同出遊，
青年蹤影雜沓。
看你美如錦葵，
贈我一把椒花。

【想一想】

1. 關於本詩描述的女子，歷代論者對她的身份推測多有分歧。有說她是負責祭祀的巫女，故會接觸花椒等常用於儀式的香料；亦有論者針對「市也」一詞，指出她當是於市集賣藝的舞姬。你認為哪種判斷較合理？抑或你有其他看法？試從詩歌的內容尋找線索。

2. 如注釋所言，自本詩提出「握椒」的意象後，這詞彙漸漸引申為男女定情信物的代稱。你認為這種植物具有甚麼特質，致使後人視之為定情信物的代表？又，除了「握椒」外，古代男女還會以甚麼物件為定情信物？這些物件有何共通點？試從不同文學作品中尋找可資討論的例子。

【強化訓練】

一、試判斷以下詩句中畫線部分之詞性：

（1）婆娑其下：

（2）穀旦于差：

（3）貽我握椒：

二、以下句中使用了代詞，試指出其指向：

（1）婆娑其下：

（2）不績其麻：

（3）視爾如荍：

三、本詩藉由第一章介紹女主人公登場。其寫法有何特色？藝術效果如何？

陳風·衡門

【原文】

衡門[1]之下，
可以棲遲[2]。
泌[3]之洋洋[4]，
可以樂[5]飢。

豈其食魚，
必河之魴[6]？
豈其取妻，
必齊之姜[7]？

豈其食魚，
必河之鯉[8]？

---

1 **衡門**：一說衡為「橫」的假借字，橫門即「橫木為門」，是簡陋的家居陳設；一說為城中某一城門的名稱。

2 **棲遲**：出遊休憩。案，此為聯綿詞，又作「西遲」「栖遲」和「棲犀」等。

3 **泌**（粵 bat6 拔 普 bì）：本意為形容泉水快速流動之貌，後來又用於指稱陳國泌邱中的泉水。

4 **洋洋**：形容水勢盛大之貌。

5 **樂**：又作「𤻲」，與「療」相通，治癒。

6 **魴**（粵 fong4 妨 普 fáng）：俗稱「邊魚」「三角魴」或「平胸魴」等，淡水魚類，鯉科魴屬，體型高而扁，背部隆起，頭部細小，口端部位呈馬蹄形。常見於中原一帶的江河，古人視之為上等食材。案，魴和鯿外形相似，故歷來不少人會搞混兩者，部分地區甚至以「鯿」指稱魴魚。

7 **姜**：姜氏為齊國的宗室。

8 **鯉**：淡水魚類，鯉目鯉科，體型長而扁，身有銀鱗，頭部有魚鬚，常見於中原一帶的江河。由於肉質鮮美，故古人常奉之為上等食材。

豈其取妻，
必宋之子[9]？

【賞析與點評】

朱熹在《詩序辨說》指出，本詩為「賢者自樂而無求之意」。意即主人公淡泊名利，安於簡單平靜的生活。當然，主人公的選擇出於自願與否，則是值得商榷的。部分研究者以為，這實反映了春秋時代封建制度失效，社會動盪，弱勢的貴族因而沒落。《毛序》言本詩意在勸誘陳僖公，謂其「願而無立志，故作是詩以誘掖其君也」。然就如朱熹以為，這判斷大抵源自漢儒就僖公的謚號胡亂附會而已。

【語譯】

橫木為門雖陋，
總歸可以休憩。
泌邱泉流浩浩，
能療腹中渴飢。

難道我們吃魚，
必選黃河魴魚？
難道我們娶妻，
必選齊姜公主？

難道我們吃魚，

9 **子**：子氏為宋國的宗室。

必選黃河鯉魚？
難道我們娶妻，
必選宋子公主？

【想一想】

1. 部分研究者指出，本詩的主人公當出身於貴族，奈何家道中落，以致生活水平大不如前之餘，亦無法攀附原來的階層。由是觀之，本詩所言則是無可奈何之下的自我安慰。你同意這個詮釋嗎？試從本詩的內容，以及春秋時代的史實尋找線索。

2. 在本詩中，不少句子都談到古人對河鮮的推崇，還有黃河流域的飲食文化。除了本詩提及的魴和鯉之外，古人還喜歡進食甚麼河鮮？對比黃河流域，長江流域或沿海地區對魚類食材的喜好又有何分別？試以其他古典詩文為據，加以討論。

【強化訓練】

一、 試判斷以下詩句中畫線部分之詞性：

(1) 可以棲遲：

(2) 可以樂飢：

二、 試分析本詩的第二章運用了甚麼修辭手法。

三、 試闡析本詩的寫作策略和行文佈局。

陳風·月出

【原文】

月出皎[1]兮，
佼[2]人僚[3]兮。
舒[4]窈糾[5]兮，
勞心[6]悄[7]兮。

月出皓[8]兮，
佼人懰[9]兮。
舒懮受[10]兮，
勞心慅[11]兮。

---

1 **皎**：一般只用於形容月亮，言其潔白明亮。

2 **佼**：又作「姣」，美好之貌。

3 **僚**：為「嫽」之假借字，形容外表之美麗。

4 **舒**：一說釋作緩慢、徐緩，此處用於形容女子的嫻雅舉止；一說為語首助詞，沒有實際意思。

5 **窈糾**：形容女子體態苗條，動作和緩。糾（粵 gau2 狗 普 jiǎo）。

6 **勞心**：憂心。

7 **悄**：憂傷之貌。

8 **皓**：明亮。

9 **懰**（粵 lau5 柳 普 liú）：為「嬼」之假借字，一說釋作美好，語意正面；一說釋作妖媚，含貶義。

10 **懮受**：形容女子的步姿徐緩又優美。懮（粵 jau2 黝 普 yǒu）。

11 **慅**：按清人段玉裁的說法，此為「騷」之假借字，本為不安地亂動的意思，加以抽象化後，引申為憂愁不安的心情。

月出照[12]兮，
佼人燎[13]兮。
舒夭紹[14]兮，
勞心慘[15]兮。

【賞析與點評】

本詩當為懷人之辭。按照詩句的內容，其時美麗的月色當空，勾起了主人公對心儀女子的思念。朱熹更判斷本詩為「男女相悅而相念之辭」。漢代的《毛序》則認為，本詩旨在諷刺在上位者「好色」，即「在位者不好德，而說美色焉」。然不少研究者都質疑，本詩意境優美，語氣不見任何諷刺的痕跡。

【語譯】

皎月出來多光明啊，
美人容色多嫵婷啊。
姿態窈窕步輕盈啊，
我心思念難平靜啊。

皓月出來多明潔啊，
美人容色多佳冶啊。

12　**照**：形容月色之光亮。
13　**燎**：本意為明媚，此處引申為漂亮悅目。
14　**夭紹**：形容女子體態輕盈，婀娜多姿。
15　**慘**：據古人考證，當為「懆」之訛字，意即發愁而煩燥之貌。

姿態窈窕步踝蹬啊，
我心思念難休歇啊。

明月出來照四方啊，
美人容色也生光啊。
姿態窈窕步徜徉啊，
我心思念真惆悵啊。

【想一想】

1. 古人認為本詩意在諷刺在上者「好色」，大概只是附會之辭，不合詩歌意境。不過，本詩對女色的書寫卻又是不爭的事實。觀乎本詩的表現，你認為本詩能否恪守「發乎情，止乎禮」的原則？其意涵有否違反傳統禮儀的規範？

2. 本詩使用了三組疊韻詞。考查它們的讀者，不難發現部分詞彙隨着語音演變，如今已難以察覺其疊韻的特徵。例如，就「窈糾」一詞而言，其粵音只保留了相同的韻尾，而普通話的讀音更是完全不同，迫使「糾」須由常用的「jiū」音變為符合疊韻性質的「jiǎo」音。除了本詩的例子之外，你還能舉出其他於現代失去了雙聲或疊韻特質的連綿詞嗎？這種語音演變現象又如何影響今人閱讀古詩詞時的體驗？

【強化訓練】

一、 本詩的用詞出現了詞性轉換的現象。試舉例說明之。

二、 本詩如何增強其節奏感？試從用詞、押韻等角度分析之。

三、 本詩使用了常見於《詩經》作品的疊章法。試闡釋之。

檜風．隰有萇楚

【原文】

隰[1]有萇楚[2]，
猗儺[3]其枝。
夭[4]之沃沃[5]，
樂[6]子之無知[7]。

隰有萇楚，
猗儺其華[8]。
夭之沃沃，
樂子之無家[9]。

1　**隰**（粵 zaap6 雜 普 xí）：低溼地帶。

2　**萇楚**：即今謂之「羊桃」，俗稱「獼猴桃」，藤本植物。按照李時珍的《本草綱目》描述，其「莖大如指，似樹而弱如蔓，春長嫩條柔軟。葉大如掌，上綠下白，有毛，狀似苧麻而團。」其果實可供食用。案，部分研究者認為，「萇楚」的果實只是形似「獼猴桃」，因而常遭混淆，兩者其實是不同品種的果實。萇（粵 coeng4 牆 普 cháng）。

3　**猗儺**：聯綿詞，意義同於今人謂之「婀娜」，柔美之貌。案，另一版本作「旖旎」。猗（粵 o2 婀 普 ě），儺（粵 no4 挪 普 nuó）。

4　**夭**：植物初生，尚是幼嫩的階段。

5　**沃沃**：形容植物茁壯茂盛，光澤悅目之貌。

6　**樂**：歡喜，此處含有羨慕的意思。

7　**知**：官感與知覺。

8　**華**：與「花」相通，花朵。

9　**家**：家累，即顧念家人而招致的負擔。案，此與第三章之「室」同義，而現代用語中亦有「家室」一詞，所指稱者並非家居環境，而是其父母妻兒等家人組成構成的倫理羣體。

隰有萇楚，
猗儺其實[10]。
夭之沃沃，
樂子之無室。

【賞析與點評】

按《毛序》所稱，本詩旨在「疾恣」，即「國人疾其君之淫恣，而思無情慾者也」。然歷來注家和研究者都指出，《毛序》的說法實無稽之談。朱熹就認為本詩所言當為「政煩賦重，人不堪其苦，歎其不如草木之無知而無憂」。此說相對貼近本詩的語調。清人方玉潤也認同詩中含有人不如草木之歎，卻認為主人公當為沒落的貴族子弟，即其生於檜國破滅之際，失卻了原有的尊貴地位和安逸生活，因而感慨自己生不逢時。

【語譯】

濕地長着羊桃，
枝葉婷婷嫋嫋。
光彩鮮嫩奪目，
真羡慕你沒煩惱。

濕地長着羊桃，
花朵嫋嫋婷婷。

10　**實**：果實。

光彩鮮嫩奪目，
真羨慕你沒家庭。

濕地長着羊桃，
枝頭果實滿綴。
光彩鮮嫩奪目，
真羨慕你沒家累。

【想一想】

1. 歷代注家和研究者大多認同本詩旨在描述主人公生活受挫，因而感歎人不如草木般無憂無慮。然各家對主人公的身份推測多有分歧，有說言之為沒落的貴族子弟，有的言之為平民百姓。依照你對本詩的體會，你認為主人公的身份為何？理據何者？可以從主題相近的《詩經》作品，或者其他古典詩文中找到線索嗎？

2. 本詩多次使用聯綿詞「猗儺」。其意義同於今謂之「婀娜」，兩者的發音亦是十分相近。這反映出聯綿詞的流傳主要依靠聲音，而非字形，結果導致現今只有「婀娜」仍在流傳，「猗儺」卻已不再通用。除了本詩的例子外，你還能從《詩經》的作品中找出其他例子嗎？這現象又反映出漢語的何種特點？

【強化訓練】

一、 試判斷以下詩句中畫線部分之詞性：

（1） 樂子之無知：

（2） 夭之沃沃：

二、 本詩三章之末言「樂子之無知」「樂子之無家」和「樂子之無室」。此「子」實際上指稱甚麼？此處又用了甚麼修辭手法？

三、 本詩使用了常見於《詩經》作品的疊章法。試評論其效果。

曹風．蜉蝣

【原文】

蜉蝣[1]之羽，
衣裳楚楚[2]。
心之憂矣，
於[3]我歸處。

蜉蝣之翼，
采采[4]衣服。
心之憂矣，
於我歸息。

蜉蝣掘[5]閱[6]，
麻衣[7]如雪[8]。

---

1 **蜉蝣**：又作「蜉蝤」，四翅昆蟲，形體細小，翅膀輕薄透明，類似坊間稱之「天牛」或「蜻蛉」。其特點在於生命極短暫，成蟲以後不飲不食，交配以後便告亡歿。古人多謂之「朝生暮死」。現代研究則指出，其生命實際只有數小時而已。

2 **楚楚**：形容色澤鮮明之貌。

3 **於**：歷來對此多有歧解。一說與「烏」相通，疑問詞，「哪裏」之意；一說釋作歎詞，表示歎息的語氣；一說釋作「且」；一說釋「與」。

4 **采采**：形容光彩明亮之貌，含華美的意思。

5 **掘**：穿過而出。

6 **閱**：與「穴」相通，地洞。

7 **麻衣**：古代士人日常穿着的服飾，一般以白麻縫製，又稱「深服」。

8 **如雪**：此處既是形容衣服光潔之貌，亦與「麻衣」本身的色澤有關。

心之憂矣，
於我歸說[9]。

【賞析與點評】

按照詩句的意思，本詩藉由「蜉蝣」朝生暮死的生命狀態，聯想到人類一生其實同樣短促，令詩人歎息不已。《毛序》則認為，本詩旨在諷刺曹昭公奢侈，謂其「國小而迫，無法以自守，好奢而任小人，將無所依焉」。朱熹指出這些描述不見史傳，難以考證，後世研究者則相信《毛序》只是就「衣裳楚楚」諸句強加附會而已。朱熹自身則提出，本詩當謂「時人有玩細娛而忘遠慮者」。可是，此說同樣有附會之嫌，備受後世質疑。

【語譯】

蜉蝣振翅飛行，
衣裳光亮鮮明。
我心多麼憂鬱，
哪裏是我歸程？

蜉蝣振翅飛舞，
身穿亮麗衣物。
我心多麼憂鬱，
哪裏是我歸宿？

---

9 **說**（粵 seoi3 歲 普 shuì）：在家休息。此處「歸說」與上一節的「歸息」大致同義。

蜉蝣破土而出，
如麻似雪素服。
我心多麼憂鬱，
哪裏是我歸途？

【想一想】

1. 除了花朵之外，昆蟲亦是常見於古人筆下的意象，就如本詩藉由蜉蝣感歎生命之短暫。那麼其他種類的昆蟲又於古典詩文中代表了甚麼象徵意義？你認為古人對這些昆蟲的觀察和聯想妥當嗎？

2. 生命短促向來是人生在世的一大困惑，亦是文學作品中常見的題材。除了本詩使用的蜉蝣之外，中外作家在表達這個課題時，還會採用甚麼意象？在你的閱讀經驗中，哪個意象是最動人的？又，除了化抽象為具體外，文學作品還可以用甚麼手法來抒發生命短促的感受？

【強化訓練】

一、 試指出以下詩句使用了何種修辭手法：「麻衣如雪。」

二、 本詩採用了常見於《詩經》作品的疊章法。試闡析之。

三、 試指出本詩的韻腳分佈。

豳風

豳風

【題解】

豳（一作邠，音同「賓」）地在今陝西栒邑、邠縣一帶，為周王室先祖公劉的封地。豳在周代為地名或諸侯國名，至今仍有爭議。〈豳風〉共有詩 7 篇（本書選 3 篇），代表作〈七月〉描寫了豳地的農家生活，呼應着周人尚農的傳統，不僅是最早的田園詩，也可視為一部農事曆書。此外，〈鴟鴞〉〈東山〉〈破斧〉等詩皆與周公有關。可以說，〈豳風〉諸篇當皆為西周時期的作品。

豳風·七月

【原文】

七月[1]流[2]火[3]，
九月授衣[4]。
一之日[5]觱發[6]，
二之日栗烈[7]。
無衣無褐[8]，
何以卒[9]歲？
三之日于[10]耜[11]，

---

1 **七月**：此處謂夏曆七月。本詩凡稱「某月」者，皆從夏曆。案，西周王朝並未統一曆法，各地按自身的風俗採取夏曆、殷曆或周曆，甚至交雜使用幾套系統。豳地曆法正是糅合了幾套系統的例子，一方面使用夏曆的四月至十月，十月之後即為周曆正月，即後文所稱之「一之日」。

2 **流**：描述星體從夜空最高處朝地平線移動的動態。由於在地上仰天觀望時，天空如同平面一般，故古人會以「落下」來理解星體的下行移動。

3 **火**：又稱「大火」，即二十八星宿中的心宿，為東方七宿的第五宿，夏曆五月時會位處南方的最高點，六月以後朝西方下行。

4 **授衣**：為「授衣使為之」的縮略語，即授予製作冬衣的工作。

5 **一之日**：周曆正月，即夏曆十一月。本詩凡稱「某之日」者，皆從周曆。豳地依從周曆，視夏曆十一月為歲始，故至此月始改用周曆，亦以後文言之「改歲」指稱從「十月」到「一之日」的過度。

6 **觱發**：擬聲詞，形容寒風吹拂事物的聲音。觱（粵 bit1 必 普 bì），發（粵 but6 勃 普 bō）。

7 **栗烈**：又作「凓冽」，形容寒氣刺骨的狀況。

8 **褐**（粵 hot3 喝 普 hè）：本義為枲麻織成的襪子，引申為粗布造的衣服。

9 **卒**：歷盡，即完整度過特定的時段。

10 **于**：為，即處理某事物。結合後接之賓語「耜」，即謂整修。

11 **耜**（粵 zi6 字 普 sì）：古代農具，末端為扁形，狀似今人見之鏟或鍬，用作翻土。早期的耜為木製，後期才出現鐵製的。

四之日舉趾[12]。
同[13]我婦子，
饁[14]彼南畝[15]，
田畯[16]至喜[17]。

七月流火，
九月授衣。
春日載[18]陽[19]，
有[20]鳴倉庚[21]。
女執懿[22]筐[23]，

---

12 **舉趾**：又作「舉止」，舉起足部，此處謂舉足下田工作之意。

13 **同**：會合。

14 **饁**（粵 jip3 擫 普 yè）：描述給在田工作者送飯的行為。

15 **南畝**：古人有感南方地勢平坦，水流易至，故喜好置田於南面，即謂「南畝」。於此則是泛稱田地。

16 **田畯**：又稱作「田大夫」，為地主或者在上位者委派的農官，職責為監督農奴的工作，同時處理與作業相關的事務、糾紛。畯（粵 zeon3 俊 普 jùn）。

17 **喜**：一說從本義，釋作歡喜；一說與「饎」相通，本義為酒食，引申為吃飯。

18 **載**：助詞，相當於「則」「便」或「就」等。

19 **陽**：溫暖。

20 **有**：名詞前綴，沒有實際意思。

21 **倉庚**：即黃鶯，候鳥，雀形目黃鸝科，黃羽紅喙，頭部有一粗大的黑紋，多棲息於山腳或平原的樹林中，以小蟲或樹果為食物。不計轉為留鳥的族羣，一般於夏季時出現在北方，入冬前會遷往南方。

22 **懿**：本義為美好，引申為形容事物容量之深。

23 **筐**（粵 hong1 康 普 kuāng）：農業用具，由竹或柳的枝條編織而成，用以盛載和運送物件。

遵[24]彼微行[25]，
爰[26]求柔桑[27]。
春日遲遲[28]，
采蘩[29]祁祁[30]。
女心傷悲，
殆[31]及公子同歸。

七月流火，
八月萑[32]葦[33]。
蠶月[34]條[35]桑，
取彼斧斨[36]，

---

24 **遵**：沿經。

25 **微行**：一說釋作小路；一說專稱牆下的小路。

26 **爰**（粵 wun4 垣 普 yuán）：句首語氣助詞，無實際意思。

27 **柔桑**：幼嫩的桑葉。

28 **遲遲**：形容舒適緩和之貌。

29 **蘩**（粵 faan4 凡 普 fán）：又稱白蒿，桔梗目菊科植物，一年生或二年生草本植物，莖部直立，枝有灰白軟毛，主要生長於亞熱帶至溫帶地區。可供食用和入藥之用。亦相傳為古人用於養蠶，唯功能多有歧說，包括餵養幼蠶、製作蠶箔和清洗蠶身等等。

30 **祁祁**（粵 kei4 淇 普 qí）：形容人數之眾多。

31 **殆**：一說釋作害怕；一說釋作壓迫；一說釋作將要。

32 **萑**（粵 wun4 桓 普 huán）：即荻草，禾本科芒，多年生草木植物，形似蘆葦草，同樣生長於水邊，秋天時會開出紫花。

33 **葦**：即蘆葦草。草本植物，禾本科蘆葦屬，一般叢生於河邊、沼地等與水相接的濕潤環境。其葉呈修長的形狀，可生長至十數厘米至半米不等。

34 **蠶月**：適宜養蠶的月份，一般指夏曆三月。

35 **條**：又作「挑」，修剪。

36 **斨**（粵 coeng1 窗 普 qiāng）：柄孔呈方形的斧頭。

以伐遠揚[37]，
猗[38]彼女[39]桑。
七月鳴鵙[40]，
八月載績[41]。
載玄[42]載黃，
我朱[43]孔[44]陽[45]，
為公子裳。

四月秀[46]葽[47]，
五月鳴蜩[48]。

---

37 **遠揚**：向上揚起的枝條，具有過長或過高的含義。

38 **猗**（粵 ji1 伊 普 yī）：為「掎」的假借字，牽引、拉扯。

39 **女**：此處作形容詞，形容事物相對矮小和幼嫩。女桑即小桑。

40 **鵙**（粵 gwik1 虢 普 jú）：又作「鶪」，今稱伯勞，雀形目伯勞屬，體形於鳥類中屬小形的一類，頭部較大，嘴部呈勾形，以細小的蟲、魚為食物。

41 **績**：編織。

42 **玄**：黑赤色，即黑中帶紅的顏色。

43 **朱**：紅色。

44 **孔**：很。

45 **陽**：形容色澤之鮮明。

46 **秀**：形容植物生穗開花的狀態。

47 **葽**（粵 jiu1 腰 普 yāo）：又名「遠志」或「棘菀」，遠志科遠志屬，多年生草本植物，根本粗壯，葉呈扇形，花為紫藍色，現今主要見於山東、陝西一帶。可供入藥，具安神、去痰、消腫之效，主治失眠、痰咳和瘡瘍腫毒等。

48 **蜩**（粵 tiu4 條 普 tiáo）：即蟬，半翅目蟬科，活躍於夏季，地域分佈則集中於溫帶至熱帶地區，部分品種甚至存活於沙漠。其頭寬而短，腳粗而有力，靠吸食樹汁維持生命。雄性的身體獨有發聲器官，鳴聲既長又響。

八月其[49]穫[50]，
十月隕[51]蘀[52]。
一之日于[53]貉[54]，
取彼狐貍，
為公子裘[55]。
二之日其同，
載纘[56]武功[57]，
言[58]私[59]其豵[60]，
獻豜[61]於公[62]。

---

49 **其**：將要。

50 **穫**：收穫，此處專謂收割成熟的農作物。

51 **隕**：落下。

52 **蘀**（粵 tok3 托 普 tuò）：自草木脫落的葉或皮。

53 **于**：此處謂前往。

54 **貉**（粵 hok6 學 普 hé）：哺乳類動物，犬科貉屬，毛色棕灰，鼻尖耳短，尾巴粗短，分佈於亞熱帶至亞寒帶，一般棲息於河谷、草原或叢林中，晝伏夜出，以水果、雀鳥、魚類和小動物為食物。古人視其皮毛為珍寶，故常以之為打獵對象。

55 **裘**：獸皮製成的衣服。

56 **纘**（粵 zyun2 纂 普 zuǎn）：本義為繼承，申延為延續。

57 **武功**：此處謂上文提到的打獵事宜。

58 **言**：助詞，無實際意思。

59 **私**：佔有，即據為己有。

60 **豵**（粵 zung1 蹤 普 zōng）：本義為一歲大的小豬，此處引申為稚獸。

61 **豜**（粵 gin1 堅 普 jiān）：本義為三歲大的小豬，此處引申為長成的大獸。

62 **公**：公家、公府。

五月斯螽[63]動股[64]，
六月莎雞[65]振羽。
七月在野，
八月在宇[66]，
九月在戶。
十月蟋蟀入我牀下。
穹[67]窒[68]熏[69]鼠。
塞向[70]墐[71]戶[72]。
嗟[73]我婦子，
曰[74]為改歲[75]，

---

63 **斯螽**：又名「螽斯」，即蚱蜢，直翅目螽斯科，身體呈扁形或圓柱形，多為綠色或褐色，觸角細長，部分品種長有翅膀，後腳修長而有力，具備快速彈跳能力。有翅的雄性品種亦有發聲器官。螽（粵 zung1 蹤 普 zhōng）。

64 **股**：大腿，此處謂蟲足。

65 **莎雞**：又名「紡織娘」，直翅目螽斯科紡織娘屬，主要分佈於熱帶地區。其體形較其他品種的螽斯大，身體呈綠色或褐色。雄性品種具有發聲器官，用於求偶或示警。古人認為其鳴叫猶如織布機的聲音，遂稱之為「紡織娘」。

66 **宇**：屋簷，此處尤謂屋簷之下。

67 **穹**：一說作副詞，窮盡之意；一說作名詞，本義是中間隆起的拱狀，用於家居可以釋作隙縫、孔洞，甚至專門指稱鼠穴；一說為「烘」的假借字，釋作火烤。

68 **窒**：一說釋作堵塞；一說當作「室」，房間之意。

69 **熏**：藉火燒而生煙，再以煙籠罩他物。古人嘗以煙燻為驅鼠之法。

70 **向**：向北的窗。

71 **墐**（粵 gan6 近 普 jìn）：用泥塗塞他物。

72 **戶**：門戶。

73 **嗟**：歎詞，含有傷感慨歎的語氣。

74 **曰**：又作「聿」，與今人謂之「就」相約。

75 **改歲**：一年至盡，年歲更改之時，即過年。見前文注。

入此室處[76]。

六月食鬱[77]及薁[78]，
七月亨[79]葵[80]及菽[81]。
八月剝[82]棗[83]，
十月穫稻。
為此春酒[84]，
以介[85]眉壽[86]。

---

76 **處**：居住。

77 **鬱**：又稱「郁李」「唐棣」和「常棣」等，薔薇科薔薇目李屬，落葉小喬木，現時見於甘肅、陝西、河南、湖北等地。其葉呈卵形或橢圓形，春天時會開出粉紅或純白的花朵。其果實細小，味道甘而酸澀，稱為「車下梨」，可供食用和釀酒。

78 **薁**（粵 juk1 或 普 yù）：又名「蘡薁」或「細本葡萄」，葡萄科葡萄屬，蔓性藤本植物，今見於山東、河南等地。其嫩枝和葉柄長有灰白絨毛，葉呈闊卵形，會結出紫色成組漿果，古代多野生於山間，可供食用和釀酒。

79 **亨**：與「烹」相通，烹煮。

80 **葵**：冬葵，錦葵目錦葵科錦葵屬，一年生或兩年生草本植物，分佈於亞熱帶至北温帶，於亞洲尤為常見。其莖部直立，葉呈腎形，一般於冬春交替的時期開出淡紅色小花。於古代是常見的食用菜蔬，亦可供入藥，具清熱、滑腸等功效。古籍嘗稱之為「百蔬之王」「五蔬之主」等，備受推崇。

81 **菽**（粵 suk6 熟 普 shū）：古人對豆類的總稱。

82 **剝**：為「撲」的假借字，敲擊。

83 **棗**：棗樹的果實。棗樹，薔薇目鼠李科棗屬，大灌木或小喬木，分佈於温帶地區，起源於亞洲。其枝上有刺，葉呈卵形或橢圓形，並有鋸齒狀的邊緣。其果實呈長圓形，多為橙黃色或暗紅色，可直接食用，或製成乾果、蜜餞等。

84 **春酒**：可指稱於春天釀製，冬天釀成，或者於冬天釀製，春天釀成的酒。按詩歌內容觀之，此處當謂後者。

85 **介**：一說釋作協助；一說為「丐」的假借字，釋作祈求。

86 **眉壽**：人老以後，眉毛變長，故長眉成為年老的象徵，此處「眉壽」即謂長壽。今人仍以此為祝賀語。

七月食瓜，
八月斷[87]壺[88]，
九月叔[89]苴[90]，
采荼[91]薪[92]樗[93]。
食[94]我農夫。

87 **斷**：本義為折斷，引申為採摘。

88 **壺**：為「瓠」的假借字，即葫蘆，葫蘆科葫蘆屬，一年生攀緣草本植物，常見於亞洲、非洲和美洲等多個古代人類文明的發源地。其果實按品種或大或小，古人以之為食物、容器，甚至是樂器。

89 **叔**：拾取。

90 **苴**（粵 zeoi1 狙 普 jū）：青麻的籽。青麻，又稱「苘麻」，錦葵目錦葵科錦葵屬，一年生草本植物，常見於亞洲、歐洲和北美洲。其莖部和枝條皆有柔毛，葉呈心形，會於夏季開黃色小花。其籽可供入藥，且含有油份，古人用於生活所需。

91 **荼**：苦菜，桔梗目菊科，多年生草本植物，廣泛分佈於亞洲。其莖部直立，呈黃綠色或黃棕色，葉呈卵形或橢圓形，並有鋸齒狀邊緣。一般生於寒秋，夏天長成，其時會開出小黃花。味道甚苦，可供入藥，具清熱解毒、和胃明目之效。

92 **薪**：此處作動詞，描述砍柴的動作。

93 **樗**（粵 syu1 書 普 chū）：臭椿，無患子目苦木科臭椿屬，落葉喬木，分佈於東亞地區的北部和中部，適應力強，生長迅速，能夠於熱帶以外的地區生長，壽命一般不少於 50 年。其樹皮粗糙，木質疏散，葉則呈披針形，邊緣為波狀，正面為綠色，背面為淡綠色。由於其枝幹往往歪生，所以古人多視之為無用，頂多伐之為柴枝而已。

94 **食**（粵 zi6 字 普 sì）：供養。

九月築場[95]圃[96]，
十月納[97]禾稼。
黍[98]稷[99]重[100]穋[101]，
禾麻菽麥。
嗟我農夫，
我稼[102]既同[103]，
上入[104]執[105]宮功[106]。

95 **場**：此處謂古代農戶打穀和收藏作物的地方。

96 **圃**：種植蔬果的園地。

97 **納**：即今謂之「收納」，收藏。

98 **黍**（粵 syu2 暑 普 shǔ）：俗稱「黃米」，其籽多而形小，為常見於中國北方的穀物，用作人吃的主糧或禽畜的飼料。古人稱之「黍」大多專指種子部分。

99 **稷**（粵 zik1 積 普 jì）：古代常見的農產品。一說為小米，又稱「粟」，禾本科一年生狗尾草屬，常見於中國北方，特別是黃河流域一帶，其籽為古人的主要糧食之一；一說為高粱，禾本科一年生高大草本植物，常見於中國東北一帶，其籽可加工為供蒸煮的米，為古人的主要糧食之一。

100 **重**：又作「種」，與「穜」相通，先種而晚熟的穀物。

101 **穋**（粵 luk6 綠 普 lù）：又作「稑」，後種而早熟的穀物。

102 **稼**（粵 gaa3 價 普 jià）：禾類植物所結的籽實，引申為對穀物的泛稱。

103 **同**：集中在一起。

104 **上入**：一說上與「尚」相通，此處「上入」即謂尚且要加入；一說為指稱奴隸或役工前往主人家中之事。

105 **執**：實行。

106 **宮功**：修建宮室，後來引申為泛稱修繕房屋之事。

晝爾[107]于[108]茅[109]，
宵[110]爾索[111]綯[112]。
亟[113]其乘[114]屋，
其[115]始播[116]百穀[117]。

二之日鑿冰沖沖[118]，
三之日納於凌陰[119]。
四之日其蚤[120]，

107 **爾**：助詞，無實際意思。

108 **于**：前往，結合下字「茅」，即為前去採割茅草之意。

109 **茅**：茅草，禾本科白茅科白茅屬，多年生草本植物，耐水耐旱，分佈於熱帶至亞熱帶地區，於亞洲和非洲尤為常見。其莖部直立，不分枝，葉呈窄线形，頂端尖成刺狀，花則如同稠密的白色絨毛。

110 **宵**：夜深時分。

111 **索**：描述撚搓繩子，使之收緊的動作。

112 **綯**（粵 tou4 桃 普 táo）：繩。

113 **亟**（粵 gik1 擊 普 jí）：急切、趕快。

114 **乘**：登上。

115 **其**：為「稘」的假借字，而「稘」又與「期」相通，釋作週年。

116 **播**：種植。

117 **百穀**：此處謂不同穀物之種子。

118 **沖沖**：擬聲詞，形容鑿冰的聲響。

119 **凌陰**：凌釋作冰，陰為「窨」的假借字，釋作地窖。此處「凌陰」謂古人用以儲藏冰塊的地窖。

120 **蚤**：又作「早」。一說釋作月初；一說為周代祭祀儀式的名目。

獻羔[121]祭韭[122]。
九月肅霜[123]，
十月滌場[124]。
朋酒[125]斯[126]饗[127]，
曰[128]殺羔羊。
躋[129]彼公堂[130]，
稱[131]彼兕觥[132]，
萬壽[133]無疆[134]。

---

121 **羔**（粵 gou1 高 普 gāo）：小羊。

122 **韭**（粵 gau2 九 普 jiǔ）：韭菜，天門冬目石蒜科蔥屬，多年生草本植物，起源於亞洲東部及南部，然時至今天，已是見於世界各地的植物。莖部橫生，葉呈細長的線形，長有小白花。由於其含有豐富營養，且鮮嫩可口，故於古代已是常見菜蔬。在商周時期，古人亦會以之為祭祀儀式的祭品。

123 **肅霜**：一說釋作降霜；一說作連綿詞，形容秋天氣候清爽之狀況。

124 **滌場**：一說作動賓結構，釋為打掃場圃，象徵一年農事結束；一說場又作「蕩」，為連綿詞，形容深秋時候，草樹蕭瑟之狀況。滌（粵 dik6 敵 普 dí）。

125 **朋酒**：兩樽酒。案，古人統稱兩個並列的樽狀物為「朋」。

126 **斯**：助詞，無實際意思。

127 **饗**（粵 hoeng2 響 普 xiǎng）：鄉人飲酒，即聚會暢飲之意。

128 **曰**：同「聿」，與今人謂之「就」相約。

129 **躋**（粵 zai1 擠 普 jī）：登上。

130 **公堂**：一說泛稱舉行大眾聚會的場所；一說專稱學校。在先秦時期，學校既用作教育，亦會開放予公眾集會和舉行祭祀儀式。是以二說實異中有同，未必對立。

131 **稱**：為「偁」的假借字，執物高舉。

132 **兕觥**：兕（粵 zi6 字 普 sì），釋作犀牛，觥（粵 gwang1 轟 普 gōng）則是流行於商周時期的酒器，二字結合即指犀角造的酒杯。

133 **萬壽**：極言年壽之長；或作「受福」，則謂承受福澤。

134 **無疆**：疆釋作邊界，無疆即為不存限界，沒有止盡之意。

【賞析與點評】

此為農事詩，順從時序地講述農民於一年之內的工作過程和生活面貌。《毛序》指出本詩旨在「陳王業」，即「周公遭變故，陳后稷先公風化之所由，致王業之艱難也」。可見其以周公旦為詩歌的作者。然而論者對此多有質疑，或以為本詩的語言風格不符周公所處的時期，或指出周公生而為貴族，不可能如此通曉百姓務農的程序和細節。他們進而提出，本詩當為在民間流傳已久的民歌，期間歷經改動，最終變成如今人所見的模樣。

【語譯】

七月大火沉西，
九月縫製寒衣。
十一月北風蕭瑟，
十二月寒氣襲人。
好衣粗衣都缺，
怎樣熬過年夜？
正月裏修整犁鋤，
二月裏下田舉足。
帶我妻子孩子，
送飯南方田地，
農官一見歡喜。

七月大火沉西，
九月縫製寒衣。
春日暖意洋洋，
黃鶯啼聲清亮。

少女提着深筐，
沿着小道狹長，
採擇桑葉正忙。
春日漫漫悠悠，
同把白蒿採收。
少女心中悲憂，
怕遭貴人垂青帶走。

七月大火沉西，
八月採割蘆荻。
三月修剪桑枝，
手中拿起斧子，
修剪過高樹枝，
嫩桑攀摘採集。
七月伯勞開啼，
八月將麻來織。
染絲有黑有黃，
我的紅絲最亮，
獻給貴人製裳。

四月遠志花放，
五月蟬聲枝上。
八月即將收割，
十月草木零落。
十一月出門獵貉，
獵取狐狸皮毛，
來製貴人皮襖。
十二月獵手匯聚，

繼續演練獵術，
打到小豬自留，
大豬獻給公府。

五月蚱蜢彈腿，
六月聲聲絡緯。
七月蟋蟀在田，
八月來到簷前，
九月來到門沿。
十月蟋蟀躲到我的床邊。
掃除熏鼠堵洞。
北窗門戶嚴封。
可歎我的妻孥，
說是因為歲暮，
一起遷居裏屋。

六月吃李、葡萄，
七月葵、豆煮好。
八月舉竿打棗，
十月收穫秋稻。
釀成罈罈春酒，
祈求主人長壽。
七月瓜熟可吃，
八月葫蘆可採，
九月秋麻拾籽，
採摘苦菜砍柴。
農夫養家活子。

九月打穀修場，
十月莊稼入倉。
大小米早晚稻，
禾麻豆麥藏好。
可歎我們農夫，
莊稼既已集中，
又為官家修宮。
一早採割茅草，
搓繩直至深宵。
趕緊上房修屋，
開春又要播植百穀。

十二月鑿冰聲聲作響，
到正月放入地窖深藏。
二月份祭祀春早，
獻上韭菜羊羔。
九月天降寒霜，
十月打掃穀場。
樽酒相飲歡暢，
說要宰殺羔羊。
大家登上公堂，
手執角爵高唱，
敬祝萬壽無疆。

【想一想】

1. 本詩完整記述一年的時光，最後以「萬壽無疆」一句作結，體現出年年如是，循環不息的時間觀念。這種觀念的生成，與當時的社會、經濟、文化等因素有何關係？時至今天，這種觀念又是否仍然存在於我們的社會中？又，就你的見聞，其他文化體系又是如何理解人的生存狀態與世界的運行？它們的想法與本詩所言又何異同？

2. 本詩詳細記錄農民於一年內的工作和生活，固然真實呈現出其時的人文風光，但你覺得此寫法會否過於累贅，缺乏高潮起伏呢？本詩篇幅之長，亦與此有關。你認為如此安排會否導致本詩失卻詩歌應有的結構和語言特色？又，詩歌一體其實是否適合作如此詳細的記述？

【強化訓練】

一、 試指出以下詩句畫線部分之詞性：

（1） 九月叔苴：

（2） 亟其乘屋：

（3） 女執懿筐：

二、 以下詩句之畫線部分出現了詞性轉換，試解釋之：

（1）「四月秀葽」：

（2）「以介眉壽」：

三、 除了常見於《詩經》作品的押韻形式之外，本詩還以甚麼手法增強節奏感？

豳風．鴟鴞

【原文】

鴟鴞[1]鴟鴞，
既取我子，
無毀我室！
恩[2]斯勤斯。
鬻[3]子之閔[4]斯。

迨[5]天之未陰雨，
徹[6]彼桑土[7]，
綢繆[8]牖戶[9]。
今女[10]下民，

1　**鴟鴞**：又作「鴟梟」，即貓頭鷹。鴞形目，大部分品種為夜行性，頭部和眼睛俱圓，喙部短小，呈勾狀。雖然古人時常視貓頭鷹為不祥之物，然而亦有記載指出，南方地區的農戶普遍以之為清除蟲鼠的益鳥，樂於飼養之。鴟（粵 ci1 雌 普 chī），鴞（粵 hiu1 梟 普 xiāo）。

2　**恩**：又作「殷」，即今人謂之「殷勤」之「殷」，辛勞之意。

3　**鬻**（粵 juk6 慾 普 yù）：一說作形容詞，釋作幼小，結合後文「子」即稚子之意；一說與「育」相通，作動詞，釋作養育。

4　**閔**：一說釋作困苦，謂主人公的稚子遭逢困苦；一說釋作憐憫，謂主人公的稚子值得憐憫。

5　**迨**：趁着。

6　**徹**：與「撤」相通，清除。

7　**桑土**：一說為並列詞，釋作桑枝和泥土；一說「土」實為「𣏌」的假借字，「桑𣏌」即桑樹的樹皮；一說「土」當作「杜」，「桑杜」即桑樹的根部。

8　**綢繆**：緊密纏縛，於此有修補之意。

9　**牖戶**：牖（粵 jau5 友 普 yǒu），窗子；戶，出入房屋的門口。二字連用即為房屋門窗的統稱。

10　**女**：即「汝」，第二人稱代詞，你。

或敢侮[11]予。

予手拮据[12]，
予所捋[13]荼[14]，
予所蓄[15]租[16]，
予口卒瘏[17]，
曰予未有室家。

予羽譙譙[18]，
予尾翛翛[19]，
予室翹翹[20]，
風雨所漂搖，
予維[21]音嘵嘵[22]。

11　**侮**：欺侮。

12　**拮据**：形容手部疲勞，致於僵硬的狀態。拮（粵 git3 潔 普 jié），据（粵 geoi1 居 普 jū）。

13　**捋**（粵 juk6 慾 普 luō）：用手握着條狀物件，輕輕摘取。

14　**荼**：白茅。

15　**蓄**：積存。

16　**租**：為「蒩」的假借字。一說釋作乾草；一說釋作茅藉，即草墊。

17　**卒瘏**：卒與「悴」相通，「悴瘏」即患病或創傷。瘏（粵 tou4 桃 普 tú）。

18　**譙譙**：或作「燋燋」，形容羽毛乾而枯焦的狀態。譙（粵 ciu4 潮 普 qiáo）。

19　**翛翛**：本作「脩脩」，形容羽毛殘破的狀態。翛（粵 siu1 消 普 xiāo）。

20　**翹翹**：形容事物處於高處而面臨危險的狀態。翹（粵 kiu4 橋 普 qiáo）。

21　**予維**：一說「維予」的倒文，「維」是句首助詞，無意義；「予」為第一人稱代詞，意為「我」；一說「予」是第一人稱代詞，「維」則釋作只有，唯有。

22　**嘵嘵**：擬聲詞，形容因恐懼而發出的叫聲。嘵（粵 hiu1 梟 普 xiāo）。

【賞析與點評】

本詩代入母鳥的角色，控訴鴟鴞掠其子女，毀其房屋，又表示仍會努力不懈，維護自己的家室。論者普遍相信這是一則意有所託的故事。《毛序》就指出，本詩講述了「周公救亂」之事，即「成王未知周公之志，公乃為詩以遺王，名之曰〈鴟鴞〉焉」。《尚書》中的〈金滕〉亦有相同的表述，而《孟子》《史記》等先秦兩漢時期的文獻亦提及周公賦本詩。不過，由於〈金滕〉存有偽作之嫌，所以今人對此說仍有保留，還指出本詩中其實並無明確指向特定現實人事的證據，故不能過於武斷。

【語譯】

貓頭鷹啊貓頭鷹，
奪去我的雛鳥，
別再摧毀我巢！
憐我勤勤懇懇。
育兒長多苦辛。

趁天還未下雨，
快把桑根來取，
要將門窗修補。
樹下這些人們，
誰還把我欺侮。

我手僵硬困疲，
仍把白茅採集，

要將乾草囤積，
我口滿是傷跡，
我巢卻未安逸。

羽毛枯萎焦乾，
尾羽脫落損殘，
鳥巢既高且險，
疾風驟雨無邊，
我唯有哀鳴不斷。

【想一想】

1. 本詩斥責貓頭鷹掠人子女，毀人房屋，形象可憎。翻閱歷代文獻，貓頭鷹的形象可謂好壞參半，時而被視為不祥之物，時而被當作有利農事的益鳥。你能舉出其他提及這個意象的文學作品，從而分析上述兩方評價的根據嗎？又，按照你的觀感和經驗，你認為哪一方的評價更為可取？

2. 本詩嘗試代入鳥類的角度，模擬牠的視角、想法和語氣等。你認為詩人的書寫神似嗎？事實上，中外文學作品都不時使用這類寫作手法。你能夠列舉一些例子嗎？又，你認為使用這種寫作手法時，該注意甚麼？會否曾經讀過任何毫不神似或毫無說服力的例子呢？

【強化訓練】

一、試判斷以下詩句中畫線部分之詞性：

（1）予所捋荼：

（2）今女下民：

（3）予羽譙譙：

二、試指出以下句子中的兩個人稱代詞分別指向甚麼？

「今女下民，或敢侮予。」

三、除了《詩經》作品必備的押韻形式外，本詩還藉不同的修辭手法增強節奏感。試舉例闡述之。

豳風·東山

【原文】

我徂[1]東山[2]，
慆慆[3]不歸。
我來自東，
零[4]雨其濛[5]。
我東曰歸，
我心西悲[6]。
制[7]彼裳衣[8]，
勿士[9]行枚[10]。

---

1 **徂**（粵 cou4 曹 普 cú）：往。

2 **東山**：一說為泛稱東方的山嶽；一說為特定的地名，又稱「蒙山」，大約在今山東省曲阜縣內。鑑於《詩經》作品影響深遠，後世會以本詩為典故，稱遠行之地作「東山」。

3 **慆慆**：又作「滔滔」或「悠悠」，形容時光之長久。

4 **零**：又作「霝」或「蘦」，描述雨雪落下的動態。

5 **濛**：形容雨勢輕微之貌。

6 **西悲**：謂主人公思念在西方的家園，奈何不得歸返，因而深感悲傷。

7 **制**：縫製。

8 **裳衣**：古人素有「上衣下裳」的說法，意即穿在上身的服裝稱作「衣」，穿在下身的衣裙則是「裳」。

9 **士**：與「事」相通，從事。

10 **行枚**：一說為動賓結構，「行」釋作「口含」，枚則是古人行軍時，士兵和馬匹含於口中的短木棒，形如筷子，功能是防止兵馬因發出不必要的聲響而暴露全軍行蹤；一說為並列結構，行釋作行陣，謂列隊行軍，枚則獨自釋作銜枚。不論依從哪個解釋，「行枚」在此象徵士兵參與征戰之事。

蜎蜎[11]者蠋[12]，
烝[13]在桑野[14]。
敦[15]彼獨宿，
亦在車下。

我徂東山，
慆慆不歸。
我來自東，
零雨其濛。
果臝[16]之實，
亦施[17]於宇[18]。
伊威[19]在室，

11 **蜎蜎**：形容小蟲在地蠕動之貌。蜎（粵 jyun1 冤 普 yuān）。

12 **蠋**（粵 zuk1 竹 普 zhú）：又作「蜀」，俗稱毛蟲，為蝶或蛾一類的幼蟲，大若人的手指，一說即野蠶。

13 **烝**：副詞。一說釋作長久；一說釋作從眾；一說釋作正在。

14 **桑野**：種植桑樹的田野。

15 **敦**：謂人蜷縮身體成團。

16 **果臝**：又名「栝樓」「天瓜」等，葫蘆科栝蔞屬，多年生藤本植物，葉呈圓型，長有白花，果實為黃色球型，一般分佈在長江流域以至華北一帶。古人常以其圓柱型根塊作食用或入藥之用。臝（粵 lo2 裸 普 luǒ）。

17 **施**（粵 ji6 二 普 yì）：蔓延而生。

18 **宇**：屋簷，有說為指稱整間房子的借代詞。

19 **伊威**：又作「蛜蝛」，又稱「鼠婦」「土鱉」「團子蟲」等，等足目球木蝨科，身體呈長卵形，背有甲殼，受驚時會蜷曲成團。晝伏夜出，喜歡潮濕和陰冷的環境，古人多於牆角或甕缸底下的泥土發現之。

蠨蛸[20]在戶。
町畽[21]鹿場[22]，
熠燿[23]宵行[24]。
不可畏也，
伊[25]可懷也。

我徂東山，
慆慆不歸。
我來自東，
零雨其濛。
鸛[26]鳴於垤[27]，
婦歎於室。

---

20 **蠨蛸**：蛛形綱蠨蛸屬，身體細長，八足尤其修長，身體呈暗褐色，常見於水邊草間或古人家居的牆角處。古人認為此物的外表如同穿着人類衣服一般，視其出現為親客將至的預兆，是為喜訊，進而戲稱之為「喜蛛」。蠨（粵 siu1 消 普 xiāo），蛸（粵 saau1 梢 普 shāo）。

21 **町畽**：佈有野獸踐踏痕跡之地。町（粵 tin2 腆 普 tǐng），畽（粵 teon2 撢 普 tuǎn）。

22 **鹿場**：一說為鹿羣的棲息地；一說為人工畜養鹿隻的場所。此處當指庭院有鹿羣踏過的足跡，與鹿場無異。

23 **熠燿**：形容事物閃耀光亮之貌。熠（粵 jap1 泣 普 yì），燿（粵 jiu6 耀 普 yào）。

24 **宵行**：即螢火蟲，鞘翅目昆蟲，廣義上包含螢科、光螢科等逾千個品種，特徵為尾部具有發光器官，能藉由體內的化學物質釋放光輝，或為閃動，或為長亮，多為求偶時用作溝通異性的訊號。

25 **伊**：指示代詞，此。

26 **鸛**（粵 gun3 罐 普 guàn）：水鳥類鸛形目鸛科，喙部和頸部皆長，善飛，外形似鶴，一般棲息於水邊，以細小的蛇、蟲、蛙、魚為食物。

27 **垤**（粵 dit6 秩 普 dié）：小型土堆。

灑埽[28]穹[29]窒[30]，
我征[31]聿[32]至。
有敦瓜苦[33]，
烝在栗薪[34]。
自我不見，
於今三年。

我徂東山，
慆慆不歸。
我來自東，
零雨其濛。
倉庚[35]于飛，
熠燿其羽。
之[36]子于歸[37]，

---

28 **灑埽**：灑水於地上，然後清掃。埽（粵 sou3 溯 普 sào）。

29 **穹**：一說作副詞，窮盡之意；一說作名詞，本義是中間隆起的拱狀，用於家居可以釋作隙縫、孔洞，甚至專門指稱鼠穴。

30 **窒**：堵塞。

31 **我征**：為「我的征人」的縮略語。

32 **聿**（粵 jyut6 穴 普 yù）：助詞，與今人謂之「就」相約。

33 **瓜苦**：即苦瓜。

34 **栗薪**：栗又作「蓼」，即「蓼」，蓼科蓼屬，一年生或多年生草本植物，開有白色和淺红色的小花，一般生於在水邊或水中。其葉味道頗辛辣，俗稱苦菜，古人時常用作調味。薪，本義是柴草，由於柴草一般都是堆積存放的，故引申出眾多聚合的意思。此處「蓼薪」即為此種植物生長眾多的意思。

35 **倉庚**：即黃鶯。

36 **之**：這。

37 **歸**：古人言「嫁」為「歸」，今人常以「于歸之喜」形容女方出嫁之事。

皇[38]駁[39]其馬。
親[40]結其縭[41]，
九十[42]其儀[43]。
其新[44]孔[45]嘉[46]，
其舊[47]如之何？

【賞析與點評】

按照詩歌的內容，本詩當言主人公從軍征戍多年後，終於得以歸家，遂於歸途上抒發抑壓已久的感慨。漢代的《毛序》稱：「周公東征，三年而歸，勞歸士，大夫美之，故作是詩也。」西周初年，「三監之亂」爆發，周公旦親自率兵平定叛臣，同時清除拒絕認同周室的殷商餘黨，奠定西周日後的強勢。朱熹在《詩序辨說》認同本詩是周公東征後「勞歸士」之作，但不認同「大夫美之」的判斷。後

---

38 **皇**：又作「騜」，毛白黃白交雜的馬匹。

39 **駁**：毛色不純正的馬匹。

40 **親**：此處謂母親。

41 **縭**（粵 lei4 厘 普 lí）：古代婦女出嫁所用的佩巾。按照古代風俗，女子出嫁之前，其母親會親手為女兒繫上此物，期間教誨日後為妻之道。

42 **九十**：九與十並列，非作實數，形容數量之多而已。

43 **儀**：禮儀、儀式。

44 **新**：一說釋作新婚夫妻；一說釋作新婚時光。

45 **孔**：很。

46 **嘉**：形容事物之美好。

47 **舊**：按在上一句中，對「新」的釋意之取捨，一說釋作舊人，即老夫老妻，與上一句的「新婚夫妻」相對；一說釋作長久，謂離別已久，與上一句的「新婚時光」相對。

世論者則指出，即使本詩的寫作背景確實是周公東征，卻不太見出慰藉歸士或讚美周公的線索。

【語譯】

我往東山遠征，
還鄉久久未能。
我從東方返回，
沿途細雨霏霏。
我說從東回歸，
家在西方心悲。
重把衣裳縫起，
不必出征銜枚。
野蠶多不勝數，
蠕動在桑林裏。
縮成一團獨宿，
就在車下歇息。

我往東山遠征，
還鄉久久未能。
我從東方返回，
沿途細雨霏霏。
葫蘆結出果實，
藤蔓伸到簷樑。
土鱉來回房室，
蜘蛛門戶結網。
庭院佈滿鹿跡，

螢火閃爍夜裏。
一點不可怖啊，
牽腸又掛肚啊。

我往東山遠征，
還鄉久久未能。
我從東方返回，
沿途細雨霏霏。
老鸛鳴於土山，
賢妻屋內長歎。
掃除縫洞房簷，
征夫就要回還。
圓圓苦瓜結成，
栗花柴草叢中。
自從兩人別離，
今已三個夏冬。

我往東山遠征，
還鄉久久未能。
我從東方返回，
沿途細雨霏霏。
記得黃鶯高飛，
羽毛閃閃發光。
妻子與我婚配，
馬匹毛色白黃。
岳母為她結巾，
禮儀撩亂繽紛。

新婚那般美暢，

久別又會怎樣？

【想一想】

1. 不少論者強調，本詩的寫作時間當為征夫踏上歸途的時候。就你對詩歌內容的體會，你是否認同這個判斷？有哪些句子揭示了有關寫作時間的問題？又，對比其他述說在外想家的作品，如此背景會如何影響其內容和情感？試對比其他《詩經》作品，加以討論。

2. 本詩使用了不少縮略語，如「西悲」「我征」等等。詩人嘗以簡單二字表達複雜的語意，雖然精煉，但在釋讀時或難以直接判斷，尤其它們往往不是通用的語詞。你在閱讀有關詩句時，可曾感到難以理解嗎？又，你認為使用縮略語時當注意甚麼問題？論行文之簡潔和理解之容易，作家和讀者的需要當如何平衡？

【強化訓練】

一、 試指出以下詩句之畫線部分的詞性：

（1） 勿<u>士</u>行枚：

（2） 敦彼<u>獨</u>宿：

（3） 我<u>征</u>聿至：

二、　本詩的敘述者當為出征之人，然在詩歌中段，既言「我征聿至」，又述清掃家居之事，顯然不是出自征夫的視角。這是甚麼修辭手法？與詩歌主題有何關係？

____

____

____

____

三、　除了常見於《詩經》作品的押韻形式之外，本詩還以甚麼方法加強音樂感？

____

____

____

____

小雅

小雅

【題解】

宋儒朱熹云：「雅者，正也，正樂之歌也。」而近代王國維先生指出，《墨子．天志下》引《詩經．大雅》即作〈大夏〉，「雅」「夏」二字在古代同音通用。1990年代發現的戰國楚竹書《孔子詩論》，將〈大雅〉〈小雅〉稱為〈大夏〉〈小夏〉，進一步印證了王氏之說。周人以夏人的後裔自居，故將西周王畿稱為「夏」，二〈雅〉便是產生於鎬京一帶的作品。再者，周朝把王畿內的樂歌尊稱為正樂，自然是王權的表現。王畿之地的音樂為雅音，語言為雅言（等同於後世的官話、國語），這又呼應了朱熹「雅者，正也」的舊說。

雅詩又分〈小雅〉〈大雅〉，主要區別在於音樂的不同和產生時代的遠近。趙逵夫先生指出，〈小雅〉〈大雅〉為兩次所輯，故於先輯成的部分加「小」，後輯成的部分加「大」。先輯成的部分是〈小雅〉74首（本書選8首），其中宣王時代的佔總數一半以上；其次為幽王時期的作品，佔小部分；西周滅亡之後及厲王以前之作，只有個別篇章。王畿之內，多有貴族、官員，當然也不乏平民，故〈小雅〉的作品既有典雅的貴族之作，也有接近民歌的詩篇。由於雅、頌篇章較多，後世《詩經》的編纂者為了檢索方便，遂將之分為若干「什」，一般每「什」錄詩十篇左右。〈雅〉部分即分為「鹿鳴之什」「南有嘉魚之什」「鴻雁之什」「節南山之什」「谷風之什」「甫田之什」「魚藻之什」「文王之什」「生民之什」「蕩之什」。

小雅 · 鹿鳴

【原文】

呦呦[1]鹿鳴，
食野[2]之苹[3]。
我有嘉[4]賓，
鼓瑟[5]吹笙[6]。
吹笙鼓簧[7]，
承[8]筐[9]是將[10]。

---

1 **呦呦**：擬聲詞，形容鹿的叫聲。呦（粵 jau1 優 普 yōu）。

2 **野**：原野、郊外。

3 **苹**（粵 ping4 坪 普 píng）：又稱山荻，菊科籟蕭屬，多年生半亞灌木，樹枝上有褐色鱗片，葉呈線形，並長有白色或灰白色的綿毛，分佈於亞洲、北美洲等，一般見於山地或叢林。

4 **嘉**：形容事物之好。

5 **瑟**：古代弦樂器，一般長約三米，形似琴，同樣橫放演奏。關於其弦線數目，相傳黃帝時期的瑟多達五十根，發達至後世以二十五弦為常見，亦有十五弦、十九弦、二十五弦、二十七弦等。每根弦設有音柱，供樂師上下移動，以作調音。

6 **笙**：古代簧管樂器，由十三根或十七根長短不一的竹管組成。這些竹管皆立於鍋型底座之上，而底座設有連接所有竹管的吹管。吹奏者向吹管送氣，即能觸動安裝於竹管內的簧片，從而發出聲音。

7 **簧**：安裝於樂器中的薄金屬片。演奏者透過吹氣等方式振動之，即能發出聲音。此處謂笙中的簧片。

8 **承**：捧上。

9 **筐**（粵 hong1 康 普 kuāng）：又稱「篚」，古人用以盛載物件的竹製器物。此處暗示筐中盛滿獻予主人家的禮物，或為幣帛等等。

10 **將**：獻贈。

人[11]之好[12]我，
示[13]我周行[14]。

呦呦鹿鳴，
食野之蒿[15]。
我有嘉賓，
德音[16]孔[17]昭[18]。
視[19]民不恌[20]，
君子是[21]則[22]是傚[23]。
我有旨[24]酒，

---

11 **人**：此處謂客人。

12 **好**：善待。

13 **示**：告明。

14 **周行**：一說釋作為人修身處事所遵行的大道法則；一說「周」指向周室，謂周室所奉行的大道法則，亦即其封建制度與禮法規範。

15 **蒿**（粵 hou1 薅 普 hāo）：又稱青蒿或香蒿，亦即古籍中之「菣」。菊科蒿屬，一年生草本植物，散發香氣，一般見於亞洲。其葉為青綠色，花則是淡黃色，整株植物可達一米以上。於古代多作食用野菜之用，亦是野生動物喜好食用的植物。

16 **德音**：或又作「德言」，統稱內在的德性與外在的言語。

17 **孔**：很。

18 **昭**：本義為光明，引申為顯著。

19 **視**：又作「示」，與上文「示我周行」之「示」相同。

20 **恌**（粵 tiu1 挑 普 tiāo）：又作「佻」或「偷」，輕佻、不夠厚道。

21 **是**：代詞，此。

22 **則**：榜樣。

23 **傚**：又作「效」，效法。

24 **旨**：形容酒水或食物之美味。

嘉賓式[25]燕[26]以敖[27]。

呦呦鹿鳴，
食野之芩[28]。
我有嘉賓，
鼓瑟鼓琴。
鼓瑟鼓琴，
和樂且湛[29]。
我有旨酒，
以燕樂嘉賓之心。

【賞析與點評】

按照《毛序》的說法，本詩當言「宴羣臣嘉賓之事」，即「既飲食之，又實幣帛筐篚以將其厚意，然後忠臣嘉賓得盡其心矣」。從「羣臣」一語可知，舉辦宴會的當是為君者。清人方玉潤甚至直言，本詩所述為周文王、周武王款待臣下時的情況。另一方面，部分論者提出另一種理解，如《史記・十二諸侯年表》引「魯詩」言，稱本詩有諷刺之旨。宋代官修類書《太平御覽》更引述蔡邕〈琴操〉，詳

25 **式**：助詞，沒有實際意思。

26 **燕**：一說與「宴」相通，釋作以酒宴款待；一說釋作遊樂。

27 **敖**：一說釋作內心舒暢；一說與「遨」相通，暢遊。

28 **芩**（粵 kam4 琴 普 qín）：一說為蒿類的別稱；一說為蔓葦，禾本科，多年生草本植物，一般高約一米，根部可長達五米，主要分佈於亞洲，以河岸的沙地為生長地。古人甚少用之於日常生活，多作野生動物的食物而已。

29 **湛**（粵 zaam3 蘸 普 zhàn）：一說從本義，釋作深厚，此處謂和樂甚深；一說又作「耽」，俱為「媅」的假借字，釋作極為快樂。

細指出本詩為周代大臣所作，用以諷刺其時王道衰微，君主只顧聲色，任由賢人失勢，小人當道。不過，此說備受後世質疑，尤其《論語》和《漢書·藝文志》等都稱本詩為「雅歌」，與諷刺之旨不太契合。

【語譯】

羣鹿呦呦啼叫，
原野吃着苹草。
我有好賓良客，
彈瑟吹笙相報。
笙管簧片振起，
捧筐殷勤獻禮。
人們待我和善，
大道向我開示。

羣鹿呦呦啼叫，
原野吃着蒿草。
我有好賓良客，
內德外言顯耀。
示人毫不輕佻，
君子紛紛加以仿效。
我有香甜美酒，
嘉賓歡宴快樂逍遙。

羣鹿呦呦啼叫，
原野吃着芩草。

我有好賓良客，
琴瑟齊奏雅調。
琴瑟齊奏雅調，
和睦至樂陶陶。
我有香甜美酒，
用以娛樂嘉賓心竅。

【想一想】

1. 本詩位列「二雅」的首篇，地位歷來備受論者關注。就你閱讀時候的體會，你認為《詩經》的編者列之於此，是否抱有任何寄意或目的？如有，此目的又是否適用於「國風」和「三頌」的編排方式？又，考查其他同列於〈小雅〉的篇章，當中存有比本詩更適合列於首篇的作品嗎？

2. 論後世對本詩的引用，最知名者莫過於曹操的〈短歌行〉。其於詩中直接引用了本詩的開首四句。試查閱該作，並討論曹操引用本詩的用意何在。又，曹操在該作中同時引用了〈子衿〉的開首四句，兩首《詩經》作品是緊接出現的。你認為這是否表示兩詩的內容或意境存有溝通的可能？

【強化訓練】

一、 試指出以下詩句畫線部分之詞性：

(1) 我有嘉賓：

(2) 鼓瑟吹笙：

(3) 人之好我：

二、 本詩旨在描述飲宴上的情景，然三章開首皆提及野外的鹿。其用意何在？

三、 除了常見於《詩經》作品的押韻形式之外，本詩還以甚麼手法增強節奏感？

小雅・常棣

【原文】

常棣[1]之華[2]，
鄂[3]不[4]韡韡[5]。
凡今之人，
莫如兄弟。

死喪之威[6]，
兄弟孔[7]懷[8]。
原[9]隰[10]裒[11]矣，
兄弟求[12]矣。

---

1 **常棣**：又稱為「郁李」「唐棣」和「棠棣」等。

2 **華**：與「花」相通。

3 **鄂**：一說作形容詞，形容花朵盛開之貌；一說又作「萼」，亦即花瓣外的翠綠薄膜，於開花前保護花芯，開花後則負責承托花朵，免其下墜，故又俗稱「花托」。

4 **不**（粵 fu1 夫 普 fū）：同「跗」，花蒂。

5 **韡韡**：韡（粵 wai5 偉 普 wěi），又作「煒」，實際上為「煒」之假借字。此處「韡韡」形容事物光亮華麗之貌。

6 **威**：與「畏」相通，恐懼。

7 **孔**：很。

8 **懷**：思念。

9 **原**：高地平原。

10 **隰**（粵 zaap6 雜 普 xí）：低濕地帶。

11 **裒**（粵 pau4 抔 普 póu）：又作「捊」，聚集。

12 **求**：求取、尋求。

脊令[13]在原，
兄弟急[14]難[15]。
每[16]有良朋，
況[17]也永歎。

兄弟鬩[18]於牆，
外禦[19]其務[20]。
每有良朋，
烝[21]也無戎[22]。

喪亂既平，
既安且寧。
雖有兄弟，
不如友生[23]。

---

13 **脊令**：即鶺鴒，又稱「鵻渠」「張飛鳥」，雀形目鶺鴒科，地棲鳥類，以水邊為棲息處，常見於沼澤、池塘、溪流等。其身體一般長十數厘米，長翅圓尾。其駐足歇息時，尾巴會不斷上下擺動。

14 **急**：搶救。

15 **難**：危難。

16 **每**：雖然。

17 **況**：或本作「兄」，增添。

18 **鬩**（粵 jik1 益 普 xì）：爭吵。

19 **禦**：抵抗。

20 **務**：為「侮」的假借字，欺辱之意。

21 **烝**：終究。

22 **戎**：幫助。

23 **友生**：一說二字共同釋作友人；一說「生」為虛詞，沒有實際意思。

儐[24]爾[25]籩[26]豆[27]，
飲酒之飫[28]。
兄弟既具[29]，
和樂且孺[30]。

妻子好合[31]，
如鼓[32]瑟琴。
兄弟既翕[33]，
和樂且湛[34]。

宜[35]爾室家[36]，

24 **儐**（粵 ban3 殯 普 bìn）：陳列。

25 **爾**：第二人稱代詞，你。

26 **籩**（粵 bin1 鞭 普 biān）：古人用於祭祀或宴會的器皿，竹製，碗型，底有獨腳，用途為盛載水果一類的食品。

27 **豆**：古人用於祭祀或宴會的器皿，木製，碗型，上有蓋，底有獨腳，用途為盛載肉類食品。

28 **飫**（粵 jyu3 飫 普 yù）：又作「饇」。一說作名詞，釋作私家宴會；一說作形容詞，釋作滿足。

29 **具**：與「俱」相通，俱在、齊集一起之意。

30 **孺**：親近。

31 **好合**：相愛相配。

32 **鼓**：演奏。

33 **翕**（粵 jap1 泣 普 xī）：形容關係之和睦。

34 **湛**（粵 zaam3 蘸 普 zhàn）：深厚，此處謂和樂甚深。

35 **宜**：使人相處安好，關係和順。

36 **室家**：夫婦，古人稱有夫之婦為「家」，有婦之夫則為「室」。

樂[37]爾妻帑[38]。
是究[39]是圖[40]，
亶[41]其然[42]乎。

【賞析與點評】

據《毛序》所說，此旨在「燕兄弟」。歷代論者普遍認同此說。然《毛序》又曰：「閔管、蔡之失道，故作《常棣》焉。」其指向西周初年的「三監之亂」，並暗示本詩的作者是負責平亂的周公。這就引來不少討論。一方面，《國語．周語》確實引述過本詩，並明言此為「周文公」所作；另一方面，《左傳．僖公二十四年》又記召穆公姬虎「思周德之不類，故糾合宗族於成周」，繼而寫下本詩。兩段記載都清晰地引述了本詩，令作者身份的問題更見撲朔迷離。清人崔述嘗試從詩句的用字入手，指出本詩當為晚於周公年代之作，可備一說。

【語譯】

棠棣花朵盛開，
萼蒂光彩照人。
當今天下眾生，

37 **樂**：愛好。
38 **帑**：又作「孥」，子女。
39 **究**：深思。
40 **圖**：考慮。
41 **亶**（粵 taan2 坦 普 dǎn）：誠然、實在。
42 **然**：對、正確。

不比兄弟情親。

生死存亡之怖，
兄弟牽腸掛肚。
即使棄屍荒郊，
也有兄弟來找。

鶺鴒飛在原野，
兄弟拯危救難。
身邊朋友縱好，
見狀只能長歎。

兄弟爭吵在家牆，
一致抵禦外侮。
身邊朋友雖好，
終究無法解勞。

喪亂之事平息，
一切重歸安逸。
這時雖有兄弟，
不如朋友燕集。

席上陳列杯盤，
共飲美酒盡歡。
兄弟齊聚佳筵，
和睦快樂親善。

夫妻結為佳偶，
好像琴瑟合奏。
哪似弟恭兄友，
和睦快樂無休。

家族井然秩序，
妻兒快樂歡愉。
仔細前思後慮，
道理實在不虛。

【想一想】

1. 本詩主要講述主人公與其兄弟的關係。就個人體會而言，你認為主人公是家中的長子嗎？抑或是排行較後之輩？又，主人公在家中的排行將如何影響本詩的表達方式呢？或問，若把主人公的身份換成長子或么子，本詩會產生甚麼變化？

2. 論者對本詩的作者身份多有討論，尤其關注「喪亂」一詞隱含的意思。且不論其實際指向哪宗歷史事件，你認為詩中稱之「喪亂」是甚麼一回事？主人公究竟經歷甚麼事情，又承受過甚麼創傷？這與其對兄弟修好的意願有何關係？

【強化訓練】

一、 試指出以下句子畫線部分的詞性：

(1) 兄弟急難：

(2) 原隰裒矣：

(3) 外禦其務：

二、 以下詩句使用了代詞，試說明其實際指向：

(1) 儐爾籩豆：

(2) 宜爾室家：

三、 試判斷以下複句的類型，並加以解釋：「每有良朋，烝也無戎。」

小雅·伐木

【原文】

伐木丁丁[1]，
鳥鳴嚶嚶[2]。
出自幽[3]谷，
遷[4]於喬[5]木。
嚶其鳴矣，
求其友聲。
相[6]彼鳥矣，
猶求友聲。
矧[7]伊[8]人矣，
不求友生。
神之[9]聽之，
終[10]和且平。

---

1 **丁丁**：擬聲詞，形容伐木過程中的聲響。丁（粵 zaang1 箏 普 zhēng）。

2 **嚶嚶**：擬聲詞，形容鳥鳴聲。嚶（粵 jing1 嬰 普 yīng）。

3 **幽**：形容事物之深邃。

4 **遷**：登上。

5 **喬**：形容樹木高大，樹枝曲折之貌。

6 **相**：觀看。

7 **矧**（粵 can2 診 普 shěn）：何況。

8 **伊**：指事詞，此、這。

9 **之**：助詞，沒有實際意思。

10 **終**：既。

伐木許許[11]，
釃[12]酒有藇[13]。
既有肥羜[14]，
以速[15]諸父[16]。
寧[17]適[18]不來，
微[19]我弗顧[20]。
於粲[21]灑埽[22]，
陳[23]饋[24]八簋[25]。
既有肥牡[26]，

---

11 **許許**：又作「滸滸」，「滸」為「所」的假借字，擬聲詞，形容鋸樹的聲音。許（粵 fu2 虎 普 hǔ）。

12 **釃**（粵 si1 司 普 shī）：過濾，即古人釀酒時，以筐作過濾，以去除酒中的雜質和糟糠。

13 **藇**（粵 zeoi6 序 普 xù）：又作「醑」，形容酒水之美味。

14 **羜**（粵 cyu5 柱 普 zhù）：本義為出生僅五月的羊，泛稱出生未久的小羊。

15 **速**：邀請。

16 **諸父**：同宗的上一代長輩。

17 **寧**：寧可。

18 **適**：湊巧。

19 **微**：不是。

20 **顧**：顧念。

21 **粲**：與「燦」相通，形容事物亮麗華美之貌。

22 **灑埽**：灑水於地上，然後清掃。

23 **陳**：陳列。

24 **饋**（粵 gwai6 跪 普 kuì）：食物。

25 **八簋**：簋（粵 gwai2 鬼 普 guǐ），為古人用以盛載食物的圓口器皿。此處「八簋」指稱貴族宴會的招待規格，為西周禮制的一部分。

26 **牡**：本義為雄性獸類，此處當謂公羊。

以速諸舅[27]。
寧適不來，
微我有咎[28]。

伐木於阪[29]，
釃酒有衍[30]。
籩[31]豆[32]有踐[33]，
兄弟無遠[34]。
民之失德，
乾餱[35]以愆[36]。
有酒湑[37]我[38]，

---

27 **諸舅**：家族中非同宗的上一代長輩，主要指向母親的兄弟和妻子的父輩。

28 **咎**：過失。

29 **阪**：山坡。

30 **衍**：形容事物豐滿至溢出的狀況。

31 **籩**：古人用於祭祀或宴會的器皿。

32 **豆**：古人用於祭祀或宴會盛載肉類食品的器皿。

33 **踐**：形容事物整齊排列之貌。

34 **遠**：疏遠。

35 **乾餱**：乾糧，含粗食之意。餱（粵 hau4 猴 普 hóu）。

36 **愆**（粵 hin1 牽 普 qiān）：過錯。

37 **湑**（粵 seoi2 水 普 xǔ）：描述以竹筲箕過濾酒水的動作。

38 **我**：一說從本義，為第一人稱代詞，而因應此處的倒裝句式，「湑我」當視作「我湑」；一說為「㦰」的訛誤，而「㦰」則是「哉」的假借字，作歎詞，表示感歎的語氣。案，以上釋讀方式當統一套至接下來之「酤我」「鼓我」和「舞我」。

無酒酤[39]我。
坎坎[40]鼓我，
蹲蹲[41]舞我。
迨[42]我暇矣！
飲此湑[43]矣！

【賞析與點評】

根據《毛序》的解釋，本詩旨在「燕朋友故舊」，進而道明「自天子至於庶人，未有不須友以成者。親親以睦，友賢不棄，不遺故舊，則民德歸厚矣」。意即本詩寫於款待朋友舊識的場合，透過展示友道之重要，以達至教化效果。部分論者如「三家詩」等則稱，本詩出於勞動者之口，藉由抱怨獨自伐木之勞苦，諷刺當世之人不重友道。然而，由於本詩沒有明確的諷刺語氣，意境亦不見怨懟，故此說備受質疑。

---

39 **酤**：一說作動詞，專謂買賣酒水的動作；一說作名詞，指稱經過一夜即告釀成的酒類。案，因應對釋意的取捨，此字的讀音會有所變化。作動詞的時候，其粵音為「gu1 姑」，而普通話音為「gū」；作名詞的時候，其粵音為「wu6 戶」，而普通話音仍然為「gū」。

40 **坎坎**：擬聲詞，形容擊鼓的音樂節奏。

41 **蹲蹲**：形容隨樂韻起舞之貌。蹲（粵 cyun4 全 普 cún）。

42 **迨**：趁着。

43 **湑**：此處作名詞，即已作篩濾，變得清純的酒。

【語譯】

伐木錚錚作響，
小鳥嚶嚶歌唱。
來自幽幽低谷，
飛上高高喬木。
嚶嚶正在鳴叫，
找尋朋類歌聲。
看那小小一鳥，
尚尋朋類歌聲。
何況我們人類，
不須尋找友朋？
神明靜靜聽着，
賜我和樂安寧。

伐木呼呼作響，
濾酒美味無雙。
既有肥美羔羊，
邀來叔伯共享。
就算湊巧缺席，
我豈心無誠意。
廳堂打掃整齊，
羅列佳餚美食。
既有肥美公羊，
邀來諸舅共享。
就算湊巧缺席，
豈能說我差爽。

伐木就在山邊，
濾酒就要溢滿。
整齊行行盤盞，
兄弟莫相疏遠。
有人早已失德，
一見粗食埋怨。
有酒濾好招待，
沒酒趕緊去買。
擊鼓鼕鼕響開，
舞姿翩翩暢懷。
他日有閒重來，
美酒一同乾杯。

【想一想】

1. 根據《毛序》的釋意，本詩的最終目的在於教化世人，以達至「民德歸厚」的理想狀況。本詩實際上是如何達到這個目的呢？哪些句子的效果尤深？又，你在閱讀本詩的過程中感受到這份意義嗎？你認為本詩在教化方面的效果是否足夠？抑或尚有甚麼改善空間？

2. 詩中「籩豆有踐」一句同樣見於《豳風・伐柯》，句意基本上是相同的。除了這例子外，《詩經》中還有其他一句見於二詩的例子嗎？按一般論者的主張，諸首《詩經》作品理應不是出於同一人的手筆。那麼你認為上述情況的原由是甚麼？另一方面，這種現象會否影響你對有關詩作的評價？

【強化訓練】

一、 試判斷以下詩句中畫線部分之詞性：

（1） 相彼鳥矣：

（2） 以速諸父：

（3） 陳饋八簋：

二、 本詩使用了不少對偶句，試舉例說明其效果。

___

___

___

三、 按照「燕朋友故舊」的主旨，本詩開首提及的伐木和鳥鳴事宜實與此無關。詩人如此寫作的用意何在？試解釋之。

___

___

___

小雅・采薇

【原文】

采薇[1]采薇，
薇亦作[2]止[3]。
曰歸曰歸，
歲亦莫[4]止。
靡室靡家[5]，
玁狁[6]之故。
不遑[7]啟居[8]，
玁狁之故。

采薇采薇，
薇亦柔[9]止。
曰歸曰歸，
心亦憂止。

---

1 **薇**：即野豌豆，豆科野豌豆屬，多年生草本植物，一般見於中原西南或西北部，以河灘、灌木叢為棲息地。其莖部幼細，有不少分枝，有羽狀複葉，花則為紅色、紫色或粉紅色。據記載，古代士兵在野外行役時，會以野生的薇草為食物。

2 **作**：生長。

3 **止**：歎詞，沒有實際意思。

4 **莫**：與「暮」相通，本義是日落，引申為時間將盡之意。

5 **靡室靡家**：靡為否定詞，釋作沒有。室、家組合為一詞，釋作妻子。此處「靡室靡家」謂戍士長期在外，如同沒有家室一樣。

6 **玁狁**：又稱「葷粥」，古代居於北方的少數民族，為中原人眼中的北狄之一，活躍於商周時代。玁（粵 him2 險 普 xiǎn），狁（粵 wan5 尹 普 yǔn）。

7 **遑**：閒暇。

8 **啟居**：跪坐。

9 **柔**：柔軟，此處形容初生莖葉之質感。

憂心烈烈[10]，
載[11]飢載渴。
我戍[12]未定[13]，
靡使[14]歸聘[15]。

采薇采薇，
薇亦剛[16]止。
曰歸曰歸，
歲亦陽[17]止。
王事[18]靡盬[19]，
不遑啟處[20]。
憂心孔[21]疚[22]，
我行不來[23]。

---

10 **烈烈**：本義是形容火焰燃燒之貌，此處以比喻方式形容其飽受憂心煎熬之貌，即今謂之「憂心如焚」。

11 **載**：助詞，相當於「則」「便」或「就」等。

12 **戍**：駐守。

13 **定**：安定。

14 **使**：一說作動詞，釋作指使、委託；一說作名詞，釋作使者。

15 **聘**：探問，此處謂回家探問狀況。

16 **剛**：剛硬，此處形容老成莖葉之質感。

17 **陽**：一說釋作天氣温暖；一說釋作陽月，即夏曆四月以後的時期。

18 **王事**：王朝大事，此處尤稱為國征伐之事。

19 **盬**（粵 gu2 古 普 gǔ）：休止。

20 **啟處**：休息。

21 **孔**：很。

22 **疚**：痛苦。

23 **來**：此處謂歸來，即回家。

彼爾[24]維[25]何？
維常[26]之華[27]。
彼路[28]斯何？
君子[29]之車。
戎車[30]既駕，
四牡[31]業業[32]。
豈敢定居？
一月三[33]捷[34]。

駕彼四牡，
四牡騤騤[35]。
君子所依[36]，
小人[37]所腓[38]。

---

24 **爾**：又作「薾」，「爾」實為「薾」的假借字，形容花朵盛開之貌。

25 **維**：是。

26 **常**：即常棣。

27 **華**：與「花」相通，花朵。

28 **路**：一說作名詞，釋作道路，或云高大的戰車；一說作形容詞，形容事物之高大。

29 **君子**：此處謂領兵的將帥。

30 **戎車**：兵車。

31 **牡**（粵 maau5 昴 普 mǔ）：本義為雄性走獸，此處謂雄馬。

32 **業業**：形容事物高大雄壯之姿。

33 **三**：此處非謂實數，泛稱多數。

34 **捷**：勝利。

35 **騤騤**：形容馬匹強壯之姿。騤（粵 kwai4 攜 普 kuí）。

36 **依**：本義為憑靠，此處謂搭乘於兵車上的動作。

37 **小人**：此處謂最下級的士兵。

38 **腓**（粵 fei4 肥 普 féi）：或本作「芘」，俱為「庇」的假借字，釋作遮蔽，即古人行軍時，會藉兵車遮蔽自身，以抵擋來自遠處的飛矢流石。

四牡翼翼[39]，
象弭[40]魚服[41]。
豈不日[42]戒[43]，
玁狁孔棘[44]！

昔我往[45]矣，
楊柳依依[46]。
今我來思[47]，
雨[48]雪霏霏[49]。
行道遲遲[50]，
載渴載飢。
我心傷悲，
莫知我哀！

---

39 **翼翼**：形容行動整齊有秩之貌。

40 **象弭**：以象牙裝飾末梢的弓。弭（粵 mei5 美 普 mǐ）。

41 **魚服**：服為「箙」的假借字，此處「魚服」謂魚皮製的箭袋。

42 **日**：日日、每日。

43 **戒**：警戒、戒備。

44 **棘**：為「急」的假借字，緊急。

45 **往**：此處謂服役從軍。

46 **依依**：形容植物枝條柔和地隨風擺動之貌。

47 **思**：助詞，沒有實際意思。

48 **雨**：一說作名詞，從本義，釋為雨水；一說作動詞，描述雨雪從天而降的動態。

49 **霏霏**：形容雪花紛飛之狀。

50 **遲遲**：一說形容路途之遙遠；一說形容歸程之緩慢。

【賞析與點評】

從詩句內容觀之，本詩代入了戍邊士兵的角度，吐露出其久久不得歸家的痛苦。《毛序》曰：「遣戍役也。文王之時，西有昆夷之患，北有玁狁之難。以天子之命，命將率遣戍役，以守衞中國。故歌《采薇》以遣之。」歷代論者對此多有質疑，尤其是成詩年代的問題，畢竟其遣詞用字似乎不當屬於周文王的年代。詩中提及「玁狁」來犯之事，而對照史事的話，即會發現周宣王和周懿王的時代皆有相關記載，故較穩妥的看法當把本詩置入以上其中一個時代。

【語譯】

採薇啊採薇啊，
薇菜已長成熟。
回歸啊回歸啊，
一年又到歲暮。
有家卻像無家，
只因討伐玁狁。
沒空好好坐下，
只因討伐玁狁。

採薇啊採薇啊，
薇菜新苗柔嫩。
回歸啊回歸啊，
心中憂愁無盡。
憂心似火熬煎，
又飢又渴無限。

我的軍務未休，
莫把家中問候。

採薇啊採薇啊，
薇菜已長堅實。
回歸啊回歸啊，
轉眼四月已至。
王事毫無止境，
沒有片刻安寧。
憂心多麼痛創，
出征何時還鄉。

樹上是何芳華？
那是棠棣開花。
前路有何所見？
將軍戰車高大。
駕起戰車出征，
四馬強壯奔騰。
哪敢貪圖安居？
一月要爭幾勝。

駕起兵車四馬，
四馬雄健有力。
將軍賴以憑依，
士兵賴以掩蔽。
四馬整齊前衝，
魚皮箭袋牙弓。

能不每天警備，
玁狁軍情倥傯。

昔年初入伍啊，
此地楊柳依依。
如今重來此啊，
滿天雨雪紛飛。
征途漫長無際，
腹中又渴又飢。
我心如此傷悲，
沒人知我哀戚！

【想一想】

1. 本詩指出主人公是次征討的對象為「玁狁」，即企圖從北方入侵周地的外患。事實上，觀乎有關戰事的《詩經》作品，不難發現一眾主人公的敵人各有不同，包括外敵、叛臣和別的諸侯國。根據你的觀察，哪一類別為多數？這反映出甚麼歷史或文化現象呢？又，隨着敵人身份之變換，諸作的旨要和情感會否存有差別？

2. 今人提起「薇」這種植物，往往會想起伯夷、叔齊不食周粟，只於首陽山上採薇維生之事。至於本詩以「薇」象徵行役之苦，則顯然不常為後世引用和發揚。你會如何解釋這個現象？本詩以薇草為象徵的寫法是否存有不足，以致無法在後世的腦海中留下深刻印象？伯夷、叔齊的故事又有特別之處？

【強化訓練】

一、 試判斷以下詩句中畫線部分之詞性：

(1) 靡使歸聘：

(2) 一月三捷：

(3) 豈不日戒：

二、 以下句中的畫線部分涉及詞性轉換，試解釋之：

(1) 歲亦莫止：

(2) 雨雪霏霏：

三、 本詩大量使用反覆手法，試舉例闡述其寫作效果。

小雅·斯干

【原文】

秩秩[1]斯[2]干[3]，
幽幽[4]南山。
如[5]竹苞[6]矣，
如松茂矣。
兄及弟矣，
式[7]相好矣，
無[8]相猶[9]矣。

似續[10]妣祖[11]，
築室百[12]堵[13]，

1　**秩秩**：形容河水流動之貌。

2　**斯**：助詞，相當於跟從定語的「的」。

3　**干**：為「澗」的假借字，溪澗。

4　**幽幽**：形容事物深邃且遙遠之貌。

5　**如**：有。

6　**苞**：形容植物叢生之貌。

7　**式**：語首助詞，沒實際意思。

8　**無**：不要。

9　**猶**：與「猷」相通，欺詐。

10　**似續**：似為「嗣」的假借字。此處「似續」即繼承，尤其家族世代之繼承。

11　**妣祖**：妣（粵 bei2 脾 普 bǐ），本義是對亡母的尊稱。此處「妣祖」則是泛稱女性祖先。

12　**百**：此處非作實數，形容其數量之多。

13　**堵**：本義是牆壁，此處謂房子。

西南其戶[14]。
爰[15]居爰處，
爰笑爰語。

約[16]之閣閣[17]，
椓[18]之橐橐[19]。
風雨攸[20]除，
鳥鼠攸去，
君子攸芋[21]。

如跂[22]斯翼[23]，
如矢斯棘[24]，
如鳥斯革[25]。

---

14 **西南其戶**：此謂坐東的房間朝西邊開門，坐北的房間朝南邊開門。

15 **爰**（粵 wun4 垣 普 yuán）：於是。

16 **約**：捆束。

17 **閣閣**：一說又作「格格」，擬聲詞，形容捆束築板時的聲響；一說作形容詞，形容事物牢固之貌。

18 **椓**（粵 doek3 啄 普 zhuó）：敲擊，此處謂敲打牆土，使其填進夾板，以築起建築物之牆壁。

19 **橐橐**：又作「橐橐」，擬聲詞，形容擊打硬物之聲，此處謂敲打牆土的聲音。橐（粵 tok3 托 普 tuó）。

20 **攸**（粵 jau4 由 普 yōu）：助詞，遂、於是。

21 **芋**：又作「宇」，實為「宇」的假借字，本義為屋簷，引申為居住其中，就像就其庇護之意。

22 **跂**（粵 kei5 企 普 qǐ）：與「企」相通，舉踵踮腳而立。

23 **翼**：形容人恭敬謹肅之神態。

24 **棘**：一說釋作棱角；一說為「翮」的假借字，謂箭矢末端的羽翎。

25 **革**：為「鞠」的假借字，翅膀。

如翬[26]斯飛，
君子攸躋[27]。

殖殖[28]其庭，
有覺[29]其楹[30]，
噲噲[31]其正[32]，
噦噦[33]其冥[34]，
君子攸寧[35]。

下莞[36]上簟[37]，
乃[38]安斯寢。

---

26 **翬**（粵 fai1 揮 普 huī）：即錦雞，雞形目雉科，按腹部顏色分為紅腹和白腹兩大品種，大致分佈於中原以西的地帶，以荒野、山地、石原等作棲息地。其身披鮮艷的五彩羽毛，常為古人玩賞。

27 **躋**：登上。

28 **殖殖**：形容事物平正之貌。

29 **覺**：與「梏」相通，形容事物高大正直之貌。

30 **楹**（粵 jing4 型 普 yíng）：指稱古代家居格局中，矗立於堂屋前的柱。

31 **噲噲**：形容事物明亮之貌。噲（粵 faai3 快 普 kuài）。

32 **正**：一說釋作白晝；一說釋作正殿。

33 **噦噦**：形容事物深沉陰暗之貌。噦（粵 wai3 餵 普 huì）。

34 **冥**：一說釋作夜晚；一說釋作殿後幽深處。

35 **寧**：安寧。

36 **莞**（粵 gun1 官 普 guān）：又稱「苻蘺」或「莞蒲」，莎草科莎草屬，一年生草本植物，廣泛分佈於亞洲、大洋洲、美洲和歐洲等，以水邊地帶為棲生地。其根狀莖部粗壯，葉則為線形。古人常以之編織草席或繩索。

37 **簟**（粵 tim5 甜 普 diàn）：竹席。本詩所在的周代，古人席地而坐，所以需要在地板上鋪席。此處「下莞上簟」即謂宮室之地鋪上兩層的席，底層為莞蒲之席，表層為竹席。

38 **乃**：於是。

乃寢乃興[39]，
乃占我夢。
吉夢維[40]何？
維熊維羆[41]，
維虺[42]維蛇。

大人[43]占之。
維熊維羆，
男子之祥[44]。
維虺維蛇，
女子之祥。

乃生男子，
載[45]寢之牀[46]，
載衣[47]之裳[48]，

---

39 **興**：睡醒、起床。

40 **維**：是。

41 **羆**（粵 bei1 悲 普 pí）：即棕熊，又稱「馬熊」，哺乳類動物，食肉目熊科熊屬，體型大於一般的熊類，分佈於亞洲、非洲、歐洲和美洲等地，以高地草原和山林為棲息地。其身體一般為棕色，頭圓且大，背肌發達，前肢力量極大，能挖洞、爬樹和游水。

42 **虺**（粵 wai2 毀 普 huǐ）：古代傳說的毒蛇。《爾雅．釋魚》曰：「蝮、虺，博三寸，首大如擘。」有說此即今謂之「土虺蛇」或「灰鞭蛇」，然未有確據。

43 **大人**：此處為對太卜，即掌管卜筮事宜之長官的敬稱。

44 **祥**：徵兆。

45 **載**：助詞，相當於「則」「便」或「就」等。

46 **牀**：一說從本義，釋作睡床；一說釋作長方形的小矮桌。

47 **衣**（粵 ji3 意 普 yì）：穿上。

48 **裳**：圍裙。

載弄[49]之璋[50]。
其泣喤喤[51]，
朱芾[52]斯皇[53]，
室家[54]君王。

乃生女子，
載寢之地，
載衣之裼[55]，
載弄之瓦[56]。
無非[57]無儀[58]，
唯酒食是議[59]，
無父母詒[60]罹[61]。

---

49 **弄**：把玩。

50 **璋**：玉器，外形像半個圭玉，古人用於祭祀，主祭南方。

51 **喤喤**：形容嬰兒哭聲之洪亮。喤（粵 wong4 皇 普 huáng）。

52 **芾**（粵 fai3 廢 普 fú）：又作「紼」，蔽膝，下體之衣，即圍在衣服前，用以遮蓋大腿和膝頭的大布。此為古人禮服的部件之一。

53 **皇**：形容事物輝煌亮眼之貌。

54 **室家**：此處謂周朝皇室。

55 **裼**（粵 tai3 替 普 tì）：古人用以包裹嬰兒身體的布被。

56 **瓦**：即紡錘，古代紡織工具之一，用以捲起和收納絲線。

57 **非**：一說作動詞，釋作違命；一說作形容詞，釋作錯誤。

58 **儀**：一說作動詞，釋作擅作主張；一說作形容詞，釋作邪僻，即謂人叛道不正。

59 **議**：商量、斟酌。

60 **詒**（粵 ji4 夷 普 yí）：遺留。

61 **罹**（粵 lei4 厘 普 lí）：憂愁。

【賞析與點評】

本詩當為讚頌之辭，賦於周室宮殿落成時。《毛序》直言本詩為「宣王考室」。而《漢書．楚元王傳》亦引劉向的〈諫營昌陵疏〉曰：「周德既衰而奢侈，宣王賢而中興，更為儉宮室，小寢廟。詩人美之，〈斯干〉之詩是也。上章道宮室之如制，下章言子孫之眾多也。」此說詳盡合理，大致道明了詩旨。歷代論者亦因而信納此為宣王時代之作。

【語譯】

溪澗流水清清，
南山深邃幽靜。
山間翠竹叢生，
還有蒼松茂盛。
兄友弟恭和樂，
情意終生不已，
白首也不相欺。

祖先功業相繼，
建成百間宮室，
門戶西南開啟。
家人共居相宜，
說說笑笑怡怡。

築版繫得牢牢，
圍牆夯得高高。
擋住風雨飄搖，

燕雀老鼠盡逃，
君子所居正好。

宮室如箭上衝，
莊嚴如人舉踵，
如鳥展翅飛動。
如雉翔舞彩空，
君子所登此宮。

庭院平正寬廣，
門前高大楹樑，
白晝燦爛有光，
夜晚深沉安詳。
君子安居殿堂。

蒲席竹席鋪上，
君子進入夢鄉。
一覺醒來起床，
占夢來問禎祥。
吉夢有何預言？
夢見熊羆雄健，
夢見虺蛇蜿蜒。

太卜占筮解夢。
夢見熊羆雄健，
是生男嬰之祥。
夢見虺蛇蜿蜒，
是生女嬰之祥。

如果生下男嬰，
讓他睡在床上。
讓他穿起華裳，
讓他把玩玉璋。
男嬰哭聲響亮，
將來蔽膝穿上，
成為周室君王。

如果生下女嬰，
讓她睡在平地，
襁褓將她裹起，
讓她把玩紡錘。
別惹是非邪僻，
廚事好好準備，
別教父母心操碎。

【想一想】

1. 本詩首三段描述宮室之華美，其後三段則轉為談論家庭繁衍之美好。從建築美學到家庭關係，本詩反映出甚麼傳統文化觀念？又，你認為這種價值觀仍然流行於今天的社會嗎？試舉例說明之。

2. 不少見於本詩的詞彙後來都成為了祝福別人的慣用語，例如「弄璋之喜」「弄瓦之喜」和「熊羆入夢」等。除了這些例子之外，你還能從其他《詩經》作品中找出情況相近的語詞嗎？對比直陳語意，你認為今人使用這些詞語為賀詞的話，將會有何利弊？

【強化訓練】

一、 試判斷以下詩句中畫線部分之詞性：

（1） 如竹<u>苞</u>矣：

（2） 式<u>相</u>好矣：

（3） 載<u>衣</u>之裳：

二、 以下句中的畫線部分涉及詞性轉換，試解釋之：

（1）君子攸<u>芋</u>：

（2）女子之<u>祥</u>：

三、 以下詩句使用了代詞，試說明其實際指向：

（1）約<u>之</u>閣閣：

（2）大人占<u>之</u>：

小雅・十月之交

【原文】

十月之交[1]，
朔月[2]辛卯。
日有食之，
亦孔[3]之[4]醜[5]。
彼月而微[6]，
此日而微。
今此下民，
亦孔之哀。

日月告凶[7]，
不用[8]其行[9]。
四國[10]無政[11]，

1 **交**：相會，此處謂「日月之交」，為古人對日蝕或月蝕的描述方式。

2 **朔月**：為「月朔」之倒文。「朔」本義為開始，「月朔」即月亮初始出現之意，於傳統曆法中就是每月初一的代稱。

3 **孔**：很、十分。

4 **之**：助詞，一說釋作「得」；一說沒有實際意思。

5 **醜**：兇惡，此處含有不祥之意。

6 **微**：光線不足，幽晦不明。

7 **凶**：即今人謂之「凶兆」，不吉利的跡象。

8 **用**：依憑。

9 **行**（粵 hong4 杭 普 háng）：軌道。

10 **四國**：四方之國，即各個諸侯國。

11 **政**：此處指政道，即善政。

不用其良[12]。
彼月而食，
則維[13]其常。
此日而食，
於何不臧[14]？

爗爗[15]震電，
不寧不令[16]。
百川沸騰[17]，
山冢[18]崒崩[19]。
高岸為谷，
深谷為陵。
哀今之人，
胡憯[20]莫懲[21]？

---

12 **良**：賢人。

13 **維**：又作「惟」，是。

14 **於何不臧**：於，歎詞，表示感歎語氣。何，作程度詞，釋作「多麼」。臧（粵 zong1 裝 普 zāng），釋作善，即美好。全句相當於「唉，多麼不好」之意。

15 **爗爗**：形容電光強烈閃亮之貌。爗（粵 jip6 業 普 yè）。

16 **令**：善，即美好。

17 **沸騰**：水流洶湧，溢出至岸上。

18 **山冢**：山頂。冢（粵 cung2 寵 普 zhǒng）。

19 **崒崩**：崒（粵 zeot1 卒 普 zú），一說為「碎」之假借字，「崒崩」即粉碎崩塌之意；一說為「猝」之假借字，「崒崩」即突然崩塌之意。

20 **憯**（粵 caam2 慘 普 cǎn）：為「朁」的假借字，竟然。

21 **懲**：一說釋作戒止；一說釋作警惕。

皇父[22]卿士[23]。
番[24]維司徒[25]。
家伯[26]維宰[27]。
仲允[28]膳夫[29]。
聚子[30]內史[31]。
蹶[32]維趣馬[33]。

---

22 **皇父**：人名，有說此為虢石父（公元前 810 年 – 公元前 771 年），即幽王的寵臣。相傳他善於奉承，好利不仁，又助幽王促成「烽火戲諸侯」的鬧劇，為人民所憎惡。父（粵 fu2 苦 普 fǔ）。

23 **卿士**：為「三公六卿」的統稱，亦即整支由主要執政官員組成的團隊。

24 **番**：姓氏，又作「皮」或「繁」，亦有說本作「潘」。

25 **司徒**：周代官名，負責管理和規劃國家土地，亦涉掌教化和管理人民之事。《周禮．地官》曰：「大司徒之職：掌建邦之土地之圖，與其人民之數，以佐王安擾邦國。」又曰：「小司徒之職，掌建邦之教法，以稽國中及四郊、都鄙之夫家、九比之數，以辨其貴賤、老幼、廢疾，凡征役之施捨，與其祭祀、飲食、喪紀之禁令。」

26 **家伯**：人名。

27 **宰**：周代官名，掌管國家的典律書籍。《周禮．天官》曰：「大宰之職：掌建邦之六典，以佐王治邦國」又曰：「小宰之職：掌建邦之宮刑，以治王宮之政令，凡宮之糾禁。」

28 **仲允**：又作「中術」，人名。

29 **膳夫**：周代官名，管理王室的日常膳食。《周禮．天官》曰：「膳夫：掌王之食飲膳羞，以養王及后、世子。」

30 **聚子**：聚（粵 zau1 舟 普 zhuì）為姓氏，子則是古時對人的尊稱，就如「孔子」「孟子」之「子」。

31 **內史**：周代官名，掌管刑律司法，以及人事升遷之事。《周禮．春官》曰：「內史：掌王之八柄之法，以詔王治，一曰爵，二曰祿，三曰廢，四曰置，五曰殺，六曰生，七曰予，八曰奪。」

32 **蹶**（粵 zeoi3 最 普 zhuì）：姓氏，又作「橜」。

33 **趣馬**：周代官名，掌管王家的馬匹。《周禮．夏官》曰：「趣馬：掌贊正良馬，而齊其飲食，簡其六節。掌駕說之頒。辨四時之居治，以聽馭夫。」

橋[34]維師氏[35]。
豔妻煽[36]方處[37]。

抑[38]此皇父，
豈[39]曰不時[40]？
胡為[41]我作[42]，
不即[43]我謀[44]？
徹[45]我牆屋，

---

34 **橋**（粵 zeoi3 最 普 zhuì）：姓氏，又作「蕎」或「踽」。

35 **師氏**：周代官名，掌管王室子弟的教育，亦涉朝廷禮儀之事。《周禮．地官》曰：「師氏：掌以媺詔王。以三德教國子：一曰至德，以為道本；二曰敏德，以為行本；三曰孝德，以知逆惡。教三行：一曰孝行，以親父母；二曰友行，以尊賢良；三曰順行，以事師長。居虎門之左，司王朝。掌國中失之事，以教國子弟，凡國之貴游子弟學焉。凡祭祀、賓客、會同、喪紀、軍旅，王舉則從；聽治亦如之。使其屬帥四夷之隸，各以其兵服守王之門外，且蹕。朝在野外，則守內列。」

36 **煽**：本作「傓」，又作「扇」。一說從本意釋作火焰熾盛，形容得寵的「豔妻」如日方中之勢；一說引申為煽動，敘述豔妻肆意煽惑君王，挑起事端。

37 **方處**：一說方釋作正在，「方處」即正在居位，謂「豔妻」正在居於得寵之位；一說二字為一詞，釋作並居，謂「豔妻」得寵，與前文提及的各官員並居顯位。

38 **抑**：歎詞，與「噫」相通，表示歎息的語氣。

39 **豈**：難道。

40 **時**：適時。

41 **胡為**：為「為胡」的倒文，疑問詞，即為何。

42 **我作**：為「作我」的倒文。作，釋作使動、使役，「作我」即使役我的意思。

43 **即**：接近。

44 **我謀**：與我為謀，也就是找我商量的意思。

45 **徹**：與「撤」相通，拆除。

田卒[46]汙[47]萊[48]。
曰予不戕[49]，
禮[50]則然矣！

皇父孔聖[51]，
作都[52]於向[53]。
擇三有事[54]，
亶[55]侯[56]多藏[57]。
不憖[58]遺一老，

46 **卒**：盡然。

47 **汙**（粵 wu1 烏 普 wū）：為「洿」之假借字，釋作水池，此處謂農田欠缺打理，積水成池的狀況。

48 **萊**（粵 zeoi3 最 普 lái）：指稱農田荒廢，長滿雜草的狀況。

49 **戕**（粵 coeng4 牆 普 qiāng）：一說依從本義，釋作殘害；一說又作「臧」，釋作善，即好。

50 **禮**：此處專門指向維繫封建社會的禮法制度，尤其是各人階級存有等差的原則，即「皇父」在上而「我」在下的社會規範。

51 **聖**：賢明聰慧。

52 **作都**：都，釋作采地，也就是諸侯賜予大夫、公卿的封地。作都即建設封地。

53 **向**：地名，大約位處今河南省尉氏縣的西南部。

54 **三有事**：即史籍稱之「三有司」，為周代官職司徒、司馬和司空的合稱。此三者分別掌管地籍人口、軍馬兵士、水利建設，為朝廷的重要官員。《周禮》列之「六官」即包括「三有司」在內。

55 **亶**（粵 taan2 坦 普 dǎn）：一說釋作誠然、實在；一說與「篤」相通，指稱穀物眾多的狀態。

56 **侯**：或本作「隹」，同前注之「維」，即今謂之「乃」的意思。

57 **藏**：一說作動詞，釋作收藏；一說作名詞，指稱所藏之物。

58 **憖**（粵 jan6 孕 普 yìn）：願意。

俾[59]守我王。
擇有車馬，
以居[60]徂[61]向。

黽勉[62]從事，
不敢告勞[63]。
無罪無辜，
讒口囂囂[64]。
下民之孽，
匪[65]降自天。
噂沓[66]背憎，
職[67]競由人。

悠悠[68]我里[69]，
亦孔之痗[70]。

---

59 **俾**：使、讓。

60 **居**：助詞，無實際意思。

61 **徂**（粵 cou4 曹 普 cú）：往。

62 **黽勉**：又作「密勿」，努力。黽（粵 man5 敏 普 mǐn）。

63 **告勞**：自言勞苦。

64 **囂囂**：形容眾口不止，肆意誹謗之聲勢。

65 **匪**：為「非」的假借字，不。

66 **噂沓**：噂（粵 zyun2 撙 普 zǔn）本意為聚集，沓（粵 daap6 踏 普 tà）本意為相合，二字結合引申為人們聚集，議論紛紛之意。

67 **職**：句首助詞，只、惟有。

68 **悠悠**：形容思緒之渺遠長久，無以窮盡。

69 **里**：又作「瘇」，皆為「悝」之假借字，憂愁。

70 **痗**（粵 mui6 妹 普 mèi）：甚為憂傷，近於病態的狀態。

四方有羨[71]，
我獨居憂。
民莫不逸，
我獨不敢休。
天命不徹[72]，
我不敢傚[73]我友自逸。

【賞析與點評】

按照《毛序》的解釋，本詩為「大夫刺幽王」之辭。雖然鄭玄曾質疑詩歌的諷刺對象或為周厲王，但學者大多取信《毛序》所稱，以為鄭玄受到緯書誤導而已。相傳周幽王為君昏庸，終日只顧寵幸妃子褒姒。他不惜廢除正室申后與太子宜臼，改立褒姒為后，其子子服為太子。《史記》甚至記載他為討紅顏一笑，不惜「烽火戲諸侯」，令諸侯不再信任天子。至公元前 771 年，申國聯同西夷犬戎進攻周室，諸侯無一救援，幽王戰死。史家遂以此為西周之亡。即使宜臼後以周平王的身份收拾殘局，然周室的實力和聲望都大不如前，於東周時期可謂無甚地位。

【語譯】

十月日月交疊，
辛卯日是初一。

71 **羨**：剩餘，此處謂四方之地的資源財物有餘，不愁不足。

72 **徹**：循道，於此即遵循大道而行的意思。此處指天命不遵循常道。

73 **傚**（粵 haau6 效 普 xiào）：效法。

天上出現日食，
實在大大不吉。
不久才有月食，
現在又有日食。
如今悠悠蒼生，
實在大大可悲。

日月出現凶兆，
軌道不遵正常。
諸侯沒有善政，
輔佐不用賢良。
以前出現月食，
本是普通現象。
如今出現日食，
怎能不是凶相？

雷閃更兼雷鳴，
教人不得安寧。
條條江河沸騰，
座座山丘碎崩。
高岸變成山谷，
深谷化為丘陵。
可悲如今人們，
怎無警惕之心？

皇父榮任卿士。
番氏榮任司徒。

家伯官居冢宰。
仲允官居膳夫。
棸子任職內史。
蹶氏任職趣馬。
楀氏身為師氏。
美妻正煽惑君主。

唉，這卿士皇父，
難道真不識相？
為何要我服役，
卻不與我商量？
拆毀我的牆屋，
田地積水盡荒。
還說「非我殘暴，
全合禮法規章！」

皇父實在聖明，
向地定為采邑。
挑選親信高就，
聚斂真個厚積。
不願留個老臣，
讓我守護天子。
揀人推上車馬，
火速前往向地。

勤懇從事公務，
不敢抱怨苦辛。

本來沒有過錯，
眾口讒害未停。
黎民百姓遭禍，
本來並非天殃。
相聚詆毀紛紛，
都是小人伎倆。

我心憂慮無盡，
實在疾首傷情。
天下歌舞昇平，
唯我焦灼萬分。
人們無不苟逸，
唯我不敢散心。
天命不循常理，
我不敢學友人苟且安逸。

【想一想】

1. 按照《毛序》釋意，本詩意在諷刺周幽王。可是，觀乎本詩內容，主人公最明確地批評的卻是皇父，即幽王的寵臣。就個人體會而言，你認為本詩的主人公對幽王的態度如何？在當時的亂局中，主人公認為何人的責任最大？其取態又如何體現傳統價值觀中的為臣之道？

2. 古人以為天道與人道是相應的，自然界的災異與在上位者的失德關係深遠，就如本詩即把各種駭人的災異扣連至國政人事之亂況。然其中的因果當如何理解？換言之，你認為本詩的立場是「失常的天道縱容惡人」，還是「惡人橫行以致天道降下災異」呢？哪種思維更常見於古人的論述中？

【強化訓練】

一、 試判斷以下詩句中畫線部分之詞性：

(1) 不用其行：

(2) 以居徂向：

(3) 四方有羨：

二、 以下詩句中的畫線部分涉及詞性轉換，試解釋之：

(1) 十月之交：

(2) 不用其良：

(3) 豈曰不時：

三、 本詩對皇父多有批評，卻又有「皇父孔聖」一句，頌揚他賢明聰慧，其由何在？這是甚麼修辭手法？

小雅·蓼莪

【原文】

蓼蓼[1]者莪[2]，
匪[3]莪伊[4]蒿[5]。
哀哀父母，
生我劬勞[6]。

蓼蓼者莪，
匪莪伊蔚[7]。
哀哀父母，
生我勞瘁[8]。

---

1 **蓼蓼**：形容植物茁壯長大之貌。蓼（粵 luk6 六 普 lù）。

2 **莪**（粵 ngo4 俄 普 é）：即抱娘蒿，又稱「蘿蒿」「米蒿」或「麥蒿」等，十字花目十字花科，一年生草本植物。其莖部直立，分枝眾多，複葉呈羽狀，會開黃花。其適應能力甚高，尤其耐寒，廣泛分佈於亞洲、歐洲、非洲和北美洲等地。一般見於麥田，與農作物並生，於古代常為食用野菜之用。

3 **匪**：為「非」的假借字，不。

4 **伊**：是。

5 **蒿**（粵 hou1 蒿 普 hāo）：又稱作青蒿或香蒿，即古籍中之「菣」。於古代多作食用野菜之用，亦是野生動物喜好食用的植物。然其經濟價值不及莪。詩人此句以莪比喻父母，以為看到了莪，結果不是，只是類似的蒿，比喻父母已經不在。

6 **劬勞**：過度勞苦。今人視這個詞語為褒語，專門指稱父母養育子女之勞累。劬（粵 keoi4 渠 普 qú）。

7 **蔚**：即牡蒿，菊目菊科蒿屬，多年生草本植物。其莖部直立，葉片呈楔形或線形；會於秋季開出穗狀的花，廣泛分佈於亞洲，以海濱或曠地等濕潤地帶為棲息處。由於味道不佳，故甚少為古人食用，卻是鹿等野生獸類的食物。

8 **勞瘁**：操勞過度以致身心近於生病。瘁（粵 seoi6 睡 普 cuì）。

缾[9]之罄[10]矣，
維[11]罍[12]之恥。
鮮民[13]之生，
不如死之久矣。
無父何怙[14]？
無母何恃[15]？
出則銜[16]恤[17]，
入則靡[18]至[19]。

父兮生我，
母兮鞠[20]我。
拊[21]我畜[22]我，

---

9 缾：又稱「瓶」，古人用以盛水或酒的器皿。

10 罄（粵 hing3 慶 普 qìng）：空虛無物。

11 維：是。

12 罍（粵 leoi4 雷 普 léi）：古人用以盛酒的器皿，其口窄而小，腹深而闊。兩句指缾中沒有酒了，是罍的恥辱。比喻父母不得其所，是為人子女之恥。

13 鮮民：鮮，一說作形容詞，釋作孤寡，此處「鮮民」即謂無父無母，且獨自過着窮苦生活的平民；一說作指事詞，釋作此、這，此處「鮮民」即謂此人。

14 怙（粵 wu6 護 普 hù）：依靠。

15 恃（粵 ci5 似 普 shì）：依靠，與上一句的「怙」相同。

16 銜：本義是以口含物，此處引申為抱有某種感情之意。

17 恤：憂傷。

18 靡：否定詞，沒有。

19 至：一說從字面意思，釋作至親；一說為「咥」的假借字，釋作笑。

20 鞠：為「育」的假借字，釋作養育。

21 拊（粵 fu2 斧 普 fǔ）：與「撫」相通，撫摸。

22 畜：為「嬌」的假借字，釋作愛好。

長[23]我育[24]我。
顧[25]我復[26]我，
出入腹[27]我。
欲報之[28]德，
昊[29]天罔[30]極[31]。

南山烈烈[32]，
飄風[33]發發[34]。
民莫不穀[35]，
我獨何害[36]？

南山律律[37]，

---

23 **長**：使人長大。

24 **育**：教育。

25 **顧**：顧念。

26 **復**：為「覆」的假借字，釋作庇護、恩蔭，即不捨對方受苦之意。

27 **腹**：抱在懷中。

28 **之**：指事代詞，此、這。

29 **昊**（粵 hou6 浩 普 hào）：專門形容天之廣大，並含有神化事物的敬意。

30 **罔**：沒有。

31 **極**：準則，此處「罔極」釋作沒有準則，引申為心思變幻無常之意。

32 **烈烈**：烈為「厲」或「巁」的假借字。此處「烈烈」用於形容山勢高峻之貌。

33 **飄風**：暴風。

34 **發發**：一說作形容詞，形容風之疾迅；一說作擬聲詞，形容急風吹送的聲響。

35 **穀**：養育，此處謂奉養雙親。

36 **害**：災害、禍患。

37 **律律**：律為「硉」的假借字。此處「律律」用於形容山勢高而險峻之貌，與上一章的「烈烈」相同。

飄風弗弗[38]。
民莫不穀，
我獨不卒[39]！

【賞析與點評】

按《毛序》的說法，本詩旨在諷刺周幽王，謂「民人勞苦，孝子不得終養」。換而言之，其言為人兒子者雖有一片孝心，奈何國家的徭役繁重，使之長期在外，無法留在家園供養父母，深為感慨。歷代論者大致採納這個思路，只是質疑諷刺對象是否真的明確指向幽王一人而已。

【語譯】

遠看莪蒿茁壯，
近看原是青蒿。
可憐我的父母，
養我多麼辛勞。

遠看莪蒿茁壯，
近看原是牡蒿。
可憐我的父母，
養我心操神淘。

---

38 **弗弗**：形容風勢猛烈以致揚起塵土之貌。

39 **卒**：本義是終歷、歷盡，此處謂終養父母，即供養父母一生。

水瓶已經乾涸，
那是水罈之恥。
世間獨自過活，
倒不如早些一死。
無父何所仰賴？
無母何所憑依？
外出心中含悲，
回家無微不至。

父親啊生下我，
母親啊餵養我。
撫慰我疼愛我，
養大我教育我。
顧念我不捨我，
出入都抱着我。
多想報答此恩，
天有不測風雲。

南山高聳雲外，
暴風呼嘯相吹。
百姓莫不養親，
我竟遭了何災？

南山峻拔高挺，
暴風呼嘯聲聲。
百姓莫不養親，
我獨終養未能！

【想一想】

1. 正在排版詩歌中有「缾之罄矣，維罍之恥」一句，以古人所用的器皿作比喻。在閱讀的時候，你是否感到難以理解這比喻？比喻的目的在於抽象意念為具體事物，但隨着時間推移，原來親切可知的事物都變成古老文物。你認為創作者能否避免這情況，令自身作品歷久常新？又，你有否讀過任何出於古代，但至今仍貼切易懂的比喻？

2. 詩中嘗有「父兮生我，母兮鞠我」一句。言父親「生我」者，似乎不是今人常見的說法，亦有違一般歌頌母親為生產者的印象。你認為本詩如此書寫，是否反映出古人對家庭結構和家庭崗位的看法？當然，亦有說法指出，此句實為互文形式，當解讀為「父母生我、鞠我」。但就算以此為理解，你是否就能接受「父兮生我」之類的寫法？是否應該改作「父兮鞠我，母兮生我」呢？

【強化訓練】

一、 試判斷以下詩句中畫線部分之詞性：

(1) 出入腹我：

(2) 出則銜恤：

(3) 民莫不穀：

二、 以下詩句使用了代詞，試說明其實際指向：「欲報之德」。

三、 自「父兮生我」一句起，詩人多次使用第一人稱代詞「我」，其用意何在？試從表達詩歌旨要和藝術效果的層面解釋之。

小雅．何草不黃

【原文】

何草不黃[1]，
何日不行。
何人不將[2]，
經營[3]四方。

何草不玄[4]，
何人不矜[5]。
哀我征夫，
獨為匪民[6]。

匪[7]兕[8]匪虎，

---

1 **黃**：本義為黃色，此處謂植物枯萎以致變黃。

2 **將**：一說從本義，釋作移行；一說為「創」的假借字，釋作受傷。

3 **經營**：來回往返。

4 **玄**：本義為黑色，此處謂植物枯爛以致變成焦黑的狀態。

5 **矜**（粵 gwaan1 關 普 guān）：一說釋作可憐；一說與「鰥」相通，形容沒有妻子的狀況。

6 **匪民**：匪為「非」的假借字，釋作不。此處「匪民」含有慨歎語氣，謂「不是人」，即得不到人應有的待遇。

7 **匪**：一說與上一章「匪民」之「匪」相同，為「非」的假借字，釋作不；一說作指事詞，釋為彼、那。

8 **兕**（粵 zi6 字 普 sì）：即犀牛，哺乳類動物，奇蹄目，大多為黑色、灰色或褐色，體型肥大，四肢短而粗壯，皮膚厚而粗糙，頭部鼻孔上方長有獨角或雙角。常見於東南亞和非洲，以草原、灌木林或沼澤為棲息地。

率[9]彼曠[10]野。
哀我征夫，
朝夕不暇[11]。

有芃[12]者狐，
率彼幽[13]草。
有棧[14]之車，
行彼周道[15]。

【賞析與點評】

觀詩句的意思，本詩當言戰亂不止，征夫不禁抱怨行役之苦。《毛序》稱此為「下國刺幽王」之詩，即「四夷交侵，中國背叛，用兵不息，視民如禽獸。君子憂之，故作是詩」。歷代論者大致認同「用兵不息」諸語的判斷，亦相信本詩確實寫於西周末期，但對「下國」這個主語質抱有疑問。朱熹的《詩集傳》曰：「周室將亡，征役不息，行者苦之，故作本詩。」其以「行者」為焦點，似乎更貼近人情。

9　**率**：依循、沿着。
10　**曠**：形容空間之遼闊而空虛之貌。
11　**暇**：休息。
12　**芃**（粵 pung4 蓬 普 péng）：形容獸毛蓬鬆之貌。
13　**幽**：本形容事物之深邃，此處同前文之「玄」，黑色之意。
14　**棧**：為「嶘」的假借字。一說形容山勢之高與險峻；一說棧為有篷的車。
15　**周道**：大路。

【語譯】

哪種草不枯黃？
哪天不在途上？
誰不出征匆忙？
來回奔走四方。

哪種草不黑爛？
誰不活像寡鰥？
可憐我們征徒，
偏不似人一般。

不是犀牛老虎，
偏在荒野往復。
可憐我們征徒，
早晚沒閒工夫。

一隻蓬尾野狐，
踽踽穿過黑草。
一架有篷高車，
馳在周國大道。

【想一想】

1. 本詩的結尾未有如部分《詩經》作品般總結前文，或者道明旨要，只是煞有介事地寫出「幽草」和「周行」兩種見於路途上的景物？如此收結的用意是甚麼？詩人希望藉此表達甚麼？你又覺得這種寫法的藝術價值如何？其提升了詩歌的意境，還是顯得虎頭蛇尾？

2. 在「匪兕匪虎」一句當中，詩人舉出犀牛和老虎兩種動物，從而代表曠野的環境。你認為詩人的舉例恰當嗎？或問，為甚麼詩人會選取這兩種動物？有沒有其他更適合或特別的例子呢？

【強化訓練】

一、 試判斷以下詩句中畫線部分之詞性：

（1） <u>何</u>草不黃：

（2） <u>獨</u>為匪民：

（3） 有<u>芃</u>者狐：

二、 以下詩句中的畫線部分出現詞性轉換，試闡釋之：

（1） 何草不<u>黃</u>：

（2） 何草不<u>玄</u>：

三、 本詩的第一章和第二章加以連續的問句啟首，其用意何在？

____

____

____

大雅

大雅

【題解】

趙逵夫先生指出，平王東遷以後，典籍散亂，有些西周時常常用到的祭祀用詩，在東周時已不太用了，〈大雅〉中的不少作品就是這一類。〈大雅〉編輯在〈小雅〉之後，作品的主題與時限都比〈小雅〉要廣。〈大雅〉錄詩 31 首（本書選 4 首），共分為「文王之什」「生民之什」「蕩之什」，包括周人祭祖時所用、帶有史詩性質之作，歌頌周文王、武王德政之作，禮儀之作，宣王時政之作等四類，是文獻性較強的作品。除第四類外，其餘產生時代都很早。

大雅·文王

【原文】

文王在上[1]，
於[2]昭[3]於天。
周雖舊邦[4]，
其命[5]維[6]新。
有[7]周不[8]顯[9]，
帝[10]命不時[11]。
文王陟降[12]，
在帝左右。

亹亹[13]文王，
令聞[14]不已。

1　**上**：天上。

2　**於**：歎詞，含有讚美的意思。

3　**昭**：昭示、顯明。

4　**舊邦**：此處「舊」為歷史悠久的意思。周朝的祖先嘗從豳地遷至西岐，並在這片周人之地開枝散葉，拓展勢力，最終成就一代功業。是以此處以「舊邦」尊稱這片深植歷史淵源的土地。

5　**命**：天命。

6　**維**：是。

7　**有**：名詞前綴，無實際意思，即所謂「有宋一代」「有清一代」之「有」。

8　**不**：與「丕」相通，形容事物之大。

9　**顯**：形容事物光明之貌。

10　**帝**：天帝。

11　**時**：為「烝」的假借字，形容事物之美好。

12　**陟降**：陟（粵 zik1 織 普 yōng）即上升。此謂文王的神靈升降於天地之間。

13　**亹亹**：形容人勤勉之貌。亹（粵 mei5 美 普 wěi）。

14　**令聞**：美名、美好的聲譽。

陳[15]錫[16]哉[17]周，
侯[18]文王孫子[19]。
文王孫子，
本支[20]百世。
凡周之士[21]，
不[22]顯亦世[23]。

世之不顯，
厥[24]猶[25]翼翼[26]。
思[27]皇[28]多士，
生[29]此王國。
王國克[30]生，

---

15 **陳**：為「申」的假借字，一再。

16 **錫**：與「賜」相通，賜予。

17 **哉**：一說與「茲」相通，指事詞，釋為此；一說與「載」相通，介詞，釋為在。

18 **侯**：一說釋作是；一說釋作使某人為侯。

19 **孫子**：此處謂子孫，即後人。

20 **本支**：本為樹的根部，支則是樹的枝節。此處「本支」為喻體，意謂周朝皇族的系譜，包括其本宗與支系。

21 **士**：一說泛稱姬姓以外的羣臣；一說泛稱周室統領的貴族與羣臣。

22 **不**：助詞，沒有實際意思。

23 **亦世**：即「奕世」，累世、代代相傳之意。

24 **厥**：指事代詞，其。

25 **猶**：與「猷」相通，謀略。

26 **翼翼**：形容行事謹慎小心之態，即今謂是「小心翼翼」的「翼翼」。

27 **思**：助詞，沒實際意思。

28 **皇**：形容景象之美好、美善。

29 **生**：產生、出生。

30 **克**：能夠。

維周之楨[31]。
濟濟[32]多士，
文王以寧[33]。

穆穆[34]文王，
於緝熙[35]敬[36]止[37]。
假[38]哉天命，
有商孫子。
商之孫子，
其麗[39]不億[40]。
上帝既命，
侯[41]於周服[42]。

侯服於周，

---

31 **楨**：骨幹，此處謂支撐一國之棟樑人物。

32 **濟濟**：形容事物整齊美好之貌。

33 **寧**：安寧。

34 **穆穆**：穆為「睦」的假借字，此處「穆穆」形容人儀表莊重，神態恭敬之貌。

35 **緝熙**：緝，釋作「績」，即「積」，謂累積。熙，釋作光輝。此處「緝熙」即謂聚集起來的耀眼光輝。

36 **敬**：恭敬地行事。

37 **止**：歎詞。

38 **假**：形容事物之大。

39 **麗**：數目。

40 **不億**：一說「不」為助詞，沒實際意思，而「億」亦非實數，僅言數目之多；一說「不」釋作不限，此處「不億」即不限於一億之意。

41 **侯**：一說釋作就；一說釋作惟有，含有被迫的意思。

42 **服**：臣服。

天命靡[43]常。
殷士[44]膚敏[45]，
祼[46]將[47]於京[48]。
厥作祼將，
常服[49]黼[50]冔[51]。
王之藎臣[52]，
無[53]念爾祖。

無念爾祖，
聿[54]脩[55]厥德。

---

43 **靡**：否定詞，沒有。

44 **殷士**：一說泛稱殷商的遺臣和後人；一說專謂紂王的兄長微子啟。

45 **膚敏**：即今謂之「黽勉」，謂人勉力而為，此處謂「殷士」勉力協助是次祭祀。

46 **祼**（粵 gun3 罐 普 guàn）：與「灌」相通，謂灌祭，其內容大致是把白茅鋪於神壇前的地上，然後斟上由鬱金草和黍釀成的酒，再把酒灑於白茅上，象徵神明降臨人間喝酒。

47 **將**：一說釋作舉辦；一說釋作獻祭。

48 **京**：此處謂鎬京，即周室的京師。

49 **服**：穿着。

50 **黼**（粵 fu2 斧 普 fǔ）：本義為繡於殷商禮服上的花紋，形式為黑白相間，於此則是整套禮服的代稱。

51 **冔**（粵 heoi2 許 普 xú）：通行於殷商時代的冠冕款式。

52 **藎臣**：藎（粵 zeon2 准 普 jìn），與「進」相通，釋作進用。此處「藎臣」的本義為得到上位者進用的臣子，後來引申為忠臣之意。

53 **無**：發語詞，無意義。

54 **聿**：一說釋作惟有；一說釋作遵行。

55 **脩**：修養。

永[56]言[57]配命[58]，
自求多福。
殷之未喪[59]師[60]，
克配上帝。
宜鑒[61]於殷，
駿[62]命不易。

命之不易，
無遏[63]爾躬[64]。
宣昭[65]義[66]問[67]，
有虞[68]殷[69]自天。
上天之載[70]，
無聲無臭[71]。

---

56 **永**：長久。

57 **言**：助詞，相當於一般置於句子中間的「焉」，沒實際意思。

58 **配命**：符合、順應天命。

59 **喪**：失去。

60 **師**：民眾，此處謂民眾的擁戴。

61 **鑒**：本義為鏡，引申為借鑑。

62 **駿**：言事物之雄大。

63 **遏**：斷絕。

64 **躬**：自身。

65 **宣昭**：表明、發揚。

66 **義**：形容事物之美善。

67 **問**：與「聞」相通，聲譽。

68 **虞**：一說釋作揣度、估量；一說釋作敗亡。

69 **殷**：一說指稱殷商；一說為「依」之假借字。

70 **載**：與「事」相通。一說作名詞，釋作事情；一說作動詞，釋作行事。

71 **臭**：氣息、氣味。

儀刑[72]文王，
萬邦作[73]孚[74]。

【賞析與點評】

根據《毛序》的說法，本詩當言「文王受命作周」之事，即歌頌周文王的德行與功業。周文王姓姬名昌，本為商朝的諸侯，獲封為「西伯」。其父親曾為商君文丁所囚殺，致使其對殷商早已心生不滿。後來，其勤政愛民之舉又招來紂王妒忌，終成階下囚。其於獲釋以後積極拉攏各方勢力，部署伐紂之事。雖然其事未竟即告身故，幸其子姬發繼承這份志向，最終滅商立周。姬發登基為武王後，追封父親為文王，並奉之為周朝的本源。值得留意的是，本詩不時提及殷商之事，似乎亦有告誡殷商遺民之意。

【語譯】

文王神靈在上，
啊，在天上放光。
姬周雖是舊國，
受命成為新邦。
周朝多麼顯赫，
天命多麼美善。
文王上天下地，

72 **儀刑**：一說作動詞，釋作效法；一說「儀」為法式，「刑」則是與「型」相通，謂模範，二字結合作名詞，釋作楷模。

73 **作**：一說釋作才；一說釋作則、就。

74 **孚**：為人信服。

就在上帝身邊。

文王勤勤懇懇，
美譽傳揚無盡。
上天厚賜周邦，
及於文王子子孫孫。
文王子子孫孫，
本宗支系蕃生。
周朝公侯士卿，
世代相傳顯名。

顯名世代相傳，
謀慮小心翼翼。
眾多美善人才，
生長在周京畿。
在周京畿生長，
就是周朝棟樑。
濟濟人才俊秀，
文王得以安康。

文王莊嚴謹慎，
啊，光明又敬守。
大哉天帝之命，
殷商子孫歸周。
歸周殷商子孫，
人員不可勝數。
上帝頒下天命，
來向周朝臣服。

來向周朝臣服，
天命本來無常。
殷商士人勤勉，
來京協助灌祭。
他們協助灌祭，
猶穿殷商禮服。
雖是周王忠臣，
別忘你們先祖。

別忘你們先祖，
遵道修行善德。
長久順應天命，
修養自身福澤。
殷商未失民心時，
能夠順應天帝。
應該以殷為鑑，
天命得來不易。

天命得來不易，
莫在你身絕斷。
傳揚美好名聲，
殷商往事天鑑。
上天行事之道，
無聲無味莫測。
惟有效法文王，
誠信遍樹萬國。

【想一想】

1. 本詩於首章即開宗明義地讚美文王之德，其旨要固然明顯。然詩歌隨後又花了不少篇幅談論殷人之事，甚至直言「無念爾祖」等語，令論者認為本詩亦有告誡殷人的意圖。你認為這個目的的主次當如何理解？又，你認為在告誡殷人時，本詩的態度和語氣如何？是友善的提醒，還是嚴厲的訓示？

2. 根據詩歌的內容，周人是如何詮釋殷人的失敗與滅亡？詩中為何多次引用上天的意志為據？又，這是否反映出周人以為自己的勝利與興起實屬幸運？或問，周人於詩中的態度是謙卑還是自信？

【強化訓練】

一、 試判斷以下詩句中畫線部分之詞性：

（1） 令聞不已：

（2） 假哉天命：

（3） 克配上帝：

二、 以下詩句使用了代詞，試說明其實際指向：

（1） 其麗不億：

（2） 無念爾祖：

三、 本詩以「文王在上，於昭於天」一句開首，結尾則為「儀刑文王，萬邦作孚」。於全詩的結構而言，此為何種寫作手法？試解釋其效果。

大雅 · 生民

【原文】

厥[1]初生民[2]，
時[3]維[4]姜嫄[5]。
生民如何？
克[6]禋[7]克祀[8]，
以弗[9]無子。
履[10]帝[11]武[12]敏[13]歆[14]，

---

1 厥：其，助詞，沒有實際意思。

2 民：此處謂周族的人民，即本詩敘述者的祖先。

3 時：指事代詞，此、這。

4 維：是。

5 姜嫄：后稷的母親。有說為帝嚳（即高辛氏，五帝之一）的妃子，但古史學者普遍否定這身份，反而相信她是有邰氏中某部落的女酋長，畢竟上古的部落多為母系社會。如同本詩及《列女傳》等文獻所述，傳說姜嫄外出時踩踏了巨人的足印，繼而有所感應，懷有身孕，最終生下后稷。

6 克：能夠，此處尤有付諸實行的含義。

7 禋（粵 jan1 因 普 yīn）：祭拜上天的儀式，過程大致為築壇於野外，繼而燃燒牲犢或玉帛，好讓煙氣揚揚昇上半空，象徵回報天帝賜下的恩德。

8 祀（粵 zi6 字 普 sì）：泛稱一般祭祀行為。

9 弗：一說作否定詞，不要；一說又作「祓」，實為「祓」的假借字，描述舉行祭禮以消災解難的行動。有關儀式大多為齋戒沐浴等。

10 履：踐踏。

11 帝：上帝、天帝。

12 武：足跡，即腳印。

13 敏：為「拇」的假借字，腳的大拇指。

14 歆（粵 jam1 音 普 xīn）：受到觸動、驚動，兼謂心理層面。

攸[15]介[16]攸止[17]，
載[18]震[19]載夙[20]，
載生[21]載育[22]，
時維后稷。

誕[23]彌[24]厥月，
先生[25]如[26]達[27]，
不坼[28]不副[29]，
無菑[30]無害。

---

15 攸（粵 jau4 由 普 yōu）：助詞，乃、遂。

16 介：為「愒」的假借字，愒息、休息。

17 止：止息，即停下來休息。

18 載：助詞，相當於「則」「便」或「就」等。

19 震：為「娠」的假借字，妊娠，即懷孕。

20 夙：一說為「孕」的訛誤；一說為「肅」的假借字，謹肅地生活，不近男色。

21 生：生產，即分娩。

22 育：哺育。

23 誕：句首助詞，沒有實際意思。

24 彌：滿，此處謂屆滿。

25 先生：最初出生，即第一胎的生產。

26 如：按「達」的釋意，可作二說。一說釋作好像，謂「第一胎好像小羔羊」；一說作助詞，沒有實際意思，謂第一胎的生產過程十分順暢。

27 達：一說作名詞，為「羍」的假借字，釋作小羔羊；一說作形容詞，形容事件過程之順暢。

28 坼（粵 caak3 策 普 chè）：裂開。

29 副（粵 pik1 闢 普 pì）：割破。

30 菑（粵 zoi1 栽 普 zāi）：與「災」相通，災劫。

以赫[31]厥靈[32]，
上帝不寧[33]，
不康[34]禋祀，
居然[35]生子。

誕寘[36]之隘[37]巷，
牛羊腓[38]字[39]之。
誕寘之平林[40]，
會[41]伐平林。
誕寘之寒冰，
鳥覆翼[42]之。

---

31 **赫**：一說釋作彰顯；一說為「訴」的假借字，告訴。

32 **靈**：按照對「赫」的理解，可作二說。一說釋作神異，此處謂彰顯神異；一說釋作巫師，此處謂告訴巫師。

33 **不寧**：不，與「丕」相通，作助詞，沒有實際意思。寧，一說釋作情願；一說釋作安寧。

34 **不康**：不，與「丕」相通，作助詞，沒有實際意思。康，一說從本義，釋作安寧放心；一說為「賡」的假借字，釋作繼續。

35 **居然**：安然之義。

36 **寘**（粵 zi3 志 普 zhì）：與「置」相通，本義為放置，此處謂棄置。

37 **隘**（粵 aai3 嗌 普 ài）：狹窄。

38 **腓**（粵 fei4 肥 普 féi）：為「庇」的假借字，庇護。

39 **字**：餵哺乳汁。

40 **平林**：平原樹林。

41 **會**：恰逢。

42 **翼**：翼蔽，即張開羽翼，覆蓋事物，加以保護。

鳥乃去矣，
后稷呱[43]矣，
實[44]覃[45]實訏[46]，
厥聲載[47]路。

誕實匍匐[48]，
克岐[49]克嶷[50]，
以就[51]口食[52]。
蓺[53]之荏菽[54]，
荏菽旆旆[55]，

---

43 **呱**（粵 gu1 姑 普 gū）：嬰孩的哭鬧聲。

44 **實**：實為、是。

45 **覃**（粵 taam4 談 普 tán）：形容事物之悠長。

46 **訏**（粵 heoi1 虛 普 xū）：形容事物之大，此處謂聲音之大，即響亮。

47 **載**：滿載，即遍佈。

48 **匍匐**：俯身在地，手腳並用地爬行。

49 **岐**（粵 kei4 棋 普 qí）：本來指稱存有幾個峯頂，如植物分枝一樣的高山，因其發達豐富之勢，令人聯想到心思開朗，明慧知意的狀態，故以此為引申義。

50 **嶷**（粵 jik6 疫 普 yí）：又作「嶷」，形容人幼小而聰慧之貌。

51 **就**：前往，此處含有尋求之意。

52 **口食**：食物。

53 **蓺**（粵 ngai6 毅 普 yì）：與「藝」相通，種植。

54 **荏菽**：又作「戎菽」，即大豆，豆目豆科大豆屬，一年生草本植物，原生於東亞地區，十六世紀後隨商貿活動傳播至美洲。其莖部直立，長有複葉，花呈蝶形，或白或紫，果實則為球型或橢圓型。今人所稱「大豆」，大多直接指稱其果實。大豆含豐富的蛋白質，為古人的主要食糧之一。菽（粵 suk6 熟 普 shū）。

55 **旆旆**：形容植物生成茂盛之貌，如今人謂之「勃勃」。旆（粵 pui3 配 普 pèi）。

禾役[56]穟穟[57]，
麻麥幪幪[58]，
瓜瓞[59]唪唪[60]。

誕后稷之穡[61]，
有相[62]之道[63]。
茀[64]厥豐[65]草，
種之黃[66]茂。
實方[67]實苞[68]，
實種[69]實褎[70]，

---

56 役：又作「穎」，實為「穎」的假借字，指稱禾類植物末端，即其穗部。

57 穟穟：形容禾穗沉沉下垂之貌。穟（粵 seoi6 遂 普 suì）。

58 幪幪：形容植物茂盛之貌。

59 瓞（粵 dit6 秩 普 dié）：細小的瓜類。

60 唪唪：唪（粵 bung2 琫 普 běng）為「菶」的假借字，形容植物果實豐碩之貌。

61 穡（粵 sik1 惜 普 sè）：描述種植五穀，從事農業的行動。

62 相：一說釋作幫助；一說釋作相地之宜。

63 道：方法。

64 茀（粵 fat1 忽 普 féi）：為「拂」的假借字，拔除。

65 豐：豐沛茂盛。

66 黃：一說從本義，形容植物的顏色。黃茂即嘉穀，也就是黍、稷等優良品種的莊稼。一說為「葟」之假借字，形容植物之茂盛。

67 方：一說形容事物之大；一說與「放」相通，形容種子發芽，破土而出的狀態。

68 苞：形容植物叢生之貌。

69 種：一說為「叢」的假借字，形容植物叢生之貌；一說形容穀種長出苗頭之狀。

70 褎（粵 jau6 右 普 xiù）：形容禾苗漸漸長高之貌。

實發[71]實秀[72]，
實堅[73]實好[74]，
實穎[75]實栗[76]。
即[77]有邰[78]家室[79]。

誕降[80]嘉[81]種，
維秬[82]維秠[83]，
維穈[84]維芑[85]。

---

71 發：形容禾的莖部初長枝節之狀態。

72 秀：形容禾長穗之狀態。

73 堅：一說從本義，形容穀粒之堅實；一說形容穀粒飽滿之貌。

74 好：一說形容穀粒色澤之美好；一說形容穀物品質之優良。

75 穎：本義為禾穗，此處形容禾穗下垂之貌。

76 栗：一說形容穀粒飽滿之貌；一說形容收穫之豐盛。

77 即：往。

78 有邰：史冊中又作「有台」「有斄」等，古部落名稱，亦可指稱其族人所聚居之地域，即今陝西省武功縣西南部一帶。邰（粵 toi4 抬 普 tái）。

79 家室：家居，此處含有定居於邰地的含義。

80 降：天降，即由上天所賜的意思。

81 嘉：形容事物之美好。

82 秬（粵 geoi6 具 普 jù）：又稱黑黍，黍類的其中一個品種，因其外皮色澤而得名，唯去皮後仍是黃色，與其他黍類分別不大。案，古人制定度量衡的單位時，不時使用黑黍為區別長度的標準。

83 秠（粵 pei1 丕 普 pī）：為黑黍之下的其中一個品種，特徵為一個殼中同時藏有兩顆米粒。

84 穈（粵 mun4 們 普 mén）：又稱赤粱粟，穀類的其中一個品種，其幼苗初長時為紅色的，至長葉時變成紅綠相間，最終會於成熟時徹底變成青綠色。

85 芑（粵 hei2 起 普 qǐ）：又稱白粱粟，穀類的其中一個品種，莖部高大，穗粒粗糙，其幼苗初長時略見白色，至成熟時方消退。

恆[86]之秬秠，
是穫[87]是畝[88]。
恆之穈芑，
是任[89]是負[90]。
以歸肇[91]祀。

誕我祀如何？
或舂[92]或揄[93]，
或簸[94]或蹂[95]。
釋[96]之叟叟[97]，
烝[98]之浮浮[99]。

---

86 **恆**：為「亘」的假借字，遍地。

87 **穫**：收穫，尤指收割。

88 **畝**：一說為堆放物件於田地上；一說為「耰」的假借字，謂除去農作物上已告枯壞的葉子。

89 **任**：挑物，即擔在肩上的運輸方法。

90 **負**：背負。

91 **肇**：開始。

92 **舂**（粵 zung1 宗 普 chōng）：描述放置植物或穀物於石臼中，再以杵等工具搗碎它的動作，此處尤謂搗米。

93 **揄**：一說為「舀」的假借字，一說為「抭」的假借字，皆謂舀出已搗的米。

94 **簸**（粵 bo3 播 普 bò）：置穀物於筲箕之上，加以顛動，以去其糠皮。

95 **蹂**（粵 jau4 由 普 róu）：以手搓揉米粒，使其與糠皮分離。

96 **釋**：描述以水淘米的動作。

97 **叟叟**：擬聲詞，形容淘米的聲音。

98 **烝**：為「蒸」的假借字，蒸煮。

99 **浮浮**：形容蒸氣升騰之貌。

載謀[100]載惟[101]，
取蕭[102]祭脂[103]，
取羝[104]以軷[105]。
載燔[106]載烈[107]，
以興[108]嗣歲[109]。

卬[110]盛於豆[111]，
於豆於登[112]。
其香始升，
上帝居[113]歆[114]。

---

100 **謀**：圖謀、計劃。

101 **惟**：思考、考慮。

102 **蕭**：菊科蒿屬植物，特點為香氣濃烈。相傳古人時常於祭祀儀式中點燃此物，以供奉神明。

103 **脂**：牛羊等牲口的油脂，古人祭祀焚香時，常用之作燃料。

104 **羝**（粵 dai1 低 普 dī）：公羊。

105 **軷**（粵 bat6 拔 普 bá）：一說釋作剝取，此處謂剝取羊皮；一說為祭祀路神的儀式，過程大致為置牲祭於路上，再以馬車輾過。

106 **燔**（粵 faan4 凡 普 fán）：置肉於火中燒炙。

107 **烈**：穿起肉食，架在火焰上烘烤。

108 **興**：興旺。

109 **嗣歲**：來年

110 **卬**：釋意素有二說，讀音亦會隨之改變。一說為第一人稱代詞，釋作我，其粵音讀作「ngong4 昂」，普通話音為「áng」；一說與「仰」相通，讀音亦同，釋作向上。

111 **豆**：古人用於祭祀或宴會的器皿。

112 **登**:古人用於祭祀或宴會的器皿，或瓦製，或銅製，有蓋，用途為盛載湯水。

113 **居**：一說作助詞，沒有實際意思；一說作副詞，安心。

114 **歆**（粵 jam1 音 普 xīn）：於古代祭祀儀式中，描述神靈享受祭品的動態。

胡[115]臭[116]亶[117]時[118]，
后稷肇祀，
庶[119]無罪悔，
以迄[120]於今。

【賞析與點評】

觀乎詩歌的內容，此篇當為對后稷事跡的追述。《毛序》言本詩旨在「尊祖」，謂「后稷生於姜嫄，文、武之功起於后稷，故推以配天焉」。后稷，本姓姬名棄，相傳開創了人類種植稷與麥的傳統，地位相當於農業神。同為姬姓的周室一直奉之為民族的根源。就本詩的描述，論者不斷爭議其「感天生子」之說。自兩漢以來，今文經學派多深信其神話色彩，古文經學派則視之為周人自命正統之辭而已，強調古聖人當如凡人般受孕而生。另一方面，現代論者時常借用西方的「史詩」概念描述本詩的性質，進而在比較文學的範疇中引起不少討論。

【語譯】

當初生下祖先，
是要歸功姜嫄。

---

115 **胡**：一說作疑問詞；一說形容事物之大，此處謂氣味之強烈。

116 **臭**（粵 cau3 湊 普 xiù）：氣味。

117 **亶**（粵 taan2 坦 普 dǎn）：誠然、實在。

118 **時**：善，好。

119 **庶**：幸好。

120 **迄**：至。

怎樣生下祖先？
姜嫄焚柴祭祀，
以免無子絕嗣。
踩到上帝足跡震動，
於是稍事歇息，
不料懷孕有娠，
分娩生產誕嬰，
就是先祖后稷。

懷胎足月誕降。
頭胎十分順暢。
產門毫無破裂，
無災無害吉祥。
已然彰顯神奇，
上帝心中安逸，
放心享用祭祀，
平安誕下一子。

將他棄置窄巷中，
牛羊庇護來授乳。
將他棄置樹林中，
恰逢樵夫來伐木。
將他棄置寒冰上，
羣鳥羽翼爭覆。
羣鳥終於飛去，
后稷哇哇啼哭，
哭聲洪亮遠佈，

聲音充滿道路。

后稷四處爬行。
年幼聰明絕頂，
深具覓食本領。
學習種下大豆，
大豆茂盛壯碩，
禾稼穗子垂落，
麻麥棵棵豐盛，
瓜果纍纍叢生。

后稷從事農耕事，
因地制宜有道。
除去密密雜草，
播下嘉穀豐茂。
吐出繁盛新苗，
新苗日日長高，
拔節抽穗上冒，
穀粒飽滿上好，
莖葉下垂沉沉。
有部族人好收成。

上天降下良種，
黑黍單粒雙粒，
粱粟有白有赤。
種下黑黍遍地，
收割堆放滿滿。

種下粱粟遍地，
背着挑着滿擔。
忙完開始祭祀。

祭祀情況又如何？
舂米舀米不一，
去糠篩糧各異。
淘米水聲颼颼，
蒸飯香氣飄浮。
祭祀劃策出謀，
點燃蕭草脂油，
肥美公羊剝皮。
邊燒邊烤供祭，
祈求來年順利。

祭品盛在高碗，
高碗還有瓦罇。
香味開始上升，
上帝樂享安閒。
濃香實在誘人，
后稷首開祭祀，
慶幸沒有咎罪，
直到如今依然。

【想一想】

1. 關於「感天而生」說的爭議，你的看法如何？除了本詩外，在〈商頌・玄鳥〉一詩中，商人祖先的誕生過程同樣不合常理。這現象不過是出於偶然，還是反映出某種歷史現象？事實上，現存對虞夏時代的記載往往存有強烈的神話色彩。你是否相信在信史年代以前，世界真的如神話故事般充滿超出今人認知的事物？

2. 傳統價值觀向來崇古。后稷既被周人奉作整個民族的根源，那麼地位應該是至高無上的。且本詩所述亦可謂周族的起始點，意義上亦是非常重大。然本詩在〈大雅〉中的排行竟為第十一篇而已。你認為這排序合理嗎？本詩是否比〈文王〉更適合置於篇首？又，即使不論〈文王〉，〈文王〉之後的九篇作品又是否不當列於本詩之前呢？

【強化訓練】

一、 試判斷以下詩句中畫線部分之詞性：

（1） 會伐平林：

（2） 胡臭亶時：

（3） 庶無罪悔：

二、 以下詩句中的畫線部分出現詞性轉換，試闡釋之：

（1） 鳥覆翼之：

（2） 誕后稷之穡：

三、 以下詩句使用了代詞，試說明其實際指向：

（1） 誕寘之隘巷：

（2） 厥聲載路：

大雅·蕩

【原文】

蕩蕩[1]上帝[2]，
下民之辟[3]。
疾威[4]上帝，
其命[5]多辟[6]。
天生烝[7]民，
其命匪[8]諶[9]。
靡[10]不有初，
鮮[11]克[12]有終。

文王曰咨[13]，

---

1 **蕩蕩**：蕩與「潒」相通。此處「蕩蕩」的本義形容水流擺動，起伏不定之貌，引申為形容人肆意放縱，不加思慮之貌。

2 **上帝**：表面上指稱天帝，於此影射在位的君主。

3 **辟**（粵 bik1 逼 普 bì）：君主。

4 **疾威**：形容在上者暴虐之貌，如同今人謂之「作威作福」。

5 **命**：表面指向天命，於此暗示為君主的政令。

6 **辟**：為「僻」的假借字，邪僻，即謂人叛道不正。

7 **烝**：眾多。

8 **匪**：為「非」的假借字，不。

9 **諶**（粵 sam4 岑 普 chén）：真誠。

10 **靡**：否定詞，沒有。

11 **鮮**：甚少、罕見。

12 **克**：能夠。

13 **咨**：歎詞，含有憂傷的語氣。

咨女[14]般商。
曾[15]是[16]彊[17]禦[18]，
曾是掊克[19]。
曾是在位[20]，
曾是在服[21]。
天降滔德[22]，
女興[23]是力[24]。

文王曰咨，
咨女殷商。
而[25]秉[26]義類[27]，

---

14 **女**：與「汝」相通，第二人稱代詞，你。

15 **曾**：一說從本義，曾經；一說釋作竟然。

16 **是**：這樣，如此。

17 **彊**（粵 koeng4 漒 普 qiáng）：與「強」相通，強橫。

18 **禦**：又作「圉」，暴虐。

19 **掊克**：聚斂，即搜刮財物。掊（粵 pau4 抔 普 póu）。

20 **在位**：身處統治者之位，有說專指君主，亦有說泛稱統治階層的成員。

21 **在服**：服，釋作從事，此處謂從事政務，而此處「在服」則是謂居於官位。

22 **滔德**：「滔」又作「慆」，二字相通。一說「慆」釋作溢出或超過，此處「滔德」謂溢出或超過德性所限之事；一說「慆」釋作怠惰放縱，而「德」取中性意思，釋作品行，所以此處「滔德」即謂怠惰放縱的品行。

23 **興**：興起，即趨於興盛。

24 **力**：一說釋作力行，即努力而行；一說釋作助力。

25 **而**：與「爾」相通，第二人稱代詞，你。

26 **秉**：一說釋作把持，即心懷、持守之意；一說釋作操持、任用。

27 **義類**：一說從本義，釋作善類，也就是良善一類之人；一說「義」為「俄」的假借字，「類」則與「戾」相通，故「義類」即「俄戾」，謂邪曲之念。

彊禦多懟[28]。
流言[29]以對[30]，
寇[31]攘[32]式[33]內[34]。
侯[35]作[36]侯祝[37]，
靡屆[38]靡究[39]。

文王曰咨，
咨女殷商。
女炰烋[40]於中國[41]，
斂[42]怨以為德。

---

28 **懟**（粵 deoi6 隊 普 duì）：怨恨。

29 **流言**：謠言。

30 **對**：應對。

31 **寇**：侵掠者，尤稱盜匪。

32 **攘**：侵奪、盜竊。

33 **式**：乃、於是

34 **內**：一說從本義，作名詞，釋作國內，指向國內朝政；一說與「入」相通，作動詞，此處謂侵入；一說與「納」相通，亦作動詞，釋作收容。

35 **侯**：有。

36 **作**：為「詛」的假借字，與下文之「祝」共同釋作詛咒。

37 **祝**：為「咒」的假借字，與上文之「作」共同釋作詛咒，即祈求鬼神施予災禍於他人身上。

38 **屆**：止盡。

39 **究**：窮盡。

40 **炰烋**：又作「咆哮」，本義是描述野獸吼叫，引申為描述手持權勢者恃勢凌人，橫行無忌的行為。炰（粵 paau4 刨 普 páo），烋（粵 haau1 敲 普 xiāo）。

41 **中國**：此處謂國中、國內。

42 **斂**：招聚、收集。

不明爾德[43]，
時[44]無背[45]無側[46]。
爾德不明，
以無陪[47]無卿[48]。

文王曰咨，
咨女殷商。
天不湎[49]爾以酒，
不義[50]從[51]式[52]。
既愆[53]爾止[54]，
靡明[55]靡晦[56]。

43　**不明爾德**：一說「明」釋作明智，尤稱分辨是非善惡的能力，而此處當是倒裝句式，即真實的語序為「爾德不明」，與同一章內的另一句相同；一說不與「丕」相通，形容事物之大，而明則作動詞，釋作明示、展現，故整句當為祈使句式，謂要求對方「大大展現你的德性」。

44　**時**：一說作指事代詞，此、這；一說又作「以」，作連詞，所以。

45　**背**：反叛。

46　**側**：又作「仄」，不居正道、傾於邪道之人。

47　**陪**：陪貳，即輔助主事者的大臣。有說此處專謂直接輔助天子的三公。

48　**卿**：一說泛稱朝上的卿大夫；一說專謂地位次於三公的六卿。

49　**湎**（粵 min5 冕 普 miǎn）：沉迷飲酒。

50　**不義**：不適宜、不應該。

51　**從**：一說釋為跟從；一說與「縱」相通，釋作放縱。

52　**式**：一說釋作用，此處謂飲用；一說釋作度；一說與「慝」相通，釋作奸邪。

53　**愆**（粵 hin1 牽 普 qiān）：一說釋作喪失、失卻；一說釋作違背、違反。

54　**止**：容止、舉止。

55　**明**：白晝。

56　**晦**：夜晚。

式號式呼[57]，
俾[58]晝作夜。

文王曰咨，
咨女殷商。
如蜩[59]如螗[60]，
如沸[61]如羹[62]。
小大[63]近[64]喪[65]，
人尚乎由行[66]。
內[67]奰[68]於中國，

---

57 **式號式呼**：呼又作「謼」，實「謼」的假借字。號與呼結合為一詞，如今謂之「呼號」，釋作哭着叫喊，此處指稱醉酒後的情態。

58 **俾**：使、讓。

59 **蜩**（粵 tiu4 條 普 tiáo）：即蟬，半翅目蟬科，活躍於夏季，地域分佈則集中於溫帶至熱帶地區，部分品種甚至存活於沙漠。其頭寬而短，腳粗而有力，靠吸食樹汁維持生命。雄性的身體獨有發聲器官，鳴聲既長亦響。

60 **螗**（粵 tong4 堂 普 táng）：一說為蟬的別稱；一說指稱一種外表如蟬，但身型較之更細小的昆蟲。

61 **沸**：熱水。

62 **羹**：湯水。

63 **小大**：一說謂大小事情；一說謂大小官員。

64 **近**：一說從本義，釋作幾近；一說釋作將要。

65 **喪**：按「小大」的釋作，可作二說。一說釋作失去，謂盡失大小官員；一說釋作失敗，謂大小事情都告失敗。

66 **由行**：一說釋作依從舊樣而行事；一說釋作禮法之道。

67 **內**：此處謂國內，即天子直接控制的範圍，與下一句的「鬼方」構成內外之別。

68 **奰**（粵 bei6 備 普 bì）：一說釋作憤怒；一說釋作壓迫。

覃[69]及鬼方[70]。

文王曰咨，
咨女殷商。
匪上帝不時[71]，
殷不用舊[72]。
雖無老成人[73]，
尚有典刑[74]。
曾是莫聽[75]，
大命[76]以傾[77]。

文王曰咨，
咨女殷商。
人亦[78]有言，

---

69 **覃**（粵 taam4 談 普 tán）：延及。

70 **鬼方**：一說釋作鬼方國，專謂周朝的北狄；一說泛稱遠方之地。

71 **時**：形容事物之美善。

72 **舊**：一說謂殷商先王以至虞夏諸君的典章與治道；一說謂舊人，即老臣。

73 **老成人**：舊臣。

74 **典刑**：刑為「型」的假借字，此處「典刑」謂舊法常規。

75 **聽**：聽從。

76 **大命**：國運。

77 **傾**：傾覆，即滅亡。

78 **亦**：助詞，沒有實際意思。

顛沛[79]之揭[80]。
枝葉未有害，
本[81]實先撥[82]。
殷鑒[83]不遠，
在夏后[84]之世。

【賞析與點評】

漢代的《毛序》解釋本詩如下：「召穆公傷周室大壞也。厲王無道，天下蕩蕩，無綱紀文章，故作是詩也。」史稱周厲王暴虐無道，施行嚴刑峻法，肆意奴役百姓，還牢牢地箝制言論，致使百姓不敢交談，只能以眼神互相示意。召穆公其時極力抵抗天子的暴政，又於「彘之亂」中以兒子一命換取太子的安全，最終在周宣王繼位後成為朝廷重臣，帶領周代進行「周召共和」的階段。不過，部分論者指出，本詩實無任何指向具體史事的證據，故《毛序》的判斷未必準確，只能確定本詩旨在指斥失德的周王。

---

79 **顛沛**：倒下。

80 **揭**：一說與「栝」相通，即檜樹，柏科刺柏屬，常綠喬木，原產於亞洲的東北部，喜光且耐陰，以溫暖而濕潤的地域為生長地。成熟後一般高逾 20 米，其葉片初為刺狀，會隨成長變為鱗狀；一說從本義，釋作高舉，此處謂樹木倒下之後，根部破土而高舉起來。

81 **本**：一說釋作根本，即植物的根部；一說釋作植物的主幹，因其為枝條的本源。

82 **撥**：又作「敗」，實為「敗」的假借字，敗壞，即毀壞。

83 **鑒**：本義為鏡，引申為借鑑。

84 **夏后**：夏后氏，周人對夏朝政權的稱呼。

【語譯】

上帝無思無慮，
本是下民之主。
上帝作威作福，
天命難以猜度。
上天誕下眾生，
天命反覆無常。
誰沒好的開端，
少有好的收場。

文王長嗟短歎，
嗟歎你們殷商。
曾經如此強橫，
曾經如此聚斂。
曾經身處君位，
曾經擔任百官。
上天降下凶德，
助長你們登壇。

文王長嗟短歎，
嗟歎你們殷商。
你們任用善類，
強梁便多怨懟。
散播流言譏毀，
奸佞竊據朝會。
來把善人詛咒，
日日無止無休。

文王長嗟短歎，
嗟歎你們殷商。
你們在國內橫行，
錯招憤怨當德性。
你們德性不明，
不知人背叛逢迎。
你們不明德性，
哪裏有忠相賢卿。

文王長嗟短歎，
嗟歎你們殷商。
上天未讓你酗酒，
放縱豪飲不宜。
全然改變容止，
不管日裏夜裏。
一味嚎叫呼喊，
把日當夜嬉戲。

文王長嗟短歎，
嗟歎你們殷商。
百姓如蟬哀唱，
國家如落沸湯。
事務全然錯罔，
當局不改舊模樣。
內令舉國都憤怒，
延燒直到鬼方。

文王長嗟短歎，
嗟歎你們殷商。
豈怪上帝無善心，
殷商不用舊臣。
就算沒有老成人，
還有成法可從。
絲毫不聽言衷，
國運當然告終。

文王長嗟短歎，
嗟歎你們殷商。
人間有句老話，
大樹連根傾倒。
枝葉不見損耗，
本根已經爛掉。
殷商取鑑不遠，
就在夏后氏一朝。

【想一想】

1. 按《毛序》的釋意，本詩的旨要當為指斥周厲王，然而觀乎其內容，不少篇幅都花在周文王和商紂王身上。這是怎麼一回事？對比直斥周厲王，這種寫法有何好處呢？又，你認為如此隱晦和迂曲的手法，會否扭曲他人對詩歌旨要的理解，以致影響本詩的傳世價值？

2. 本詩旨在指斥君主的失德敗行，字裏行間充滿不滿與怨懟，然《詩經》的編者仍列之於〈大雅〉內，你認為這做法是否恰當？或問，本詩如何彰顯〈大雅〉的特色呢？若果把本詩轉移至〈小雅〉以至「國風」，會否更見合理？〈大雅〉一類與它們又當有何分別？

【強化訓練】

一、 試判斷以下詩句中畫線部分之詞性：

（1） 下民之辟：

（2） 其命多辟：

（3） 小大近喪：

二、 以下詩句使用了代詞，試說明其實際指向：

（1） 女興是力：

（2） 而秉義類：

三、 詩中多次使用「咨女殷商」一句，行文中亦多使用第二人稱代詞。這是甚麼修辭手法？其效果又是如何的呢？

大雅·烝民

【原文】

天生烝[1]民，
有物[2]有則[3]。
民之秉[4]彝[5]，
好是懿[6]德。
天監[7]有[8]周，
昭[9]假[10]於下，
保[11]茲[12]天子，
生仲山甫。

---

1 **烝**：眾多。

2 **物**：事物，引申為形體之意。

3 **則**：法則。

4 **秉**：把持，此處非謂物理上的持物動作，而是心懷、持守之意。

5 **彝**（粵 ji4 宜 普 yí）：又作「夷」，其實為「彝」的假借字，常理。

6 **懿**：形容事物之美好。

7 **監**：監察。

8 **有**：名詞前綴，無實際意思。

9 **昭**：一說釋作明示，此處謂明示誠心；一說釋作禱告、祈求；一說釋作招來。

10 **假**：一說為「祜」的假借字，釋作福氣；一說作「格」的假借字，釋作至於、達於，此處謂至於天上。

11 **保**：保佑、守護。

12 **茲**：一說作指事詞，此；一說作助詞，沒有實際意思。

仲山甫之德，
柔[13]嘉[14]維[15]則。
令儀[16]令色[17]，
小心翼翼[18]。
古訓[19]是式[20]，
威儀[21]是力[22]，
天子是若[23]，
明命[24]使賦[25]。

王命仲山甫，
式[26]是百辟[27]。

---

13 **柔**：形容事物之柔和。

14 **嘉**：形容事物之美善。

15 **維**：是。

16 **儀**：儀表、態度。

17 **色**：容顏之色。

18 **翼翼**：形容行事謹慎小心之態。

19 **古訓**：又作「故訓」，即遠古先王或賢人留下的典章、教誨。

20 **式**：一說作動詞，釋作效法；一說作名詞，釋作法式、範式，即榜樣。

21 **威儀**：禮節。

22 **力**：力求，即為特定目標而努力。

23 **若**：一說作動詞，釋作選擇或順從；一說作形容詞，形容事物之美好。

24 **明命**：一說謂君主的命令；一說謂明文頒佈的政令。

25 **賦**：為「敷」的假借字，頒佈。

26 **式**：法式，即榜樣。

27 **百辟**：「辟」釋作一國之君，此處百辟謂各國之君，即天下諸侯。

纘[28]戎[29]祖考[30]，
王躬[31]是保[32]。
出[33]納[34]王命，
王之喉舌[35]。
賦政於外，
四方爰[36]發[37]。

肅肅[38]王命，
仲山甫將[39]之。
邦國[40]若否[41]，
仲山甫明[42]之。

---

28 **纘**：繼承、延續。

29 **戎**：第二人稱代詞，你。

30 **祖考**：考為古人對父親的尊稱，此處「祖考」指稱父系的祖先。

31 **躬**：一說從本義，釋作身體；一說從引申義，釋作其人自身。

32 **保**：保重，輔佐。

33 **出**：發出，於此謂君主從上而下發佈並施行命令。

34 **納**：接納，於此從下而上地向君主反映地方的情況。

35 **喉舌**：代言人，因其功能為代表君主發言，如同成為其喉舌一般，故以之為喻。

36 **爰**（粵 wun4 垣 普 yuán）：乃、於是。

37 **發**：實行。

38 **肅肅**：又作「赫赫」，形容事物充滿威嚴，使人肅穆之貌。

39 **將**：執行。

40 **邦國**：此處尤稱邦國的治道與政局。

41 **若否**：一說若釋作善，否釋作壞，此處「若否」就是好壞，全句謂「那些邦國是好是壞」的意思；一說若為助詞，沒有實際意思，否（粵 pei2 鄙 普 pǐ）作動詞，釋作閉塞，謂組織上下不通，相處毫不融洽之意。

42 **明**：一說釋作分明，即透徹了解；一說釋作疏通，即調和已閉塞者。

既明[43]且哲[44]，
以保其身。
夙夜[45]匪[46]解[47]，
以事[48]一人。

人亦有言，
柔[49]則茹[50]之，
剛[51]則吐之。
維[52]仲山甫，
柔亦不茹，
剛亦不吐，
不侮[53]矜[54]寡[55]，
不畏彊[56]禦[57]。

---

43 **明**：明於事理，即善於分析和掌握事情的狀況。

44 **哲**：充滿智慧。

45 **夙**（粵 suk1 叔 普 sù）**夜**：早晨與夜晚，即「整天」之意。

46 **匪**：為「非」的假借字，不。

47 **解**：為「懈」的假借字，鬆懈怠惰。

48 **事**：侍奉。

49 **柔**：柔軟。

50 **茹**（粵 jyu4 渔 普 rú）：吃。

51 **剛**：剛硬，即堅硬。

52 **維**：與「唯」相通，唯有、只有。

53 **侮**：欺侮。

54 **矜**：與「鰥」相通，謂男性老而無妻。

55 **寡**：女性老而無夫。

56 **彊**：與「強」相通，強橫。

57 **禦**：又作「圉」，暴虐。

人亦有言，
德輶[58]如毛，
民鮮[59]克[60]舉之。
我儀圖[61]之，
維仲山甫舉之，
愛[62]莫助之。
袞[63]職[64]有闕[65]，
維仲山甫補之。

仲山甫出祖[66]，
四牡[67]業業[68]，
征夫捷捷[69]，

---

58 **輶**（粵 jau4 由 普 yóu）：形容事物重量之輕。

59 **鮮**：甚少、罕見。

60 **克**：能夠。

61 **儀圖**：揣度。

62 **愛**：一說為敬愛；一說為「薆」的假借字，隱蔽之義。

63 **袞**（粵 gwan2 滾 普 gǔn）：周代王侯上公的禮服，以繡上龍形紋飾為特徵。

64 **職**：為「適」的假借字，偶然。

65 **闕**（粵 kyut3 抉 普 quē）：闕損，即破損。

66 **出祖**：一說祖為「徂」的假借字，釋作前往，此處「出祖」即出行前往某地；一說「祖」釋作出行時祭祀路神的行為，後世引申為送別，故此處「出祖」即人們出行之際舉行祭祀路神的儀式。

67 **牡**（粵 maau5 昴 普 mǔ）：本義為雄性走獸，此處謂拉車的雄馬。

68 **業業**：形容事物高大雄壯之姿。

69 **捷捷**：又作「倢倢」，形容行動敏捷之貌。

每懷靡及[70]。
四牡彭彭[71]，
八鸞[72]鏘鏘[73]。
王命仲山甫，
城[74]彼東方[75]。

四牡騤騤[76]，
八鸞喈喈[77]。
仲山甫徂[78]齊[79]，
式[80]遄[81]其歸。
吉甫作誦，

---

70 **每懷靡及**：一說「每」釋作雖然，「懷」釋作和善，靡及則釋作猶有不足，全句只指向仲山甫，謂其「雖有和善之德，然知自己猶有不足」；一說否定詞，「每」釋作每每，「懷」釋作思懷，「靡及」則釋作未完成的事情，全句指向仲山甫，亦可兼及於其團隊，謂其「每每想起自己未有完成的任務」；一說否定詞，「每懷」仍釋作每每思懷，「靡及」則是王命未及之意，即謂「每每想起王命未及於他方」。

71 **彭彭**：一說形容馬匹強壯之貌；一說形容馬不停蹄之貌。

72 **鸞**（粵 lyun4 聯 普 luán）：為「鑾」的假借字，謂繫於馬匹頸下的鈴鐺。

73 **鏘鏘**：擬聲詞，形容鈴聲。

74 **城**：築城。

75 **東方**：此處謂齊國，因為齊國在周地的東面。

76 **騤騤**：形容馬匹強壯之姿。騤（粵 kwai4 攜 普 kuí）。

77 **喈喈**：形容鈴聲之和諧。喈（粵 gaai1 街 普 jiē）。

78 **徂**（粵 cou4 曹 普 cú）：往。

79 **齊**：一說指稱齊國；一說為「濟」的假借字，指稱濟水，其發源於今河南省濟源市西王屋山一帶，古時會經由山東直入渤海，現今則匯入黃河。

80 **式**：一說作助詞，相當於「乃」「遂」；一說作動詞，釋作用，此處謂運用車馬。

81 **遄**（粵 cyun4 全 普 chuán）：迅速。

穆[82]如清風。
仲山甫永懷[83]，
以慰[84]其心。

【賞析與點評】

朱熹在《詩集傳》中如此解釋本詩的旨要：「宣王命樊侯仲山甫築城於齊，尹吉甫作詩以送之。」換言之，此為尹吉甫贈別仲山甫之作。尹吉甫姓姞名甲，多年來帶領周人南征北討，功績顯赫，嘗居太師之位。相傳《詩經》的採集與編輯亦是成於其手，以致後世把不少《詩經》作品都託名於其下。仲山甫則是姜太公的後人，早年生活於民間，宣王時期獲薦入朝，任卿士之高位。本詩所提及的，正是他受命前往齊國平定內亂之事。至於《毛序》，則言此為「尹吉甫美宣王也。任賢使能，周室中興焉」。其以為詩中提及的仲山甫只是證明宣王有德的例子，目的只在於歌頌宣王，則似乎無視了仲山甫在詩中的真正位置。

【語譯】

上天誕下眾生，
具有形體法則。
眾生秉持常理，
追求美善之德。

---

82 **穆**：形容事物和諧清美之貌。

83 **永懷**：悠長的思緒。

84 **慰**：慰籍。

上天臨視周朝，
人間誠心上通。
庇佑周朝天子，
仲山甫來盡忠。

仲山甫的道德，
和善就是準則。
端莊儀態面色，
小心謹慎盡責。
古訓作為範式，
處事力求合節，
天子選在身邊，
王命頒佈民間。

天子命令仲山甫，
要作諸侯典範。
繼承你家祖輩，
輔佐周王盡瘁。
王命發佈接收，
天子喉舌任重。
對外頒授政令，
四方得以遵從。

王命顯赫莊嚴，
賴仲山甫來執行。
諸侯施政好惡，
賴仲山甫才分明。

既明達又智慧，
善於自保其身。
朝晚努力不懈，
事奉天子一人。

人間有句老話，
軟的把它吞下。
硬的把它吐出。
仲山甫卻有差，
軟的也不吞下，
硬的也不吐出，
不屑欺侮鰥寡，
面對強梁不怕。

人間有句老話，
德行輕如毛羽，
人們有誰能高舉。
我來私下揣度，
唯仲山甫能高舉，
愛他也難相助。
天子袍服穿孔，
唯仲山甫能修補。

仲山甫祭祀路神，
車駕四馬雄傑，
征夫矯健敏捷，
常念王命未達。

車駕馬蹄聲聲，
鏘鏘奏着鑾鈴。
天子命令仲山甫，
遠赴東方築城。

車駕四馬雄壯，
八隻鑾鈴作響。
仲山甫前往齊地，
望他早日返回。
尹吉甫作此誦，
和睦一如清風，
仲山甫思慮何多，
用以慰藉心胸。

【想一想】

1. 按照朱熹的解釋，本詩為尹吉甫送別仲山甫之作，象徵二人的交情。就你閱讀時的體會，你認為二人的關係如何？詩中的多句讚美是出於禮數，還是真誠地發自內心？又有哪些詩句能夠印證你的看法呢？

2. 由於本詩的內容指向明確，故不少論者確信本詩為尹吉甫所作。事實上，在《詩經》中，不少作品都被視為尹吉甫的手筆，證據或多或少。你知道有哪些作品嗎？若以本詩為標準，再對比那些對比作品，你可以找出甚麼共通點？又，若以這種方法有助確定推敲作者身份，其優劣何在？

【強化訓練】

一、 試判斷以下詩句中畫線部分之詞性：

(1) 天生烝民：

(2) 袞職有闕：

(3) 以慰其心：

二、 以下詩句中的畫線部分出現詞性轉換，試闡釋之：

(1) 柔亦不茹：

(2) 不畏彊禦：

三、 以下詩句使用了代詞，試說明其實際指向：

(1) 纘戎祖考：

(2) 仲山甫將之：

周頌、魯頌、商頌

周頌、魯頌、商頌

【題解】

三頌包括〈周頌〉31 篇（本書選 3 篇）、〈魯頌〉4 篇（本書選 1 篇）、〈商頌〉5 篇（本書選 1 篇）。其中〈周頌〉分為「清廟之什」「臣工之什」「閔予小子之什」，〈魯頌〉全屬於「駉之什」，〈商頌〉全屬於「那之什」。清人阮元〈釋頌〉云：「『頌』字即『容』字也。……三頌各章，皆是舞容。」今人周滿江則認為，「容」字應指禮容，指祭祀等禮儀；又說：「三頌中並不包括所有的禮容用詩，用於祭祖、祈年報賽等祭禮的詩，周頌有 28 篇，商頌 5 篇，全是祭祖詩。用於朝會宴飲及歌頌功德儀式的詩，周頌 4 篇，魯頌 4 篇。可見三頌主要是天子、諸侯的祭禮用詩，也有其它禮儀用詩。商頌是商朝天子的祭詩，魯國一向享受特殊待遇，二者自然在頌中。」（《詩經》）

〈周頌〉主要為西周前期的作品，文字古奧、句式參差，多為無韻之詩。〈魯頌〉諸作皆為春秋時代魯國之作，因產生年代較晚，文字也更接近〈國風〉之複沓或二〈雅〉之鋪敘，其中〈閟宮〉為《詩經》中篇幅最長的一首作品。至於〈商頌〉諸篇文本的產生大概可以追溯到商代，後來應為殷商苗裔的宋國公室用於祭祖，文字上也有所整理、潤色。

周頌·清廟

【原文】

於[1]穆[2]清[3]廟，
肅雝[4]顯[5]相[6]。
濟濟[7]多士[8]，
秉[9]文[10]之德。
對[11]越[12]在天[13]，
駿[14]奔走在廟。
不[15]顯不承[16]，

---

1 **於**：歎詞，相當於常見於古詩文的「嗚夫」，含讚美的語氣。

2 **穆**：一說從本義，釋作莊嚴；一說為「曑」的假借字，形容事物美好之貌。

3 **清**：一說形容環境清明澄澈之貌；一說形容環境之清淨安寧。

4 **肅雝**：雝（粵 jung1 翁 普 yōng）與「雍」相通，釋作雍容。此處「肅雝」即形容人一臉恭敬，温文不迫之情態。

5 **顯**：一說釋作顯赫華貴；一說釋作光明，形容人一身光彩之貌。

6 **相**：本義為幫助，此處謂幫助執行是次祭祀的人。

7 **濟濟**：形容事物整齊美好之貌。

8 **士**：謂參與是次祭祀的官吏。

9 **秉**：把持，此處非謂物理上的持物動作，而是心懷、持守之意。

10 **文**：一說此處專門指稱周文王；一說此當與下接之「德」合併為「文德」，與「武功」相對，謂有資於成就禮樂儀文之精神與價值的才德。

11 **對**：報答。

12 **越**：宣揚。

13 **在天**：此處謂在天之靈。

14 **駿**：形容行動之迅速。

15 **不**：與「丕」相通。一說作助詞，無實際意思；一說作形容詞形容事物之大。

16 **承**：一說釋作傳承；一說釋作美好。

無射[17]於人斯。

【賞析與點評】

此為周天子於宗廟祭祀周文王時所用的樂歌。如《毛序》說明：「祀文王也。」其後又謂：「周公既成洛邑，朝諸侯，率以祀文王焉。」此則指出本詩當成於周公攝政時。周公為周武王之弟，早在伐紂的時期已得重用，其後周成王繼位，因天子年幼，遂安排其以長輩之身份攝政。在《禮記》中，除了〈明堂位〉明言周公「升歌〈清廟〉」之外，〈祭統〉和〈文王世子〉等篇亦言升歌本詩，可見本詩於周人祭禮中具重要地位。

【語譯】

啊，莊嚴而幽靜的宗廟，
助祭端莊和順又顯貴。
美好整齊的眾多官員，
秉承文王先君的德行。
報答宣揚着在天之靈，
行動迅速地廟中奔走。
光輝顯耀啊後嗣傳承，
景仰的情懷永無止境。

17　射（粵 je6 夜 普 yì）：為「斁」的假借字，終止。

【想一想】

1. 從本詩的描寫可知，為了祭祀文王，周人大費周章。這反映出甚麼古代文化觀念呢？你又認為這些花費是否值得？既然大家本來已對文王心存敬意，是否意味不必舉辦這種儀式呢？

2. 本詩不具備押韻形式。在你頌讀本詩的時候，會否感覺到其比其他《詩經》作品失色呢？又，且不論本詩錄入《詩經》的事實，你認為這種不具備押韻形式的篇章能否稱作詩歌呢？

【強化訓練】

一、 試指出以下詩句畫線部分之詞性：

（1） 秉文之德：

（2） 對越在天：

（3） 駿奔走在廟：

二、 以下詩句之畫線部分出現了詞性轉換，試解釋之：「肅雝顯相」

____

____

____

三、 本詩旨在歌頌周文王的德行，然篇幅不大言此，反而多寫與祭祀相關的人事。這是甚麼寫作手法呢？

____

____

____

周頌．時邁

【原文】

時[1]邁[2]其邦[3]，
昊[4]天其子之[5]。
實[6]右[7]序[8]有[9]周。
薄[10]言[11]震[12]之，
莫不震[13]疊[14]。
懷柔[15]百神，

1 **時**：一說作指示代詞，是、此；一說釋作以時，亦即按時間而行之意；一說作為時世，此處謂當今之世。

2 **邁**：一說本義為前行，此處專謂出巡；一說為「萬」的假借字，數詞。

3 **邦**：國家，此處謂諸侯國。

4 **昊**（粵 hou6 浩 普 hào）：專門形容天之廣大，並含有神化事物的敬意。

5 **子之**：以之為子，即當作兒子看待。案，從上接的「昊天」可知，此處「子」尤稱周天子。

6 **實**：一說為助詞，沒實際意思；一說釋作實在、實為。

7 **右**：又作「佑」，與「祐」相通。一說從本義，釋作幫助；一說從引申義，釋作庇祐，即以超越尋常的神奇力量施以保護。

8 **序**：一說與「敍」相通，釋作幫助，並與從本義的「右」組成共同表達一個意思的語詞；一說與「予」相通，第一人稱代詞，我。

9 **有**：名詞前綴，無實際意思。

10 **薄**：發語詞，有急迫之義。

11 **言**：助詞，無實際意思。

12 **震**：本義是雷電劈地，致使地上之物顫動，引申為以力量撼動他者。

13 **震**：又作「振」，振動，此處尤指向心理層面。

14 **疊**：與「慴」相通，恐懼。

15 **懷柔**：安撫、慰藉，此處謂藉祭祀儀式安撫神明。

及[16]河喬[17]嶽。
允[18]王[19]維[20]后[21]。

明[22]昭[23]有周，
式[24]序[25]在位[26]。
載[27]戢[28]干戈[29]，
載櫜[30]弓矢。
我求懿[31]德，

16 **及**：來到。

17 **喬**：形容山嶽或樹木之高大。

18 **允**：一說作副詞，釋作確實；一說作形容詞，為「嗣」的假借字，釋作後代。

19 **王**：按照「允」的釋意，可以視作不同的解釋：釋「允」為副詞時，此處專謂周武王；釋「允」為形容詞時，則是泛稱王者而已。

20 **維**：是。

21 **后**：上古時期對君主的稱呼。

22 **明**：一說從本義，釋作光明；一說從引申義，釋作明智。

23 **昭**：一說從本義，釋作昭輝，即光輝；一說從引申義，釋作聰察，即洞察力強。

24 **式**：助詞，無實際意思。

25 **序**：一說從本義，釋作順序；一說與「予」相通，第一人稱代詞，我。

26 **在位**：按「序」的釋意，可作不同解釋。釋「予」為「我」時，則謂武王稱自己身在君位；釋「予」為「順序」時，即諸侯順其位分，各司其職。

27 **載**：助詞，相當於「則」「便」或「就」等。

28 **戢**（粵 cap1 輯 普 yōng）：聚集起來，一併收藏。

29 **干戈**：干，即盾牌；戈，則是長柄型古代兵器，長六尺六寸，頂端尖鋭，用於刺向敵人，亦能橫擊。此處「干戈」泛稱兵器。

30 **櫜**（粵 gou1 高 普 gāo）：本義為古人用於收集盔甲或弓矢的大袋子，此處作動詞用，謂收集弓矢的動作。

31 **懿**：形容事物之美好。

肆[32]於時[33]夏[34]。
允王保之。

【賞析與點評】

按照《毛序》的說法，本詩當為周天子「巡守告祭柴望」時所賦。所謂「巡守」就是天子出巡，以視察天下諸侯國之意，而「柴望」則謂燒柴以祭祀上天和山川。按《國語》和《左傳》的記載，本詩當賦於武王攻克殷商之後，然關於作者身份，則有「周武王」和「周公」二說。

【語譯】

我王巡視邦國，
皇天視其為子。
庇佑我泱泱周朝。
發兵撼動殷商，
四方無不惶恐。
祭祀慰藉諸神，
高山大川之靈。
我王誠是共主。

---

32 **肆**：宣揚、散播。

33 **時**：指示代詞，是、此。

34 **夏**：上古華夏民族所統治的地域，即以黃河流域為中心的一帶。其時之人以為自身居於天下之中心，故亦以「中國」為自稱。

大周輝煌燦爛，
爵官各有所司。
一邊收拾兵器，
一邊裝好弓箭。
我今只求美德，
將之弘揚全國，
長保天命功業。

【想一想】

1. 論者對本詩的作者身份素有歧說，並以「周武王」或「周公」為主要說法。就你閱讀時的體會而言，你認為何者較為可取？又，從本詩的用字或語氣觀之，你會感受到賦詩之人是身居要職者嗎？

2. 西周時候，周天子出巡諸侯國的意義為何？又，從本詩的內容觀之，周室對是次出巡有何感想或期待？試以本詩或其他題材相近的詩歌為根據，加以討論。

【強化訓練】

一、 試指出以下詩句畫線部分之詞性：

（1） 時邁其邦：

（2） 肆於時夏：

（3） 我求懿德：

二、 以下詩句之畫線部分出現詞性轉換，試闡釋之：

（1） 昊天其子之：

（2） 載櫜弓矢：

三、 以下詩句之畫線部分用了代詞，試指出其指向：

（1） 昊天其子之：

（2） 允王保之

周頌·敬之

【原文】

敬[1]之敬之，
天維[2]顯[3]思[4]，
命[5]不易[6]哉。
無曰高高在上，
陟降[7]厥[8]士[9]，
日[10]監[11]在茲[12]。
維予小子，
不聰[13]敬止[14]。

---

1 **敬**：與「警」相通，警戒。

2 **維**：是。

3 **顯**：顯明、昭明。

4 **思**：歎詞。

5 **命**：天命，此處謂國之天命，即國運。

6 **易**：按照對釋意的取捨，其讀音亦有不同。一說釋作「容易」之「易」，此處謂國運不見得容易，即未來無常難測之意；一說釋作「改易」之「易」，此處帶祈求的意思，謂請求上天予周室為王的命運不會改易。

7 **陟降**：上升與下降，此處謂來回天界與人間之事。陟（粵 zik1 織 普 yōng）。

8 **厥**：指事代詞，其、他的。

9 **士**：一說釋作事情，於此處尤指一國之政事；一說從本義，使者。

10 **日**：此處作副詞，天天、日日，謂其沒有間斷之意。

11 **監**：位處上方，向下方視察。

12 **茲**：指事代詞，此。

13 **不聰**：不，一說為發語詞，沒實際意思；一說為反問詞，釋作豈敢。聰，一說從本義，釋作善聽；一說從引申義，即今謂之聰明，謂人之明智。

14 **止**：歎詞。

日就月將[15]，
學有緝熙[16]於光明。
佛[17]時[18]仔肩[19]，
示[20]我顯[21]德行。

【賞析與點評】

觀乎詩句內容，本詩為針對君道的誡辭，但有關發言者的身份，則有歧說。《毛序》認為這是「羣臣進戒嗣王」。後世論者就在此說的基礎上，進而指出本詩首六句即為羣臣的發言，而餘下的部分就是天子的回應；不過，另一派論者分析本詩的用字後，指出本詩是天子在羣臣面前提出的自我告誡。

---

15 **日就月將**：就，一說釋作成就；一說釋作前往；在清華簡《周公之琴舞》中則作「蹴」，釋作追逐。將，一說釋作奉行；一說釋作移行。此處「日就月將」即就日月移行，互相追逐之意，引申為時光飛逝之意。

16 **緝熙**：緝，釋作「績」，即「積」，謂累積。熙，釋作光輝。相對於後接之「光明」二字，「熙」謂較小的光輝，「光明」則是廣大的光明。案，此句在清華簡《周公之琴舞》中作「孥（教）亓（其）光明」，不見「緝熙」二字。

17 **佛**：又作「弗」，為「弼」的假借字，輔助。

18 **時**：指示代詞，意為是、此。

19 **仔肩**：重大的責任。仔（粵 zi1 資 普 zī）。

20 **示**：指示、啟示。

21 **顯**：顯明、光明。

【語譯】

警省啊警省啊，
天心本昭明啊，
天命豈無常啊。
休說蒼天高高在上，
自有使者來回，
每日視察人間。
我雖年幼繼位，
敢不兼聽警省？
把握光陰求學，
胸中日漸明澈。
任眾還賴天助，
啟示我以光明德行。

【想一想】

1. 諸如解題部分所稱，論者對本詩的作者身份素來存疑，一說為羣臣，一說為君主自身。就你的個人體會而言，你認為何種說法較為可取？本詩的造句用字或寫作手法可有提供線索？

2. 無論是何人所賦的誡辭，其寫作動機固然可能出於真心的悔疚或不滿，但亦可能只是滿足禮數、儀文的敷衍之辭。畢竟當時的君主自稱為「寡」，但大多都不是真的承認自己是個「寡德之人」。就你的個人體會而言，你感受到行文中的真心誠意嗎？哪一句說服了你呢？又，你認為寫作誡辭時當注意甚麼，以突出其誠意呢？

【強化訓練】

一、 試指出以下詩句畫線部分之詞性：

(1) 敬之敬之：

(2) 日監在茲：

(3) 日就月將：

二、 以下詩句之畫線部分用了代詞，試指出其指向：

(1) 陟降厥士：

(2) 日監在茲：

三、 以下詩句於句子結構的層面上用了甚麼修辭手法，試闡釋之：

「敬之敬之」

魯頌·有駜

【原文】

有駜[1]有駜，
駜彼乘[2]黃[3]。
夙夜[4]在公[5]，
在公明明[6]。
振振[7]鷺[8]，
鷺於下[9]。
鼓咽咽[10]，
醉言[11]舞。
于[12]胥[13]樂兮。

有駜有駜，

---

1 **駜**（粵 bat6 拔 普 bì）：形容馬匹肥大健壯之貌。

2 **乘**：數詞，古代兵制以四馬一車合計為一乘。

3 **黃**：此處為黃毛馬匹的借代詞。

4 **夙夜**：早晨與夜晚，即「整天」之意。

5 **公**：此處字面上謂國公，實際指稱國公的處所，即國公府。

6 **明明**：為「勉勉」的假借字，形容人勤力不息，操勞不休之情狀。

7 **振振**：形容羣鳥飛翔之貌。

8 **鷺**：本義是鸛形目鳥類，喙部、頸部和雙腿俱長，身披長羽，多棲息於江河流域或濕地，以水中的小生物為食。此處則謂由鷺鳥羽毛製作的舞具。

9 **下**：形容舞者尚未起舞，手上的羽毛舞具尚是垂下的情態。案，論者以為，舞者尚未起舞時，或坐或伏，姿態就像垂頭的鷺鳥一般。

10 **咽咽**：擬聲詞，形容節奏有致的樂鼓聲。咽（粵 jyun1 淵 ：yuān）。

11 **言**：助詞，相當於今謂之「而」。

12 **于**：助詞，無實際意思。

13 **胥**：一說釋作都、皆；一說釋作互相。

駜彼乘牡[14]。
夙夜在公，
在公飲酒。
振振鷺，
鷺於飛[15]。
鼓咽咽，
醉言歸。
于胥樂兮。

有駜有駜，
駜彼乘駽[16]。
夙夜在公，
在公載[17]燕[18]。
自今以始，
歲其有[19]。
君子有穀[20]，
詒[21]孫子[22]。
于胥樂兮。

---

14 **牡**：本義為雄性走獸，此處謂雄馬。

15 **飛**：形容舞者翩翩起舞的姿態，即謂其揚動了羽毛舞具，看起就像真正的雀鳥在飛舞一般。

16 **駽**（粵 hyun3 勸 普 xuān）：青黑色的馬。

17 **載**：助詞，相當於「則」「便」或「就」等。

18 **燕**：與「宴」相通，舉辦酒宴。

19 **有**：此處謂有年，即豐年。

20 **穀**：一說釋作俸祿，因古代乃是以穀物為官家的俸祿；一說釋作美善。

21 **詒**（粵 ji4 夷 普 yí）：遺留予。

22 **孫子**：此處指後人。

【賞析與點評】

依《毛序》的說法，本詩「頌僖公君臣之有道」。魯僖公姬申，或作「魯厘公」，魯國第十八代君主，在位時期長達三十三年。史載其在位之時，積極擴張國力，在各國春秋大國之間游刃有餘，治國手段亦顯王道風範，尤其有功於農事。是以《毛序》的說法有其根據。然而朱熹質疑本詩所言並無「君臣有道之意」，進而提出此不過是用於宴飲會歌之作而已，所言者實為君臣同樂的盛況。

【語譯】

四馬高大健碩，
健碩驪車毛黃。
朝晚都在公府，
公府勤懇奔忙。
羣舞白鷺羽，
鷺羽時下舒。
鼓聲殷殷響，
帶醉且起舞。
共同來歡樂啊！

四馬高大健碩，
健碩雄馬驪車。
朝晚都在公府，
公府飲酒作樂。
羣舞白鷺羽，
鷺羽時如飛。

鼓聲殷殷響，
歸家且帶醉。
共同來歡樂啊！

四馬高大健碩，
健碩驪車青黑。
朝晚都在公府，
公府來設宴會。
期望從此後，
年年長豐收。
君子有福有祿，
子孫恩澤留。
共同來歡樂啊！

【想一想】

1. 漢儒和朱熹的理解似乎甚有差別。就你的體會，你認為何種說法更為恰當？另一方面，若取朱熹的解釋，視此作為描述宴會之盛況，你又認為其歸於〈頌〉的安排是否恰當？為何不錄此作於〈小雅〉呢？

2. 文學史上不乏描寫飲宴的作品，然它們的寫作時機往往為人關注。有的作品為席間的實時紀錄或即興發揮，有的則是出於事後回憶或修飾。你認為本詩屬於哪一種情況？又，就你的理解，兩者的藝術特色和價值一般有何分別？

【強化訓練】

一、 以下詩句之畫線部分出現了詞性轉換，試解釋之：「在公載<u>燕</u>」

二、 以下詩句之畫線部分使用了借代手法，試解釋它們的實際指向：

（1） 駜彼乘<u>黃</u>：

（2） 夙夜在<u>公</u>：

（3） 振振<u>鷺</u>：

三、 一如其他《詩經》作品，本詩使用了疊章法。試分析之，並評論其效果。

商頌·玄鳥

【原文】

天命[1]玄鳥[2]，
降而生商[3]，
宅[4]殷土[5]芒芒[6]。
古帝[7]命武湯[8]，
正[9]域[10]彼四方。

---

1 **命**：授命。

2 **玄鳥**：黑鳥，即燕子。

3 **商**：此處具兩重含義。一者謂商人的祖先契。相傳有娀氏的長女簡狄與姊妹在玄邱的水泉洗澡時，有一燕子飛過，並掉下了本來銜於口中的蛋。簡狄見蛋的色彩甚為悅目，遂拾而含之，卻意外地把它吞進肚子，因此生下了契，是為歷代商君的祖先；至於第二重含義，則是推展自上述含義，釋為「商」族起源的歷史。

4 **宅**：居住。案，部分版本沒有此字。

5 **殷土**：又作「殷社」，約在今河南省安陽的西北面。其時，商君盤庚帶領人民遷都至此，是為商朝史上第六次遷都。此舉成功挽回日漸衰弱的國勢，令盤庚獲得人民的認同和推崇。

6 **芒芒**：芒，為「荒」的假借字，此處「芒芒」形容環境廣大遼闊之貌。

7 **古帝**：天帝。案，古釋作始祖，而按照古人觀念，萬物之始祖就是天帝。

8 **武湯**：即成湯，殷商王朝的建立者。其時夏桀治國無道，內憂外患致使天下陷入混亂，令夏后氏的共主地位備受質疑。商人的領袖成湯遂乘勢起兵，並於鳴條之戰中擊潰夏人，成功取而代之。因其有此武功，故後人尊稱其為「武湯」。

9 **正**：與「征」相通，征服。

10 **域**：又作「或」。一說釋作封疆建國，此處指稱天下諸國；一說與「有」相通，釋作擁有。

方[11]命厥[12]后[13]，
奄[14]有九有[15]。
商之先后，
受命不殆[16]，
在武丁[17]孫子。

武丁孫子，
武王[18]靡[19]不勝。
龍旂[20]十乘[21]，

---

11 **方**：與「旁」相通，遍及、全面、無一遺漏。

12 **厥**：指事代詞，其、它的。

13 **后**：上古時期對君主的稱呼。此處謂四方各國的諸侯。

14 **奄**（粵 jim2 掩 普 yǎn）：句首語氣助詞，無實際意思。

15 **九有**：又作「九域」，「有」實為「域」的假借字。所謂「九域」在先秦古籍中又稱作「九州」，即相傳由大禹劃分天下而成的九個區域。按照《尚書・禹貢》，此九個區域分別是冀州、雍州、梁州、兗州、青州、徐州、揚州、荊州和豫州。另外，不同的先秦古籍，例如楚簡《容成氏》《爾雅》《周禮》《呂氏春秋》和《淮南子》等，亦分別列出不同版本的「九州」，各者異中有同。

16 **殆**：為「怠」的假借字，懶散、鬆懈。

17 **武丁**：即商高宗，商湯的第九代孫子，小乙之子，盤庚之姪，不少先秦古籍皆對其予以讚揚，譽之為仁君。案，觀乎前文後理，此處稱「武丁」實為無理，故清人王引之等主張在古人的傳抄過程中，此處或與後文之「武王」錯誤地互換了。

18 **武王**：若上接兩句的「武丁」為「武王」之訛誤，則此處亦當改作「武丁」，以符合史實所稱，武丁是商武王的子孫。

19 **靡**：否定詞，沒有。

20 **龍旂**：旂（粵 kei4 琪 普 qí），與「旗」相通，釋作旗幟。此處「龍旂」即繪有龍形圖騰或紋理的旗幟。

21 **乘**：古代兵制的術語，專稱當由四馬拉動的兵車。

大糦[22]是承[23]。

邦畿[24]千里，
維[25]民所止[26]，
肇域[27]彼四海[28]。
四海來假[29]，
來假祁祁[30]，
景[31]員[32]維[33]河[34]。

---

22 **大糦**：糦（粵 ci3 賜 普 xī）與「饎」相通，釋作酒食。此處「大糦」謂用於盛大祭祀儀式的酒水、飯菜。

23 **承**：供奉。

24 **邦畿**：邦又作「封」，實為「封」的假借字。此處「邦畿」謂國境、疆界。畿（粵 gei1 姬 普 jī）。

25 **維**：是。

26 **止**：居住。

27 **肇域**：一說「肇」又作「兆」，此處「肇域」指稱某一範圍的界域；一說肇為助詞，無實際意思，域則釋作擁有。

28 **四海**：此處謂四海之濱。按照上古人類的世界觀，大地四面皆為海洋包圍，是以由四海之濱所構成的就是人力可能踏足的全部範圍。

29 **假**：與「格」相通，至。

30 **祁祁**：形容人數之眾多。祁（粵 kei4 淇 普 qí）。

31 **景**：形容事物之大。或云即〈商頌 · 殷武〉提及的景山，山在河南偃師縣南。

32 **員**：又作「隕」，本義為某一範圍的周界，後來引申為國界的別稱。

33 **維**：一說釋作「是」，與前文相同；一說先從本義，釋作維繫，即以繩子捆住物件，再引申後包圍、圍繞之意。

34 **河**：一說專謂黃河；一說泛稱廣大的河流。

殷受命咸[35]宜[36]，
百[37]祿[38]是何[39]。

【賞析與點評】

本詩為宋人於祭祀祖先時使用的頌歌。宋人為殷商的後裔，居於殷地，於西周初年的武庚叛亂後，方由商紂的兄長微子啟帶領，遷往商丘（今河南省東部）。《毛序》認為本詩專為祭祀商高宗，「三家詩」則相信祭祀對象是商中宗。但後世論者都質疑本詩的歌頌對象並非如此明確。較穩妥的說法即如朱熹言：「此亦祭祀宗廟之樂，而追敘商人之所由生，以及其有天下之初也。」

【語譯】

天命玄鳥降世，
誕育商契先王，
遷殷土地廣無疆。
祖帝之命屬成湯，
征伐諸國有四方。

---

35 **咸**：都、皆。

36 **宜**：適合。

37 **百**：此處非謂實數，極言其數量之多而已。

38 **祿**：福氣。

39 **何**：與「荷」相通，蒙受、承擔。

普告四方諸侯，
殷商已得九州。
殷商歷代先王，
承受天命無休，
成湯子孫承先啟後。

子孫承先啟後，
還屬武丁最賢明。
龍旗車駕十乘，
宗廟祭祀相承。

京畿千里廣闊，
百姓居安業樂，
四海疆域更開拓。
四海爭相來朝，
來朝人數繁多，
大河作為邊陲。

殷商受命無不宜，
諸般福祿全備。

【想一想】

1. 本詩敘述商人一族的起源傳說。固然，吞下鳥蛋而生子之事，於今天而言完全是無稽之談。然而，這在神話傳說實非罕見的情節。就你的閱讀經驗而言，你能夠從各國神話傳說中舉出相近的例子嗎？又，構成這個傳說的各個意象會否存有甚麼象徵意義呢？例如，為甚麼要強調該鳥是燕子呢？換作其他鳥類的話，你認為將會有甚麼影響？

2. 本詩不時以數字來描述地理環境，如「四方」「九有」「四海」「千里」等。除了這些例子之外，先秦古籍中還有甚麼以數字為表達方式的地理概念？這些名詞對數字的選用又是否存有甚麼傾向？例如，為何古人時常使用「四」，而不是「八面」或「八海」呢？

【強化訓練】

一、 試指出以下詩句畫線部分之詞性：

（1） 方命厥后：

（2） 殷受命咸宜：

（3） 百祿是何：

二、 以下詩句中的畫線部分使用了代詞，試解釋其實際指向：

「方命厥后」

三、 試指出本詩的韻腳分佈。

附錄

‖ 強化訓練參考答案 ‖

‖ 周南、召南 ‖

周南．關雎

一、試指出以下詩句之畫線部分的詞性：

(1) 求之不得：代詞，釋作他，指向主人公的意中人，即其所「求」的對象。

(2) 參差荇菜：形容詞，釋作高低不一，此處形容荇菜的姿態。

(3) 琴瑟友之：動詞，即主人公打算藉由「琴瑟」所實行的行動。

二、本詩音調豐富，節奏活潑，展現出古典詩歌的音樂性質。如此效果實與本詩的用字有關。試分析之。

本詩在用字層面花上不少心思，以表達強烈的節奏感。開首一句「關關雎鳩」即用了擬聲詞，把雀鳥的叫聲帶進詩歌，令人讀來感受到悅耳的鳥鳴聲；本詩亦用了反覆手法，例如「悠哉悠哉」一句就是連續使用同一語詞。而「左右」「窈窕淑女」和「參差荇菜」諸語則是多次出現於詩歌中的不同位置，從而構成另一層面的反覆手法。另外，本詩亦有使用雙聲和疊韻的手法，如「參差」是雙聲，「窈窕」則是疊韻。上述幾種修辭手法均與聲音有關，令本詩讀者充滿節奏感。

三、本詩開首先寫雀鳥鳴叫的場景，似乎與詩旨沒有直接關係。此寫法有何用意？這是甚麼寫作技巧？

本詩如此安排，實採用了「興」的手法，也就是朱熹謂之「先言他物以引起所詠之詞」。本詩旨在講述男主人公對理想對象的追求和思念，重點固然不在見於詩歌開首的鳥兒。然雌鳥與雄鳥相和而鳴的場面，卻是聯想的觸發點。進言之，自然界的求偶行為與男主人公追求理想對象之事可謂異曲同工，本詩遂可先以「關關雎鳩」一句展開詩歌的意境，奠下基調，然後才進入有關主人公的部分，即詩歌真正的「所詠之詞」。如此與自然事物互相映照，不單增加了詩歌意境的美感，更暗示了主人公的想法符合天理運行，有助彰顯儒家詩教強調的德行。

周南·桃夭

一、試指出以下人物代稱的實際指向：「之子于歸，宜其室家。」

第一個代稱「之子」是「這個人」的意思，第二個代稱「其」則意謂「她的」。兩者皆是指向那位出嫁的女子，也就是詩中描述的女主人公。

二、試指出本詩的押韻模式和韻腳字。

本詩於雙數句句末押韻。第一章的韻腳字為「華」和「家」，押上古音「魚」部韻；第二章的韻腳字為「實」和「室」，押上古音「脂」部韻；第三章的韻腳字則為「蓁」和「人」，押上古音「真」部韻。

三、本詩先言桃花盛開的狀況，有何用意？這是哪種常見於《詩經》的手法？

此為常見於《詩經》的興筆手法。從三章的開首可知，詩人初時為盛開桃花引起興致，描寫其美麗的姿態。然而隨着詩意發展，詩人不止於描寫物象，而是進一步由盛開的花朵聯想至芳華正茂，欣喜出閣的新娘。俓得留意的是，詩人描寫桃花「灼灼其華」「有蕡其實」「其葉蓁蓁」，言其枝葉茂盛，果實豐滿之貌，顯然具有象徵意義，指向新娘成婚以後，將會負起為家庭開枝散葉，使家族趨於人丁興旺之事。

周南 · 漢廣

一、在本詩中，部分詩句出現了詞性轉換的現象。試舉例說明之。

在本詩中，部分詩句出現了詞性轉換的現象，如在「不可方思」一句中，「方」本來用作名詞，釋作木筏，在此卻是用作動詞，釋作乘木筏渡過河水。

二、本詩不但題為〈漢廣〉，詩句當中亦是反覆提及「漢之廣矣」一語。作者如此書寫的用意何在？

本詩反覆提及漢水廣闊之事，實有兩重含義。一者是書寫實景，即主人公眼前的漢水確實廣闊，不論游泳還是乘舟，主人公始終難以渡水，結果無從接近在漢水另一方的意中人，即詩中那位「漢之遊女」；二者則是象徵主人公與意中人的關係，即二人無以親近，彼此如同隔着遼闊的漢水般。至於「不可泳」和「不可方」之說，則是代表不管主人公付出多少努力，都無法拉近二人的關係。

三、本詩的開首先言「南有喬木」，與後文求女之事似乎沒有直接關係。這是哪一種常見於《詩經》的寫作手法？其效果如何？

本詩以「南有喬木」一句啟首，實為「興」的寫法。本詩先述南方長有喬木，高大可觀，卻是樹蔭細小，無以供路人休息；其後則說主人公看見漢水上的「遊女」，卻是相隔甚遠，無以求取。二事在原理上是相似的，所以「南有喬木」實有着比擬的效果，有助引申出本詩的旨要，亦即朱熹言之「先言他物以引起所詠之辭」。另外，兩句在句式上亦成對偶，加強了兩者的關聯。

召南．摽有梅

一、句中畫線的部分涉及常見於文言句式的詞性轉換現象，試解釋之：「摽有梅。」

句中的「摽」本為動詞，釋作「落下」；而此處則轉作形容詞，形容「梅」正在落下的狀態。

二、試指出以下句中的代詞之實際指向：「其實七兮」。

其，釋作它的，全句則為「它的果實尚餘七分」的意思，可知此「其」實為代表出現於上一句的梅樹，「其實」就是「梅樹的果實」。

三、本詩以「梅」的意象開首，有何用意？

本詩以「梅」的意象開首，實有兩重含義。一者，詩人藉梅子落下的情況，比喻主人公的青春流逝。首章言「其實七兮」，代表主人公年歲漸大，幸而仍處美好的年華，問題尚算不大。至次章，「其實七兮」變成「其實三兮」，顯示出其年歲進一步增長，青春所剩無幾，心情始見焦急。直至末章，梅子全都散落於地上，任由人家拾取，則代表主人公青春已去，洗盡鉛華，再沒有靜待姻緣的本錢；二者，「梅」與負責撮合姻緣的「媒」具有諧音相關的關係。主人公反覆提「有梅」一語，也有着婉轉地表達尋求媒人幫助，希望盡快覓得姻緣的含義。

‖ 邶風、鄘風、衛風 ‖

邶風·擊鼓

一、以下句子的用詞出現了詞性轉換現象，試闡釋之：「土國城漕」「與子偕老」。

在以上句子中，「土」「城」和「老」皆出現詞性轉換的現象。土，本作名詞，可釋作土木役工，在此轉變為動詞，釋作當土木役工；城，本作名詞，可釋作城牆，在此轉為動詞，釋作修建城牆。老，本作形容詞，形容年紀大，在此轉為動詞，釋作變老、老去。

二、試判斷以下詩句中畫線部分之詞性：

(1) 我獨南行：副詞，釋作獨自，用於修飾動詞「行」的狀態，謂是次「南行」是其獨自進行的。

(2) 憂心有忡：形容詞，用於形容人憂心之貌，此處形容主人公的情狀。

(3) 于嗟闊兮：動詞，釋作離別，此處為主人公歎息自身與妻子離別。

三、試指出以下詩句所用之修辭手法：「于以求之？於林之下。」

以上詩句使用了設問的手法。主人公在此先提問自己應往甚麼地方尋求丟失的馬匹，然後馬上提出「林之下」為答案，構成自問自答的形式。如此使用設問，一方面可藉由結構相似的問句與答句營造節奏感，令詩歌更見朗朗上口；另一方面則直接呈現出主人公的思路，令讀者閱讀時能夠清晰地掌握其想法，進而了解和體會其當時悵惘的心情，達至直白的抒情效果。

邶風．凱風

一、試指出以下詩句在句式層面上用了何種修辭手法:「吹彼棘心，棘心夭夭。」

此句使用了頂真手法，也就是上句末處的語詞同於下句開首的語詞。這種手法藉接連重複的字詞聲音增加詩歌的節奏感。於內容方面，重複出現的字眼亦能構成強調效果，並加強語氣。

二、本詩多次提及「凱風」和「棘」的情況。其用意何在？這是甚麼寫作手法？

這是常見於《詩經》作品的「比」。如同朱熹所言，這就是「以彼物比此物」的寫法，即今人謂之比喻法。詩歌中藉「凱風」，即來自南方的和風為喻，形容母親對主人公的養育之恩。在自然界中，來自南方的和風吹拂天地，滋養萬物，其作用無異於母親溫柔地照顧兒子，而兒子就是在如此呵護中幸福成長；而「棘」則是用作比喻兒子的。詩歌初言的「棘心」就是小樹，未曾長成以致樹心外露，等同於主人公尚未成年，一臉稚氣的階段。他們一家七子就如同叢生的小棘樹，令母親忙於照料，是為「劬勞」。至於其後再言「棘薪」，稱棘樹終於長成，枝條之長足以為柴枝，就是代表一眾孩子終於成長。這是「母氏聖善」換來的成果，然主人公至此有感「我無令人」，似乎無有所成，報答不了親恩，因而自責。

三、本詩末章何以忽然提起「黃鳥」？這是甚麼寫作手法？

這種寫作手法是常見於《詩經》作品的「興」，即朱熹謂之「此言他物以引起所詠之辭」的手法。固然不少《詩經》作品都在開首處使用「興」，是為「起興」，而本詩則是在最後的部分才筆鋒一轉。「興」的手法意在展現作者的聯想力，同時又有意引導讀者拓闊想像空間。本詩前三章主要歌頌母親的勞苦，僅於第二章的末句稍為提及「我無令人」，卻未有詳述。至此，詩歌方藉由鳥兒的聲音提示主人公，令意識到自然界的禽鳥尚且可以以聲悅人，如同報答凱風的滋養之恩，反觀自己卻是甚有不足，未能報答無異於凱風的親恩。雖然詩中未有詳細交待主人公的問題，但透過先言「黃鳥」此他物的情況，亦有助讀者進入主人公真正的「所詠之辭」。

邶風．簡兮

一、試判斷以下詩句中畫線部分之詞性：

（1） 在前上處：動詞，釋作位處，此處謂舞者列隊，位處前方。

（2） 赫如渥赭：動詞，釋作沾上，此處謂臉色鮮紅，如同沾上了紅土。

（3） 公言錫爵：動詞，釋作賜贈，此處謂國公說要賜贈酒水。

二、詩中不時連續使用相近的字詞。這是甚麼修辭手法？其藝術效果如何？

本詩不時使用連續使用相同或相近的字詞，是為反覆手法。其意在增強語氣，強調有關部分的內容。例如，本詩以「簡兮簡兮」一句啟首，把擬聲詞「簡」重複了一遍，一方面模擬當時連續擊鼓，響聲連連的狀況，一方面增強語氣，令本詩的開首顯得更加震撼；又如本詩末三句，即「西方美人。彼美人兮。西方之人兮」中，「西方」和「美人」的字眼交錯出現，同樣起了反覆效果。詩人這樣書寫，如同把其腦海中的反覆思緒呈現出來，具體地表現出主人公對心儀對象的想念。換言之，這強調了主人公的愛慕之心，亦大大增強了語氣，即不但見出肯定的語氣，甚至達至近於思憶成狂的狀態。

三、以下詩句使用了相同的修辭手法。試指出該種修辭手法，並評論其藝術效果：「有力如虎」「執轡如組」「赫如渥赭」。

這些詩句皆使用了明喻，即藉由喻詞「如」連結前後兩個物象，前者為本體，後者為喻體，以達至比喻的效果。詩人如此使用明喻，有助簡潔而具體地表達詩歌的內容。諸如在「有力如虎」一句中，「有力」之說相當空泛，未能清楚點明其力量實際上有多大，而以「虎」喻之，即能教讀者明白其「有力」的程度實可媲美猛獸。固然這同時摻雜了誇飾的手法，卻有一針見血地表現出力量之大，表達效果明確且有效；再如「赫如渥赭」一句，「赫」為鮮紅的意思，然而在一般語境下，「紅色」概念還是存有深淺之差異，想像出來的圖像因人而異。以「渥赭」為喻，即能扣連古人於日常生活所見之赤土，令大家的想像隨着「渥赭」的引入變得明確而一致。至於「執轡如組」，意在形容車轡整齊有序，然直言的話，未免不夠清晰。因此，以「組」為比喻，令古人以日常所見的織組聯想詩句的意思，亦是有效而明確的。

邶風・靜女

一、詩句中使用了「踟躕」一詞。此詞有何特別？反映出甚麼中文語文現象？

詩句中的「踟躕」為聯綿詞，即由雙音節構成單一語素的詞彙，當中的字不能作獨立釋意。在「踟躕」一詞中，「踟」與「躕」兩個字都不能作獨立的釋意，亦不能單獨使用，唯合併二字處理，方能得出「因為心懷猶豫，不知自身去留，於是徘徊不止」的意思。不少聯綿詞具有雙聲或疊韻的特色，節奏感強，而「踟躕」二字具有相同的聲母，正是雙聲之例。

二、試指出以下詩句中之畫線字眼的詞性，以及其釋意。

（1）貽我彤管：「貽」為動詞，解作送贈。

（2）美人之貽：「貽」名詞，專門指向美人所送贈之物，也就是那株荑草。

三、不少《詩經》作品皆有使用疊章法。本詩是否屬於疊章法之例？試分析之。

雖然本詩首兩章言「靜女其姝」「靜女其孌」，似有章法，然綜觀全詩的模式，可知本詩並沒有使用疊章法。第三章在結構、句式和字數方面都顯然與前兩章不同，且不詳論。首章和次章的第二句雖然結構相近，但字數不同；兩者的第三句和第四句在句式上亦是差異顯著，不能稱作章法相同。就字眼方面，兩章所變換之字眼亦是多數，不如一般使用疊章法的作品般，只變換個別字眼。另外，在用韻的層面上，第一章押上古音的「侯」部韻，韻腳為「姝」「隅」「躕」，分別見於第一句、第二句和第四句的句末；第二章的押韻模式則是較為複雜，其第一句句末的「孌」和第三句句末的「管」押上古音「元」部韻，而第二句句末的「煒」和第四句句末的「美」則是押上古音的「脂」部韻。以上押韻模式反而同於第三章。總言之，從字數、句式和押韻模式等層面觀之，本詩都不見工整，不當視作疊章法之例。

鄘風．相鼠

一、試指出句中畫線部分所使用的修辭手法：「相鼠有皮，人而無儀。人而無儀，不死何為？」其效果如何？

從複句結構而言，此處為頂真格，上句的結束即為下句的開端。詩人重複「人而無儀」一語，強調此項描述，令指責的語氣更見強烈。

二、詩人從鼠有「皮」「齒」「體」談到人無「儀」「止」「禮」，其實使用了甚麼修辭手法？其效果如何？

這是諧音相關的手法。藉「皮」與「儀」「齒」與「止」「體」與「禮」三組聲音相近的字彙，詩人借題發揮，刻意扣連兩者之餘，同時表達出人不如鼠的含意，加深指斥的語氣。(「皮」與「儀」的上古音皆屬「歌」韻。)

三、本章採取了「重章疊句」的手法，分三章。那麼此三章之間有何關係？

三章之間為層遞關係。詩人於首章先指斥對方「無儀」，是為外貌神態的問題。第二章斥責對方「無止」，則是行為不知節制的問題。而最後提出「無禮」之斥，就是形容對方心中根本毫無守禮的意識。隨着詩人逐步揭示，受指斥者的問題顯然愈見嚴重。另外，觀乎每一章的最後一句，詩人從不滿地反問「不死何為」到大罵「不死何俟」「胡不遄死」，語氣層層加強，亦可見出詩人的怒火愈燒愈烈。

鄘風·載馳

一、試指出以下句中畫線部分的詞性：

(1) 視爾不臧：形容詞，釋作善，此處用作修飾「爾」，謂你們不懷善意。

(2) 誰因誰極：因作動詞，釋作依賴，此處謂誰可依賴；極作動詞，釋作救援，此處謂誰可救援。

(3) 無我有尤：動詞，釋作怪罪，此處謂不要怪罪我。

二、以下字詞涉及詞性轉換，試解釋之：「我思不閟」「許人尤之」。

「閟」本作動詞，意思是關門，而在「我思不閟」一句中，「閟」轉為形容詞，形容主人公的謀略行不通，如同閉門不開，不能通行；至於「尤」字，即「訧」，本作名詞，釋作過錯，如《詩經．綠衣》有「我思古人，俾无訧兮」一句。此處則是動作動詞，釋作「怪罪」的意思。

三、根據本詩的描述，主人公不顧阻撓，但求前往陷入危難的衞國。本詩藉由甚麼修辭手法呈現主人公的決心？其效果又是如何？

本詩藉對比手法，透過許國諸臣的多番阻撓，呈現出主人公的決心。諸如「既不我嘉」「視爾不臧，我思不遠」「視爾不臧，我思不閟」等語，都顯示了主人公的想法遭到反對，正反立場構成了角力。主人公希望實行心中所想，則必須對抗這些反對者，是為決心所在。而且詩中多番使用「我、爾」等人稱代詞，強調了「我」與他人的對立，亦顯出了其不願屈服的心態。詩歌尾段又有「大夫君子，無我有尤，百爾所思，不如我所之」一句，不單再次點出對立的情況，更指出「大夫君子」人數眾多，而「我」只有一人之身，數量的懸殊亦構成了強烈的對比。這進一步點明，如果「我」欲實行心中的想法，則要面對極為巨大的阻力。然而「我」還是不願放棄，堅持「不如我所之」，則是充分突出堅定不移的決心。

衞風．碩人

一、試判斷以下詩句中畫線部分之詞性：

（1） 衣錦褧衣：動詞，釋作穿着，此處謂穿着錦衣。

（2） 大夫夙退：副詞，釋作早早，此處用於修飾後接之動詞「退」，謂早早退下。

（3） 施罛濊濊：名詞，釋作大型魚網，此處為動詞「施」所領，謂於水中架設大魚網。

二、本詩對「碩人」多有描寫。本詩使用了甚麼人物描寫手法呢？試闡述之。

本詩對「碩人」多有描寫，並且使用了多種人物描寫手法。首先，本詩使用了外貌描寫，直接描述其外貌，如「手如柔荑」一節中，即分別描述了其雙手、皮膚、頸部、牙齒、眉毛、笑容和眼睛等等，詳細地交待了其美貌如何；其次，本詩亦使用了屬間接描寫的正襯手法，如「四牡有驕，朱幩鑣鑣」等語即以馬匹之健美、馬車之華麗，正面襯托出其乘客「碩人」的氣派。同樣地，在「河水洋洋」一節當中，本詩亦以「碩人」出嫁當天的明媚風光，以及浩大可觀的出嫁隊伍，正面襯托出出嫁者的非凡氣質。

三、除了常見於古詩的押韻形式之外，本詩還藉由甚麼手法表現音樂感呢？

除了押韻形式之外，本詩還藉由多種寫作手法表現音樂感。首先，本詩使用了一些連綿詞，如「螓螓」為雙聲詞，加強了詩歌音調的美感；其次，本詩使用了疊詞，如「敖敖」「鑣鑣」「揭揭」和「洋洋」等等，藉由連續重複的用字，於一句之內建立節奏感，尤其自「河水洋洋」起的六句皆以疊詞作結，其節奏感更是強烈；再者，本詩也用了反覆手法，如兩次使用「碩人」為詩歌層次的開首，而最後末兩句又是以「庶」字起首。再放寬一些，開首部分自「齊侯之子」到「邢侯之姨」皆是穩定地重複着包含「之」字在內的句式，句意上都是在說明「碩人」的身份。反覆意識如此強烈，有助在詩歌中的不同部分建立或短或長的節奏；最後，本詩還使用了不少擬聲詞，如「活活」「濊濊」和「發發」等。這種寫法直接把事物的聲音加入詩歌之中，刺激讀者在聽覺層面的想像，亦是音樂感的體現。

衛風．氓

一、以下句中的畫線部分涉及詞性轉換，試解釋之：

（1）其黃而隕：「黃」本為形容詞，形容事物的顏色，此處轉換為動詞，釋作發黃，此處謂桑葉發黃而落下；

（2）夙興夜寐：「夜」本為名詞，指稱晚上，此處則是轉換為副詞，用於修飾後接之動詞「寐」，謂很晚睡覺。

二、以下句子均使用了代詞，試指出它們的實際指向：

（1）將子無怒：「子」為第二人稱代詞，釋作你，為主人公對「氓」的指稱；

（2）以爾車來：「爾」是第二人稱代詞，釋作你的，為主人公對「氓」的指稱；

（3）反是不思：「是」為指示代詞，相當於「這」「此」，指向上一句提到的「信誓」。

三、本詩使用了不少借代手法，試舉例說明其藝術效果。

本詩使用了不少借代手法，即在指稱事物時，不直接稱呼事物，而是稱呼其局部的面向或形體。例如，在「總角之宴」一句中，本詩本來欲稱孩童時代，反而指稱孩童獨有的「總角」髮型，以此代表「孩童時代」的概念。如此寫法，一方面顯得簡潔明確，符合詩歌精煉達意的要求，一方面有助把描象的概念代為具體形象，也就是藉由「總角」引導人想起孩童的形象，從而感受到孩童時代的朝氣與無憂，抒情效果遠高於單言沒有隱含意思的「孩童時代」一語。又例如在「漸車帷裳」一句當中，如部分注釋者的看法，本詩本來直接言明女性所乘的馬車，改以「帷裳」作代替，則是把繁瑣的概念簡潔地表達出來。畢竟在女性所乘的馬車上，「帷裳」就是獨有且最具代表性的部件，故指稱此物即來明確地代表其為女性所乘的特點，亦有助讀者想像到女性的氣質。

衞風．河廣

一、試指出以下畫線字彙的詞性：

（1）一葦杭之：「杭」為動詞，解作乘船渡水。（「杭」本為名詞，解作舟船，然此處為詞性轉換，故需要引申為乘船渡水的動作。）

（2）曾不容刀：「曾」為副詞，作用為修飾其後的動詞「容」。

二、本詩使用了何種敘述人稱？其效果如何？

從「予」一字可知，本詩使用了第一人稱。如此安排，表示了本詩所述皆為主人公親口道出的話，感情顯得充沛且真摯，令讀者易於理解主人公的情感之餘，亦能夠代入其視角，體會其切身的感受。

三、本詩兩章合計由四組問答構成。這種寫法有何用意？

本詩以一問一答的形式推展，目的在於強調主人公的決心和思念。四個問題都是以「誰謂」一語啟首，已是帶着強烈的語氣質疑此提問的內容，揭示主人公不單不相信問題所引的他人說法，甚至對這些說法感到不滿。再看其回答的內容，主人公往往使用誇張的言辭，突顯出達到目的實為易如反掌之事。例如，他認為只需蘆葦織成的小舟即可橫渡水勢滔滔的黃河，又相信單靠踮起腳便可以望見遙遠的宋國。這些答案大概脫離現實，卻足以見出回答者懷着強大的信心和決心，以為自己必能克服一切困難。進一步而言，如此想法原於主人公思憶情切，令他無視現實的難處，但求與心中想念之人相見。

衛風・伯兮

一、試指出以下詩句之畫線部分的詞性：

(1) 邦之桀兮：「邦之桀兮」的「之」是介詞，表示從屬關係，等於今謂之「的」，於此句當中即有「國中『的』有才者」的意思。

(2) 自伯之東：「自伯之東」的「之」是動詞，言「伯」前往東方。

(3) 言樹之背：「言樹之背」的「之」是代詞，指稱主人公種植的諼草。

二、試指出以下詩句使用了何種修辭手法，並評論其效果：「其雨其雨」。

此句使用了反覆手法，即連續兩次使用「其雨」一詞。如同注釋所解，「其」具有祈求、希望的意思，所以反覆的手法就是透過重覆如此意思，起強調的作用，同時增加語氣，以表達主人公懷着相當深切的感情，對所求之事萬分重視。這是在重覆用詞的過程中所增添的意義。若單用「其雨」一詞，將不能確切地表達其背後的情感。另外，在詩歌結構的角度觀之，反覆手法當然有助增加節奏感，增強朗讀詩歌時的音樂美。

三、試指出本詩的押韻方式。

本詩的押韻方式較為複雜。首章已有轉韻的情況，即第一句第三字「朅」與第二句第三字「桀」押韻，屬於上古音的「祭」部韻，而第三句第四字「殳」又與第四句第四字「驅」押韻，屬上古音的

「侯」部韻；第二章則是第一句、第二句和第四句的第四字押韻，即「東」「蓬」「容」，屬上古音「東」部韻；第三章和第四章則是雙數句句末押韻，即「日」與「疾」「背」與「痗」，兩者皆屬上古音的「脂」部韻。

‖王風、鄭風‖

王風·黍離

一、試指出以下詩句在用詞層面上使用了何種修辭技巧：「行邁靡靡」。

明顯地，「靡靡」為疊字，有助增加本詩的節奏感。值得注意的是，在「行邁」一語中，「邁」一字已有「遠行」的意思，與「行」字的意義有所重疊。這構成了另一種重複用字的效果，即從意義上強調「行」這概念，進而延伸出行走已久，不停上路的意思。

二、一如其他《詩經》作品，本詩使用了疊章法。試分析之，並評論其效。

一如其他《詩經》作品，本詩使用了疊章法，即三章採取相同的結構，僅變換特定位置的字眼。有趣之處在於，觀乎本詩每一章，除了第二句和第四句之外，其餘八句皆是直接重複的，重複的部分遠多於變換字眼的部分。這有助營造反覆吟誦的效果，即是藉由多次使用同一語句產生強調相關內容的效果，從而增強語氣，並加深寄託句中的情感。另一方面，變換字眼的部分亦是值得關注。從「搖搖」「如醉」到「如噎」，可見主人公心中的憂思逐步加強，即初時只是苦無傾訴對象，無以釋放，後期鬱悶的感覺漸漸影響精神，甚至造成如同噎住般的不適感覺。而各章第二句的「苗」「穗」和「實」

則是順序列出禾黍由初生至成熟的生長過程，於詩中形成了一種錯綜複雜的時空感。按照詩意，主人公經過故都，有感而發。三次反覆的吟誦都是一時的歎息。不可能完整地見證禾黍的生長。詩人如此書寫，就是結合了主人公的回憶和想像，以虛實結合的方式說明故都的荒蕪非一時之事，而是一段積累有年，無以挽回的過程 —— 禾黍既熟，周室的衰落亦成定局，而過去的盛景都是模糊的陳年往事，想來不免教人倍感唏噓。字眼的變換與反覆相輔相成，可見本詩的疊章法營造出十分巧妙的藝術效果。

三、試指出本詩的押韻形式。

本詩的押韻形成頗複雜，每章涉及四組韻腳。幸而三章的模式相同，故以第一章為例即可解釋之。第一組韻腳見於第一句和第三句的句末，即「離」和「靡」，屬上古音「歌」部韻；第二組見於第二句和第四句的句末，即「苗」和「搖」，屬上古音「宵」部韻；第三章見於第六句和第八句的句末，即「憂」和「求」，屬上古音「幽」部韻；最後一組韻腳見於第九句的句末和第十句的第三字，即「天」和「人」，屬上古音的「真」部韻。在此值得注意的有兩點。一者，第一組和第二組的韻腳是交錯的，無疑豐富了本詩的音樂感。二者，由於三章的用字有所重複，所以第三組和第四組韻腳其實反覆見於全詩，增加了本詩的節奏。

王風．采葛

一、本詩三章的末句分別言「三月」「三秋」和「三歲」。如此差別，體現了甚麼修辭手法？效果如何？

這是層遞手法，從「三月」到「三歲」，每一章提及的時間逐步加長。按詩意，主人公心懷深厚的思念，即使只是「一日不見」，主觀上也會覺得如同等待了三個月之久，叫人難受。而後兩章把這份主觀感受分別延長至「三秋」和「三歲」，則可以見出其思念有增無減，等候的心情一天苦於一天。

二、試指出以下詩句使用了何種修辭手法「一日不見，如三歲兮！」

本詩同時用了比喻、誇張和對比的手法。比喻者，詩人以「如」為喻詞，把「一日」之長度比喻作過了「三歲」一般，從而體現出他的主觀感受；誇張者，客觀的「一日」與主觀的「三歲」差異極端，超出常人理性。詩人當藉此佈置，盡量突顯出主人公之思想；對比者，即以「一日」的客觀時間對照「三歲」的心理感覺，以主觀與客觀之間的強烈落差，突顯出主人公有多難受。

三、試指出本詩的韻腳分佈。

本詩的韻腳分佈簡單，見於每一章單數句的第三字。即首章的「葛」和「月」為韻腳，屬於上古音的「祭」部韻。次章的韻腳是「蕭」和「秋」，屬上古音「幽」部韻；最後一章的韻腳則是「艾」和「歲」，屬上古音「祭」部韻。

鄭風．將仲子

一、試判斷以下詩句中畫線部分之詞性：

(1) 將仲子兮：動詞，用於表示主語對其帶領之賓語「仲子」所作之行動，釋作請求，此處即謂請求「仲子」。

(2) 無踰我里：副詞，此詞釋作不要，用於修辭其後之動詞「踰」，即謂不要超越我的里。

（3） 父母之言：名詞，位處定語「父母之」後，表示從屬關係，於此釋作言語，即謂「父母的言語」。

二、試指出以下詩句所用之修辭手法，並評論其藝術效果：「仲可懷也。父母之言，亦可畏也。」

以上詩句使用了對比手法。詩人一方面指出自己確實惦記着仲子，證明愛意是真切的，一方面又指出父母的權威教她畏懼，以致需要否定這段愛情。如是者，仲懷與父母、愛意與恐懼、自己的意願與他人的壓迫，句中的幾個概念都各自構成了相對關係，是為對比手法。詩人由此點明了主人公的處境左右為難，欲得仲子，又怕父母，在相對的兩方之間取捨不定，進而令讀者得以具體地理解主人公的想法，同時委婉地流露出不安與失措的感受。

三、本詩藉由疊章法營造了層遞效果。試闡釋之。

本詩使用了疊章法，即全詩分作若干章節，每章的字數、句式、結構和韻腳分佈等皆為相同，只會變換個別的字眼。觀乎本詩三章，其變換了的字眼確實存有層遞的效果。例如從「無踰我里」的「里」到第二章的「牆」、第三章的「園」，可見其位置逐步接近主人公的居所，意即「里」是主人公之家所在的區域，「牆」是分隔其家與街外的界線，而「園」則是主人家家中的戶外區域，其軌跡是從遠至近，步步走入主人公的家。又如從「畏我父母」的「父母」到「諸兄」「人之多言」，其人數是逐步增加，所牽涉者的身份亦愈來愈廣。換而言之，最初的反對者是主人公的父母，是主人公的至親，其後出現的諸位兄長亦是僅次其父母的親人，地位雖不如父母，但亦是家中長輩，有權管教主人公。末章提到的「人」則是空泛的稱呼，不論親疏，可視作坊間的輿論或眾口之間的是非。可見三章所言者，其身份親疏與人數多寡都是有所推移的。

鄭風．大叔于田

一、試判斷以下詩句中畫線部分之詞性：

（1） 乘乘馬：動詞，釋作駕馭，此處謂主人公駕馭一乘（由四馬拉動的馬車）的馬。

（2） 兩服上襄：動詞，專門描述馬匹頭部上下晃動的動作，此處受「上」修飾，故只言兩頭服馬昂首向上的動作。

（3） 叔發罕忌：副詞，釋作不多見，此處用於修飾動詞「發」，即謂那位獵人不多見放箭。

二、本詩藉由描寫「叔」的打獵過程，讚賞其身手了得，英姿不凡。作者運用了甚麼人物描寫手法，以達到這個目的？

為了突顯出獵人的英姿，詩人同時用了直接與間接的人物描寫手法。在直接描寫方面，詩人主要描寫其淩厲的打獵動作，如言其「襢裼暴虎」寫其袒身露體，與猛虎徒手相搏，證明其英勇與強壯。又如「火烈具揚」等句，寫其藉由點火於野，封鎖獵物的退路，則寫出其有勇有謀，果斷行動的一面。亦有如書寫其騎馬時「磬控」與「抑縱」之舉，闡述了主人公言其「良御」的觀點；至於間接描寫方面，詩人則是藉由描寫一乘之馬如何「雁行」「齊首」「如手」等，正面襯托獵人的出色騎術。畢竟一乘之馬皆由獵人控制，其整齊且奔放的跑姿實有賴其協調，故每次讚歎那些馬匹時，其實也是在稱賞騎在車上的獵人。

三、本詩的節奏感強而多變，試闡釋之。

本詩的節奏感強而多變，實有賴詩人使用了不少寫作技巧。首先，本詩的句子長短不一，三言句和四言句交錯無定，產生出參差錯落的節奏感；其次，本詩的韻腳分佈變化多端，首章全用「魚」

部韻，計有七個韻腳，次章及末章則循相同模式各自使用了三個韻部，首組韻部計有四個押韻處，另外兩組則又各有兩個押韻處。如此複雜的安排，致使本詩的用韻一方面存有由相同章法構成的節奏，一方面又因其佈置富於變化而不致單調；再者，本詩不時重複用字，如一句之內出現了「乘乘」的字眼，一章之內多有以助詞「抑」為起句，助詞「忌」為結句，而三章之間又循疊章法的形式，重複使用「叔于田」「兩」「如」「火烈具」等字眼或詞彙，亦有助營造相當強烈的節奏感；最後，本詩亦運用了連綿詞，如疊韻的「縱送」和雙聲的「磬控」等，手法豐富，加強了詩句之間的節奏感。

鄭風．女曰雞鳴

一、試指出以下詩句之畫線字眼的詞性：

(1) 明星有爛：形容詞，形容明星之光亮。

(2) 與子宜之：動詞，謂與你分享或為你烹飪之行為。

(3) 琴瑟在御：動詞，謂彈奏「琴瑟」的動作。

二、以下詩句之畫線字眼涉及詞性轉換，試分析之：「弋鳧與鴈」。

其實「弋」本來是名詞，指稱繫上繩子的箭矢，為古時用來狩獵雀鳥的工具。然而「弋鳧與鴈」一句當中，「弋」轉換為動詞，意謂主人公使用「弋」這件工具來狩獵水鴨和飛雁。名詞轉為動詞，以表達使用該物的意思，實為常見於古文的語言現象。

三、本詩的內容以對話為主。這種寫法有何用意？效果如何？

本詩不採取常見於不少《詩經》作品的記事寫法，改以記言的形式，藉由夫妻二人的對話呈現出其關係之親密。本詩於開首部分先以妻子的一聲「鷄鳴」配以丈夫的一句「昧旦」，以活潑的語調展開二人的一天，充分呈現出日常生活的氣息。同時，二人一唱一和的情況亦有助突顯夫妻同心，關係親密。而第二章和第三章分別為妻子和丈夫的發言，則能夠直接流露出他們的想法，亦把他們各自對對方的感情表露無遺。如第二章言妻子如何樂於接受丈夫打獵得來的獵物，又願意為之撫琴，均顯示出她對丈夫的順服和滿意；第三章則由丈夫親口道出送「雜佩」予妻子的念頭，也是直接反映出其對妻子的愛意。要知道記事形式往往受制於敍事角度，第一人稱的寫法只能偏向丈夫或妻子其中一方，第三人稱的寫法則有猶隔一層，難以深入角色內心之虞。對比之下，記言寫法容許兩個角色吐露心跡，在不加他者詮釋的情況下讓讀者自行接收他們的訊息，更見直白和真摯。

鄭風 · 風雨

一、試指出以下詩句使用了甚麼修辭手法「云胡不夷？」：

此句使用了反問手法。按詩歌的內容推敲，主人公一直希望見到心中思念的「君子」。如今「既見君子」等同如願以償，主人公不可能不知自己的心情。是以下句提出「云胡不夷」一問，便是故意而為的反問語氣，答案早在主人公心中。

二、本詩三章皆先言「風雨」與「雞鳴」的景觀，用意何在？

本詩先言「風雨」與「雞鳴」，體現了常見於《詩經》的比興手法，意在塑造「君子」的形象。詩人把逆境喻作猛烈的「風雨」，「君子」則比喻為「雞」。每天鳴叫報時是公雞的責任，如今說風雨再大，雞鳴依然不絕，就是代表那位「君子」面對艱難的困境，仍然堅持到底，決不改變志向。是以全詩雖沒有直接介紹「君子」的身份，但透過上句「風雨」與「雞鳴」的景觀，就足以反映出其性情。

三、本詩先寫風雨之猛烈，最後以主人公與「君子」相見，心感喜悅作結。這是甚麼修辭手法？試評論其效果。

這是反襯手法，即以與「君子」相見前的艱難境況，突顯出相見一刻的喜悅。本詩並沒有正面說明主人公的喜悅，然而從每章首句對「風雨」的形容可知，當下環境充滿困苦，而公雞在如此風雨中依然堅持鳴叫，更是受盡苦楚。經過如此困境，二人得以相見，喜悅自然是不言而喻。換而言之，吃苦與如願的景況形成強烈反差，先前的苦楚愈是難受，當下平安相見的喜悅愈是深刻。

鄭風．子衿

一、試分析以下詩句的句式結構：「縱我不往，子寧不嗣音」。

就複句結構而言，上下兩句構成了轉折複句，意謂：「雖然我沒來找你，但你怎麼不給我傳來音訊？」另外，單就下句的結構觀之，「寧」具反問語氣，暗示思念對象應當為主人公留下音訊，現實中卻沒有這樣做。可見這是反問句式。

二、試從造句層面分析以下詩句的修辭手法：「青青子衿，悠悠我心」。

以上詩句運用了對偶手法，上下兩句的句式結構完全一致。從句意觀之，上句描寫思念對象的衣領，下句直言主人公心中思念悠悠，兩者的並列呈現出主人公的思念有多深切。且上句的描述實出自主人公的主觀角度，突顯出思念對象的形貌已深深銘印於主人公的腦海，揮之不去，思念的意味更是深遠。

三、試指出本詩的押韻模式。

本詩的押韻模式較為複雜。首章的韻腳位處第一句、第二句和第四句的句末，也就是是「衿」「心」和「音」。此皆屬上古音的「侵」部韻；由於次章章法同於首章，故押韻模式相同。「佩」「思」和「來」屬上古音「之」部韻；至於第三章，雖然仍用韻於第一句、第二句和第四句，但那些位處句末的「兮」並不算為韻腳，實際的韻腳見有關詩句的第三字，即「達」「闕」和「月」。它們屬上古音「祭」部韻。

鄭風．出其東門

一、試指出以下句子中畫線部分的詞性：

（1） 聊樂我員：副詞，用於修飾下一字「樂」的程度。
（2） 匪我思且：動詞，由前文「我思」所領，用於表示其動作。

二、試指出本詩的押韻模式。

本詩的押韻模式十分簡單，首章押上古音「文」部韻，次章押上古音「魚」部韻。其韻腳則見於每一句的句末，即首章的「門」「雲」「雲」「存」「巾」和「員」為一組，次章的「闍」「荼」「荼」「且」「藘」「娛」為另一組。

三、試指出以下詩句使用了哪些修辭手法：「有女如雲。雖則如雲，匪我思存。」

此三句使用了兩種修辭手法，皆與「如雲」一詞有關。從意義層面觀之，本詩使用了誇張，即以「如雲」描述女子的人數，極言其眾多的景象有如漫天雲朵；從用字層面觀之，詩人在首兩句中皆以「如雲」一詞作結，則是反覆的手法，意在產生強調作用，令讀者更明確地接收到詩人希望在此部分中突出的重點。詩人如此細心地處理「如雲」一詞，無非旨在勾起主人公對妻子的忠貞。尤其是第二句、第三句中，詩人藉「雖則」與「匪」的用字構成了轉折複句，刻意說明眼前的女子再多，亦不會動搖主人公對妻子的態度，語氣強烈，表達的效果遠比正面陳述顯著。

‖ 齊風 ‖

齊風 · 還

一、試指出以下虛詞的詞性：「遭我乎狃之道兮。」

乎是介詞，帶出「遭我」這動作的發生位置；之是介詞，表示從屬關係，謂詩句中的「道」是屬於狃山的；兮是助詞，為句末語氣助詞，表示這句的語氣。

二、試指出本詩的押韻情況以及韻腳分佈。

按照分章方式，本詩的韻腳分作三組，位置則在每句倒數第二字，即「兮」字前的一字。詳細言之，第一章的韻腳為「還」「閒」「肩」和「儇」，屬於上古音的「元」部韻；第二章的韻腳為「茂」「道」「牡」和「好」，屬上古音「幽」部韻；第一章的韻腳為「昌」「陽」「狼」和「臧」，屬上古音「陽」部韻。

三、本詩採用第一人稱的角度，先言「子」之優秀，再謂「子」對我的稱讚。這是甚麼修辭手法？效果如何？

本詩先言「子」之優秀，再謂「子」對「我」的稱讚，是正襯手法。本詩在每一章的開首都不寫「我」打獵時候的情況，反而先寫在路上遇見的「子」有着俊美的外表，身手亦見不凡，也就是言其「還」「茂」「昌」。及至每章的末句，如此優秀的獵人向「我」恭敬地作揖，並且直言稱讚，則顯示「我」的實行不但不下於那位獵人，甚至在其之上。如是者，縱然詩文未有就「我」的技術着墨太多，但在上述安排之下，即能藉由他人之好正面襯托出「我」之好。

齊風 · 著

一、本詩每句的末處皆加上「乎而」一語。事實上，即使全數除去這些語氣助詞，全詩意義仍然完足。那麼如此使用「乎而」一語的意義何在？

本詩每句的末處皆加上「乎而」一語，意在為詩歌內容增添讚歎的語氣。如果沒有增加語氣助詞，詩句的含義則會變得客觀，缺乏情感。例如，次句「充耳以素」可以只是一句陳述句，客觀地描述該配飾的顏色而已。可是，一旦加上「乎而」，此句則變成了讚美的意思，代表了主人公對此配飾的評價，進而揭示出他真正讚美的其實是配飾的主人。至於每一句都加上「乎而」的情況，則顯示主人公的讚美不限於一時一刻，而是懷着莫大的喜悅，近乎陷入了不理性的狀況。如是者，本詩縱無直接描寫主人公一方，然其心理和情態卻是活靈活現於人前。全詩在敍述來者的同時，其實也是在描寫主人公。

二、本詩三章的首句先後提到「著」「庭」和「堂」，用意何在？是甚麼修辭手法？

從「著」到「庭」「堂」，本詩使用了遞進的手法。本詩述說了主人公與其所待之人即將相見的經過。在三章的首句中，隨着地點的轉換，可以見出二人的距離愈來愈接近。同時，從位處大門的

「著」到真正接待客人的「堂」，這路線也是步步深入房子的中心地帶，揭示出二人將要相會，而期待和興奮的心情亦是隨之加深，最終達至情緒的高潮。

三、試指出本詩三章的押韻字。

第一章的韻押字為「著」「素」和「華」，屬上古音的「魚」部韻；第二章的韻押字為「庭」「青」和「瑩」，屬上古音的「耕」部韻；第三章的韻押字為「堂」「黃」和「英」，屬上古音的「陽」部韻。

齊風．東方之日

一、本詩兩章的開首先言日月，似與詩旨所言男女失德之事無關，其由何在？

本詩先提出太陽和月亮的意象，實為常見於《詩經》的起興手法，即所謂「先言他物以引起所謂之辭」，以奠下全詩的基礎。細言之，詩人一方面以日月為喻，具體地勾勒出該名女子之姝美外表，另一方面則是點明兩章的時間，即首章為旭日初昇的時候，次章則是入夜月出的時分。由此，詩人揭示出這對男女的失德行為並非一時衝動所致，而是不分晝夜，極為胡鬧。其時社會風氣敗壞之徹底顯然易見。

二、本詩兩章的第三句和第四句均見重複，有何藝術效果？

這是反覆的修辭手法。於形式上，句子的反覆有助增加詩歌的節奏感，加上兩章複疊的安排，無疑使人讀來更覺流暢。於內容上，反覆的手法亦拓闊了讀者的想像空間。意即這對男女心懷非禮之思，共處一室時生出了曖昧的氛圍，而反覆吟唸「在我室兮」「在我闥兮」之句，就是有所暗示，令人想入非非。

三、試指出本詩的押韻形式。

本詩每章的韻腳見於第一句、第三句、第四句和第五句的第四字。換而言之，第一章的韻腳為「日」「室」「室」「即」，屬於上古音的「脂」部韻；而第二章的韻腳則為「月」「闥」「闥」「發」，屬上古音「祭」部韻。

齊風．東方未明

一、本詩使用了不少代詞，試說明以下各個代詞的指向：「顛之倒之，自公召之。」

首個兩個「之」都是指稱「狂夫」的衣裳，言兩者於其身上的位置顛倒了。最後一個「之」字則是指稱詩中提到的「狂夫」，言其為「公」所呼召。

二、本詩的用詞多有詞性轉換的現象，諸如以下例子。試解釋之。

不能辰夜	原來的詞性：名詞	解釋：早上和夜晚
	轉換後：動詞	解釋：守時
不夙則莫	原來的詞性：名詞	解釋：早上
	轉換後：動詞	解釋：早晨出門
不夙則莫	原來的詞性：名詞	解釋：晚上
	轉換後：動詞	解釋：入夜歸來

三、本詩出現了不少詞序錯置的現象，如「顛倒」轉為「倒顛」，「衣裳」轉為「裳衣」等等。這種做法於本詩中有何效果？

本詩刻意顛倒部分語詞的語序，帶出「倒顛」和「裳衣」等表達方式，固然有違日常的語用習慣，卻能夠藉由這種錯亂的感覺更深入地表達詩意，同時吸引讀者的注意力，形造耳目一新之感。例如，首章的「顛倒衣裳」和次章的「顛倒裳衣」意義上並無分別。不過，「衣裳」變為「裳衣」的情況正好在語意層面外，又於聲音上或視覺上嘗試表達詩歌所寫的忙亂畫面，令人讀來易於想像出具體的畫面，進而更確切地表達主人公的感受。

‖ 魏風、唐風、秦風 ‖

魏風．陟岵

一、試指出以下句子畫線部分的詞性：

(1) 夙夜無已：動詞，釋作休止，此處謂早晚無休止之意。

(2) 上慎旃哉，猶來無止：上為副詞，釋作庶幾，用以修飾後接之動詞「慎」；哉是助詞，於句末表達語氣；猶是副詞，釋作尚且，用以修飾後接之動詞「來」。

二、本詩旨要當為征夫思念家人，然詩歌的內容卻是家人訴說對他的思念。這是甚麼寫法手法？效果如何？

這是代言體的寫法，亦稱作「對面落筆」，屬於間接抒情的手法。其原理自身懷着對他人的情感，卻不直接寫出，反而代入對方的位置，想像對方對自身抱有相同的情感，再藉由其說話或行動表現出來。由於一切都是出於作者的想像，所以有關書寫內容最終都會歸入作者一方。以本詩的情況為例，父親、母親、兄長對其思念而發言，其實都是主人公自身的想像。諸人對其思念、關切有多深厚，主人公所抱之情感亦有多強烈。父親希望他盡快歸來，實為他希望盡快回家與父親見面；母親希望他不要拋棄自己，實為他捨不得母親；至於兄長謂他不要喪命，則實為他自身希望活下去。這種手法強調了主人公與其家人的緊密關係，令人想像到家人互相思念的語境，無疑比平白的直述更富想像空間，情感上亦更具感染力。

三、一如不少《詩經》作品，本詩使用了疊章法。試評論其效果。

本詩使用了常見於《詩經》作品的疊章法，全詩分三章，每章的結構和韻腳分佈大致相同，只變換個別字眼。從變換的字眼觀之，最顯著的變化在於三章分別為父母和兄長的說話。換言之，主人公對每一位家人都有着思念之處，突顯出其思念之深刻。另一方面，三章開首分別書寫主人公登上了「岵」「屺」和「岡」，就揭示了其行役從未停步，地點不斷轉換，愈走愈遠之餘，疲儂與辛勞亦是不斷累積。至於三章中段言其「無已」「無寐」和「必偕」，則是從不同角度描述是次行役的艱苦狀況，並表示這艱苦不限於一時三刻，而是如其行程一樣長久無止。總之，本詩使用疊章法，藉由反覆書寫的形式加深詩句意義和情感。

魏風．碩鼠

一、本詩以何種人稱為敍述角度？其效果如何？

本詩使用了第一人稱為敍述角度，以「我」為主要視角。按照詩歌的內容，主人公親身說出自己的痛苦和怨憤，不假他人的轉述、修飾，顯得真摯有力之餘，亦令人讀來易於感同身受，有助理解和體會詩中的情感。另外，以「我」之口嚴辭直斥可厭的「女」，毫無保留地吐露出心中所恨，更有力地表現出控訴不公的效果。

二、除了常見於《詩經》的「重章疊句」外，本詩的每一章內亦多見複疊手法。試評論其效果。

本詩的每章內多用複疊手法，作用多用於加強語氣，彰顯抒情效果。例如，每章開首有「碩鼠碩鼠」一句，意在指罵肆意掠食農作物的大老鼠，而連續的兩度呼喝有助突出語氣之重，進而見出主人公的怒火相當猛烈；而「樂土樂土」「樂國樂國」和「樂郊樂郊」三句則是主人公渴望前去之地，複疊手法營造出吟唸的語氣，突出主人公對這個願望的殷切心態。

三、詩歌開首提到的「碩鼠」與其主旨有何關係？這是甚麼修辭手法。

這是借喻的手法，詩人藉掠食農作物的「碩鼠」比喻剝削人民的在位者。按照詩歌的內容推斷，在位者嘗長久地剝削人民，令主人公深感怨憤。然而剝削的手段涉及各種手段和政令，直接寫下的話不免顯得繁複難明。詩人遂改以「碩鼠」為喻，把在位者惡行具體地比喻為可怕的農害，簡單明瞭之餘，亦易於引導讀者想像，從而留下深刻的印象。

唐風・蟋蟀

一、試指出以下句子中畫線部分的詞性：

(1) 今我不<u>樂</u>：動詞，解作享樂，此處謂主人公不享樂。

(2) 職思其<u>憂</u>：動詞，解作憂慮，此處謂主人公思念其所憂慮之事。

(3) 良士<u>休休</u>：形容詞，釋作喜樂正道或祈求安和的心態，此處用以形容「良士」的心態。

二、本詩採用了常見於《詩經》作品的疊章法。試闡析之。

本詩採用了常見於《詩經》作品的疊章法，分作三章，每章的結構、句式、押韻形式等大致相同，只變換個別字眼。在本詩中，每一章的第一句、第三句、第五句和第七句皆是相同，其餘四句則變換了特定的字眼。例如，三章的第二句分別是「日月其除」「日月其邁」和「日月其慆」，變換之處為句末一字。值得注意的是，此三字大致上都是釋作時光的推進，故三章在此處實無明確變換其所表達的意義。至於每章的第六句，即「職思其居」「職思其外」和「職思其憂」，則有着較為明確的差異。由於「居」「外」「憂」的指向不一，故三章的內容構成角度不同的情況。可見本詩在使用疊章法的時候，部分句子只是在重複意思的情況下變換字眼，卻又有部分句子確實有意呈現出不同的含義。

三、除了疊章法之外，本詩還使用了甚麼方法，以加強其節奏感？

除了疊章法之外，本詩還使用了多種增加節奏感的方法。首先，本詩採取了穩定的押韻模式，其韻腳固定於每一章雙數句的句末，令讀者易於掌握其節奏；其次，每章之內多有重複的句子，如「今我不樂」和「無已大康」等。重複相同的字句無疑有助塑造詩句的節奏感；再者，本詩三章的末句皆以疊字收結，同樣能夠建立令人印象深刻的節奏感。

唐風·綢繆

一、本詩的用詞出現了詞性轉換的現象。試舉例說明之。

本詩的用詞出現了不少詞性轉換的現象，例如「綢繆束芻」一句中，「芻」本為動詞，釋作割草，在此則是用作名詞，釋作用以餵飼牲畜的草料；又例如在「見此邂逅」一句中，「邂逅」本為動詞，釋作相會，引申為「感到喜悅」，而於本詩中，則是當作名詞用，可以指向「二人邂逅之事」，或者引申為「喜悅的人」。

二、本詩加入了大量人物對白。試闡析之，並評論其藝術效果。

本詩加入了大量人物對白，見於每一章的第二句至第六句。諸如第一章的「子兮子兮，如此良人何」，「良人」是古代婦女對丈夫的稱呼，故可知此為妻子的話語。第三章的「子兮子兮，如此粲者何」謂對方貌美，當為丈夫的口吻。而各章有「今夕何夕」之問，則既可能是夫妻間的對話，亦可能如部分研究者指出，為鬧新房者的戲問。由於詩歌語言精煉簡潔，故有關部分話語出自何人之口的問題，或許存有多種解讀的可能。然無論如何，其藝術效果是鮮明的，即透過書寫對話，詩歌的內容變得生動活潑，而多種聲音的交錯亦有助豐富詩歌的意涵與層次，令敍述角度不至單一。另一方面，對話的安排讓詩中的人物以第一人稱的形式表達情感，有助直白地抒發思想與情感之餘，亦可省卻敍述者的轉述，加強其對讀者的感染力。

三、試指出本詩的押韻形式。

本詩的韻腳分佈於每章第一句、第二句和第四句的句末，以及第六句第四字。換而言之，第一章的韻腳為「薪」「天」「人」和「人」，屬於上古音的「真」部韻；第二章的韻腳為「芻」「隅」「逅」和「逅」，屬於上古音「侯」部韻；至於第三章的韻腳，則是「楚」「戶」「者」和「者」，屬上古音「魚」部韻。

唐風．葛生

一、試判斷以下詩句中畫線部分之詞性：

（1） 蘞蔓於野：動詞，釋作蔓生，於此為「蘞」所領，述其生長之動作。

（2） 予美亡此：名詞，為主人公對其丈夫的稱謂。

（3） 歸於其居：名詞，釋作居所，此處是婉轉地表達墓地之意，因為墓地就是主人公死後的「居所」。

二、試分析本詩的章法。

本詩分作五章，每章四句，以四字句主，最後兩章的開首兩句則用上三字句。本詩雖不像其他《詩經》作品般，以疊章法貫穿全詩，然部分地方亦可見出疊章法的形式，只是不太完整而已。例如，首三章的形式相似，其第三句皆為「予美亡此」，而第四句則是相似，四字中只變換最後一字，即「處」「息」「旦」。至於其第一句和第二句，首兩章的用字十分相似，只變換了部分字眼，唯至第三章卻大幅改變為「角枕粲兮，錦衾爛兮」，自組一組對偶句，押韻位置亦轉移至第三字，不如前兩章般於第四字押韻。另一方面，第四章和第五章明顯採取了另一種章法，其用字十分相似。概言之，此兩章的首兩句以不同的排序重複字眼，第三句均為「百歲之後」，第四句則在相似的句式下變換最後一字。總而言之，本詩雖未有明確使用疊章法，但分章安排和章法設計還是可以見出心思。

三、本詩雖為悼亡詩，然開首三章的開首皆不是直言主人公對亡者的情感，而是描寫葛藤生長的情況。這是哪一種常見於《詩經》的寫作手法？試加以闡述。

本詩在開首的部分沒直言主人公對死者的情感，反而描寫了葛藤生長的情況，實為「興」的手法，即朱熹謂之「先言他物以引起所詠之辭」。本詩所寫的葛藤和其他植物，其實都是見於主人公之亡夫的墓地。按照詩歌的寫法，主人公藉着墓地的景象引起主人公對墓中人的思念，同時由荒涼之景營造蒼涼的氛圍，進而深入悼亡的主旨。另一方面，清人馬瑞辰以為諸種藤類植物皆有象徵意義，即謂主人公如同藤蔓般依附於丈夫，而這些植物如今散落荒野，則無異於如今無依無靠的主人公。如此解釋的話，此處的興筆則是更見精密。

秦風·蒹葭

一、請判斷以下句子之代詞的指向：「溯洄從之」。

這裏的「之」，指代主人公正在尋找的「伊人」。

二、本詩採用了常見於《詩經》的「重章疊句」手法，其效果如何？

本作採取了三章八句的形式。雖然每章的形式與用字都十分相似，然細觀變換了的用字，可知詩人並非純粹重複語意。例如，就各章第二句而言，詩人初言「白露為霜」，其後變為「未晞」「未已」，寫出了清晨露水隨時間推移而變乾的過程，並且揭示了主人公追尋「伊人」之久；又如在每一章的末句，「伊人」的位置分為「水中央」「水中坻」和「水中沚」，變幻不定，既有助描寫其神祕形象，亦表現主人公根本不知其去向，心中一片迷惘，只能毫無把握地繼續追尋。

三、除了藉由「重章疊句」重複三章的用字之外，詩中每一章之內其實也有重複用字的情況，其效果又是如何？

詩歌的每一章皆有反覆用字的手法，令人讀來易於體現主人公的處境。例如，「溯洄」和「溯游」的組合不單指出主人公的客觀路線，亦顯示他在尋人過程中不惜走遍整條河流，突出行程之辛勞，以及其心態之堅毅；至於每章內兩次使用「在水」一語，則強調了「伊人」可望而不可即的神祕感。首次使用「在水」時，主人公相信該處就是「伊人」的所在地，最後卻發現事與願違，故再次使用「在水」的時候，他表示了不一樣的答案。而且「在水」第二次出現時添上「宛」一字，語氣猶豫，甚不肯定，進一步勾勒出主人公的心態和「伊人」的神祕感。

秦風．黃鳥

一、試判斷以下詩句中畫線部分之詞性：

（1） 臨其穴：動詞，釋作來到，此處謂主人公「來到」子車氏的墓穴。

（2） 維此仲行：助詞，沒實際意思，此處用作本句的句首助詞。

（3） 如可贖兮：連詞，釋作如果，此處用作連結下句「人百其身」，表明兩句之間的邏輯關係，即「可贖」是假設的內容，「人百其身」就是推想的結果。

二、本詩為悼念子車氏兄弟之作，唯其開首處卻寫黃鳥之事，與主題看似無關。這是哪種常見於《詩經》的寫作手法呢？試闡析之。

本詩為悼念子車氏兄弟之作，唯其開首處卻寫黃鳥之事。此手法稱作「興」，即朱熹論之「先言他物以引起所詠」之辭。本詩的三章在進入主題前，就先提及黃鳥停在棘、桑或楚之上。學者一般認為，棘、楚等長滿尖刺，不是舒適的居所，黃鳥卻被迫停留在此，就是不得其所的意思。如此鋪墊，即能奠定本詩的基礎指向與氛圍，有效引發其後有關子車氏兄弟不得安身，被迫赴死的情況。亦有學者指出三種植物的名稱具有同音或近音相關的效果，亦是有助奠定本詩的含意，從而更有效地闡述往後的正題。「黃鳥」這「他物」看似與子車氏兄弟不相干，但兩者的處境實有可通之處，作者先言此物，再引入悼念「三良」之辭，正是「興」的手法。

三、指出以下詩句所用的修辭手法：「誰從穆公？子車奄息。維此奄息，百夫之特。」

以上詩句使用了多種修辭手法。首先，「誰從穆公？子車奄息」一句是設問，即作者先問誰人為穆公殉葬，然後馬上提供「子車奄息」一語為答案，自問自答；其次，在「子車奄息。維此奄息」中，「奄息」這個名字重複出現，是為反覆，意在強調「子車奄息」的存在感，增強語氣；最後，「百夫之特」是為誇張，畢竟詩人大概不可能以科學手法衡量「百夫之特」的標準，而且語意上是超出常理，所以此處當視為誇張手法的效果，意在突顯子車奄息的過人特質，令其被迫殉葬的下場顯得更荒謬。

秦風．無衣

一、本詩三章分別提到「袍」「澤」和「裳」三種衣飾，其意何在？

本詩三章分別提到不同衣飾，層層遞進地表現將士之間的親密關係。首將言「與子同袍」，即與對方同穿一件袍子，等同無分你我，引申為同心一志的意思。及至第二及第三章，「袍」為「澤」「裳」這些更為貼身、私密的衣物取代，進一步強調了這份關係之親密已達至毫無隔閡的程度。

二、本詩以「豈曰無衣」一問啟首，效果如何？

本詩以「豈曰無衣」一問啟首，起了先聲奪人的效果。由於本詩是用於鼓勵同伴的士氣，故需要重視對方接受了多少詩歌的訊息。

以提問啟首，即能夠喚起接收者的注意，令他們準備細心聆聽其後的內容。另一方面，這樣安排還可以啟發聽者思考問題的內容，進而引導其思路，好讓他們更容易和清晰地接收詩意。

三、本詩一如其他《詩經》作品，使用了「重章疊句」的手法。試評論其效果。

本詩使用了常見於《詩經》的「重章疊句」手法，為三章五句的結構，每章的第一句和第三句不變，其餘三句則替換個別字眼。然觀乎每章的所轉換的字眼，不難發現每章之間的層遞關係並不穩定。先就末句而言，從第一章的「同仇」到後兩章的「偕作」「偕行」，呈現出由心態轉化為行動，並加以實行的過程，是清晰的層遞關係。但就第二句觀之，首章的「袍」與次章的「澤」是外衣與內衣的區別，同樣有着深入一層的意味，可是「澤」與第三章的「裳」在層次上的分野似乎不太明顯。又如第四句中，從首章「戈矛」到次章的「矛戟」也是見不出清晰的層次，意義幾乎相同。

‖陳風、檜風、曹風‖

陳風·宛丘

一、試判斷以下詩句中畫線部分之詞性：

（1） 洵有情兮：副詞，釋作誠然，此處用作修飾後接之動詞「有」，以強調肯定的語氣。

（2） 而無望兮：連詞，用作連結上句，強調兩句之間的承接關係。

（3） 值其鷺羽：動詞，釋作手持，此處謂手持下文之「鷺羽」。

二、試指出本詩的押韻模式。

本詩的押韻模式比較複雜，三章各有差異。第一章的韻腳見於第一句、第二句和第四句的第三字，即「湯」「上」和「望」，屬上古音「陽」部韻；第二章的韻腳見於每一句的句末，即「鼓」「下」「夏」和「羽」，屬上古音的「魚」部韻；第四章的韻腳則見於第一句、第三句和第四句句末，即「缶」「道」和「翿」，屬上古音「幽」部韻。

三、試評論本詩的章法。

本詩分作三章。在第一章中，除了第二句「宛丘之上兮」一句與另外兩章的第二句構成遞進關係之外，其他三句的形式顯然異於另外兩章。至於其後兩章，則採用了典型的疊章法，四句結構基本相同，其中第三句「無冬無夏」是重複的，另外三句則變換了個別字眼。觀乎變換的字眼，第二章的「鼓」「鷺羽」和第三章的「缶」「鷺翿」沒有明顯差異，對文義影響有限，可以視作重複。而從第二章的「宛丘之下」和「宛丘之道」則可視作地點轉移，道出「子」之行蹤，則具有常見於疊章法的層次推移效果。

陳風 · 東門之枌

一、試判斷以下詩句中畫線部分之詞性：

（1） 婆娑其下：形容詞，形容人跳舞時旋轉不定，輕盈搖擺之貌，在此即形容子仲之子的舞姿。

（2） 穀旦于差：形容詞，釋作美好，在此形容日子之美好，即「吉日」之「吉」。

（3） 貽我握椒：形容詞，用於形容事物之大小剛好可為一手所把握，在此即用於形容其帶來之花椒的大小。當然，這不一定是指單一花椒的體積。實情是其人拿着一定數量的花椒，而這些花椒聚集起來的大小剛好可為一手所把握。

二、以下句中使用了代詞，試指出其指向：

(1) 婆娑其下：釋作它的，此處呼應「宛丘之栩」一句，謂栩樹的下方。

(2) 不績其麻：釋作她的，此段乃是記述女主人公的行為，所以「麻」的擁有者亦是女主人公，於此即謂「女主人公不去紡績她的麻線」。

(3) 視爾如荍：第二人稱代詞，釋作「你」，於此即謂「把你視作錦葵一般」，以花喻人，稱讚「爾」的美色。

三、本詩藉由第一章介紹女主人公登場。其寫法有何特色？藝術效果如何？

本詩藉由第一章介紹女主人公登場，然詩人並不是馬上描寫女主角其人。詩歌其先從故事的舞台入手，點出東門的白榆樹，繼而轉移至東門附近的宛丘，提及該處的櫟樹，最後才說明在樹下起舞的人就是「子仲之子」，亦即女主人公。如是者，在詩人藉由文字建構的空間中，焦點從東門一帶逐步收窄至樹下的女子。這營造了強烈的電影感，所描繪出來的畫面就如攝影機的鏡頭般移動和放大。這有助引導讀者想像出清晰且具體的畫面，以增進詩歌意境的理解和體會。

陳風．衡門

一、試判斷以下詩句中畫線部分之詞性：

(1) 可以棲遲：動詞，釋作出遊休憩，謂主人公在「衡門之下」的動作。

（2） 可以樂飢：動詞，釋作療癒，此處「樂飢」即視飢餓為引致身體不適的問題，因而需要「樂」之。

二、試分析本詩的第二章運用了甚麼修辭手法。

本詩的第二章主要運用了兩種修辭手法。第一種是對偶，即以第一句和第二句為一組，第三句和第四句為另一組，可見兩組的句式和結構完全相同。此為句式上的修辭手法；第二種修辭手法則是類比，屬於文義的層面。上句從生活習慣入手，指出日常飲食不必選取上等河鮮，下句則稱人生的志向與目標不應該定為迎娶高門大族的女子，攀附權貴。可見，上句與下句在原理上是一致的，即「食魚」之事對應「取妻」之事，上等的黃河魴魚對應高貴的齊國姜氏，而主人公不求上等食材魚的決定意思上亦對應了不求迎娶貴族女子的取向。當然，對比飲食之事，婚姻大事對古人而言無疑是更加重要的層次，主人公的重點當在下句，所以不食魚之事可以視作類比之效。

三、試闡析本詩的寫作策略和行文佈局。

本詩的立意和寫作手法相當清晰，其於開首即言「衡門之下，可以棲遲」，表明全詩的立意，往後部分都是環繞此立場而論。同樣在首章的後半部分，詩人以「泌之洋洋，可以樂飢」一句進一步言明安於平淡的志向，是為對前兩句的承接。至於往後兩章言不食河魚和不娶名門之女，則是從反面角度發揮其旨要，否定一切不合其主張的行為，與「泌之洋洋，可以樂飢」的正面論說方式，是為不同的方向。如是者，一正一反，詩人充分表現出「衡門之下，可以棲遲」的內涵與決心，令本詩的意涵得以完整。

陳風．月出

一、本詩的用詞出現了詞性轉換的現象。試舉例說明之。

本詩的用詞出現了詞性轉換的現象。例如，在「月出照兮」一句中，「照」本來是動詞，釋作照耀，然在此則是用作形容詞，形容月光之明亮。

二、本詩如何增強其節奏感？試從用詞、押韻等角度分析之。

本詩循不同手法增強其節奏感。首先，本詩使用了不少疊韻詞，如「窈糾」「懮受」和「夭紹」，令有關句子讀來更見流暢，增加了節奏感；其次，本詩採取了每句押韻的形式，三章的韻腳見於每一句的第三字。韻腳分佈如此密集，無疑加強了全篇的節奏感，令人讀來有朗朗上口之感；最後，本詩的每一句末處都使用了歎詞「兮」，有助增強抒情效果之餘，亦營造了貫穿全篇的節奏感。

三、本詩使用了常見於《詩經》作品的疊章法。試闡釋之。

本詩使用了常見於《詩經》作品的疊章法，即全詩分作若干章節，每章的字數、句式、結構和韻腳分佈等皆為相同，只會變換個別的字眼。就本詩而言，全篇分作三章，每章四句，且每句押韻，韻腳見於每句的第三字。用詞方面，每章的每句皆有重覆用詞，例如三章的每一句皆以「月出」「佼人」「舒」和「勞心」啟首，每句的句末則使用「兮」字。同一時間，每句亦有變換字眼的部分，第一章的「皎」變為第二章的「皓」和第三章的「照」。值得留意的是，本詩所變換的字詞在意義層面上其實相當接近，例如在剛才的例子中，「皎」「皓」和「照」都包含明亮的意思，可謂大同小異。又例如在三章的第二句中，從第一章的「僚」到第二章的「懰」，第三章的

「燎」，其實都是形容女子外表漂亮，差異不大。因此，本詩未如部分《詩經》作品般，藉由疊章法達至層遞或文意推移的效果，反而傾向單純地以不同字眼反覆書寫單一意思。

檜風．隰有萇楚

一、試判斷以下詩句中畫線部分之詞性：

（1） 樂子之無知：樂是動詞，釋作歡喜，包含了羨慕的意思，於此敘述主人公羨慕萇楚「子之無知」這回事；知是名詞，釋作感知，謂萇楚沒有知覺。

（2） 夭之沃沃：形容詞，於此形容萇楚茁壯茂盛，光澤悅目之貌。

二、本詩三章之末言「樂子之無知」「樂子之無家」和「樂子之無室」。此「子」實際上指稱甚麼？此處又用了甚麼修辭手法？

三句中的代詞「子」實用於指於詩中提到的「萇楚」。由於萇楚是植物不是動物，一般不會稱其擁有知覺，更不會認為其如人類般擁有家室。因此，此處以「子」稱呼之，如同與旁人傾談般，就是使用了擬人手法。

三、本詩使用了常見於《詩經》作品的疊章法。試評論其效果。

本詩使用了常見於《詩經》作品的疊章法，全詩分三章，每章的字數、結構、句式、韻腳分佈均大致相同，只於部分位置變換字眼。觀乎本詩三章，每章皆由三個四言句加上一個五言句構成，而第一句和第三句於各章之間皆是相同，第二句和第四句則只變換末字的字眼。可見從結構觀之，本詩章法相當清晰，是典型的疊章法形式。不過，從層次上觀之，則會發現這些變換了的字眼並沒有清晰地反映出層遞關係。第二句中，從「枝」到「華」「實」，其推移尚算分明，但對詩歌旨要的影響似乎有限。至於第四句中，從「知」到「家」顯然同範疇的考慮，層次分明。只是從第二章的「家」到第三章的「室」則顯得意義相近，層遞手法並不完全。是以由層次推移的角度觀之，本詩的疊章法又有未臻圓滿之處。

曹風·蜉蝣

一、試指出以下詩句使用了何種修辭手法：「麻衣如雪。」

此句同時用了兩種修辭手法。首先是明喻，即透過喻詞「如」和喻體「雪」修飾本體「麻衣」，謂麻衣的形態就如冰雪一般光潔；其次則是借喻，即按照詩意，此處的「麻衣」並不是指稱真正的衣服，而是配合上一句，指稱蜉蝣的形體。在行文中直接以喻體代替本體，即為借喻。

二、本詩採用了常見於《詩經》作品的疊章法。試闡析之。

本詩採用了常見於《詩經》作品的疊章法，分作三章，每章的結構、句式、押韻形式等大致相同，只變換個別字眼。在本詩中，每一章的第三句皆為「心之憂矣」，其餘三句則有所不同。然細考之，又會從這些差異之出見此本詩在內容上不太穩定。一方面，觀乎每一章的首句，即「蜉蝣之羽」「蜉蝣之翼」和「蜉蝣掘閱」，前兩章的句子大致同義，第三章則由狀物變成了動態描寫，出現了明確差異；反觀每章的第四句，即「與我歸處」「與我歸息」和「與我歸說」，後兩句的意義大致相同，第一句卻沒有點明休息的意思。至於每章的第二句，更是各有不同的結構。因此，即使本詩採取了疊章法，其結構卻較鬆散，意思的過渡與層遞亦無明確的模式，整體而言或不如部分見於《詩經》的作品般嚴謹。

三、試指出本詩的韻腳分佈。

本詩的韻腳分佈於每一章的第一句、第二句和第四句，一律處於句末位置。換而言之，第一章的韻腳為「羽」「楚」「處」，屬上古音「魚」部韻；至於次章的韻腳則是「翼」「服」「息」，屬上古音「之」部韻；末章的韻腳為「閱」「雪」「說」，屬上古音「祭」部韻。

豳風

豳風．七月

一、試指出以下詩句畫線部分之詞性：

（1） 九月叔苴：動詞，及物，釋作拾取，此處謂九月的時候拾取青麻的籽。
（2） 亟其乘屋：副詞，釋作趕忙，此處用於修飾下接之動詞「乘」，謂趕忙登上。
（3） 女執懿筐：形容詞，釋作深，此處用作修釋下接之名詞「筐」，謂執起深深的竹筐。

二、以下詩句之畫線部分出現了詞性轉換，試解釋之：

（1） 四月秀葽：本作動詞，謂禾稻結穗開花之事，及至此處則轉為形容詞，用於修飾下接之名詞「葽」，謂結了穗、開了花的遠志。
（2） 以介眉壽：本作名詞，釋作眉毛，及至此處則轉為形容詞，修飾下接之名詞「壽」，以老人長眉毛為象徵，謂高壽。

三、除了常見於《詩經》作品的押韻形式之外，本詩還以甚麼手法增強節奏感？

除了押韻形式之外，本詩還藉不同手法增強節奏感。首先，本詩的句式變化多端，短之四言，長及七言，幾種形式交替使用，形成一種參差錯落的節奏；其次，本詩使用了不少聯綿字，如雙聲之「觱發」「栗烈」和「觱發」等，令詩句讀來多了一分有致的節奏感；再者，本詩亦使用了不少疊詞，如「祁祁」和「遲遲」等，藉由連續重複的用字，令詩句讀來更見節奏。最後，本詩亦按照章法形式，加入了反覆的手法，即一章之內，詩句連續以「某月」「某之日」啟首，而每章之間，亦會重覆使用「七月流火」或其他字眼相似的語句，以特定的節奏貫通全詩。

豳風．鴟鴞

一、試判斷以下詩句中畫線部分之詞性：

（1） 予所捋荼：動詞，描述用手握着條狀物件，輕輕摘取的動作，在此即描述主人公採摘白茅花的動作。
（2） 今女下民：形容詞，形容人或物件位處在下，在此用作修飾下字「民」。
（3） 予羽譙譙：形容詞，形容羽毛乾而枯焦的狀態，在此形容主人公的尾巴。

二、試指出以下句子中的兩個人稱代詞分別指向甚麼：「今女下民，或敢侮予。」

女是第二人稱代詞，即「你」，一說指向主人公所見那些處於樹下的人，一說指向讀者，即使用了呼告手法，直接與閱讀詩作的人對話。無論是何者，其實都可釋作鳥兒對人類的話語；予也是第二人稱代詞，即「我」，為主人公的自稱。

三、除了《詩經》作品必備的押韻形式外，本詩還藉不同的修辭手法增強節奏感。試舉例闡述之。

除了押韻形式之外，本詩還藉不同的修辭手法增強節奏感。首先是反覆，例如本詩的開首即有「鴟鴞鴟鴞」一句，連續兩次列出「鴟鴞」一語，既能增加節奏感，亦可加強控訴的語氣，突顯出主人公對鴟鴞的不滿。又如在本詩的末兩章中，其中八句皆以「予」啟首，強調了自身的感受之外，亦構成了一種重覆的節奏感；另一方面，本詩亦多有聯綿詞，如「綢繆」是疊韻，「拮据」則是雙聲。藉由聲母或韻母的重複，亦可增強朗讀時的節奏感，達至朗朗上口之效。最後，本詩的後半部分亦多使用疊詞，如「譙譙」「翛翛」「翹翹」「嘵嘵」。字眼重複的手法亦可增強節奏感。

豳風．東山

一、試指出以下詩句之畫線部分的詞性：

（1） 勿士行枚：動詞，釋作從事，此處謂不要從事征戰之事。

（2） 敦彼獨宿：副詞，釋作獨自，用於修飾下接之動詞「宿」，描述執行「宿」此動作時的狀態。

（3） 我征聿至：名詞，釋作征人，此處謂我的征人就要來到。

二、本詩的敘述者當為出征之人，然在詩歌中段，既言「我征聿至」，又述清掃家居之事，顯然不是出自征夫的視角。這是甚麼修辭手法？與詩歌主題有何關係？

本詩的敘述者當為出征之人，然發展至中段，忽然改用其妻子的視角，實為代言寫法，亦即坊間謂之「對面落筆」。這種寫法的原理在於主人公不會直言自己對對方的情感，反而藉由想像力代入對方的角度，以對方的口吻宣泄其對自身的情感。於本詩而言，征夫想像了妻子等待他回家期間的期盼與努力。如是者，主人公強調了其對這段關係的信心，認為夫妻的思念是相向的。另一方面，如此極力想像對方的行為，本身亦是一種深切思念的表現，能夠加深抒情效果。

三、除了常見於《詩經》作品的押韻形式之外，本詩還以甚麼方法加強音樂感？

除了押韻形式之外，本詩還藉由不同的方法加強音樂感。首先，詩人使用了反覆的手法，即在每段開首先言「我徂東山。慆慆不歸。我來自東。零雨其濛」四句，合計重複了四次，從而以一種極有規律的節奏貫穿全篇；其次，本詩亦使用了一些連綿詞，如雙聲之「熠燿」「蠨蛸」「町畽」和疊韻的「果臝」等等，令詩句中的聲音更見節奏感；同時，本詩還使用了一些疊詞，如「慆慆」和「蜎蜎」，藉由連續出現的相同字音，加強詩句的節奏。

‖ 小雅 ‖

小雅．鹿鳴

一、試指出以下詩句畫線部分之詞性：

（1） 我有嘉賓：形容詞，釋作美好，在此用於修飾下接之名詞「賓」，謂美好的賓客。

（2） 鼓瑟吹笙：動詞，釋作演奏，於此謂演奏瑟和吹奏笙。

（3） 人之好我：動詞，釋作喜愛，此處謂客人喜愛我之意。

二、本詩旨在描述飲宴上的情景，然三章開首皆提及野外的鹿。其用意何在？

本詩旨在描述飲宴上的情景，然而三章開首皆提及野外的鹿，實為「興」的寫法，即朱熹謂之「先言他物以引起所詠之辭」。詩人先寫野外的鹿隻在鳴叫和進食，渲染了和樂滿足的氛圍，從而引起氣氛相似的飲宴，以展開有關詩旨的部分。同時，鳴叫和進食之事亦分別對應了宴會上的音樂和酒水，是以作者實以美麗的自然風光引導人想像其書寫的場景。

三、除了常見於《詩經》作品的押韻形式之外，本詩還以甚麼手法增強節奏感？

除了押韻形式之外，本詩還藉不同手法增強節奏感。首先，本詩的句式變化多端，雖以四言句為主，但亦有六言句和七言句。諸種句式交替使用，形成了參差錯落的節奏；其次，本詩亦使用了不少疊詞，如皆見於三章開首的「呦呦」，藉重複的增強詩句中的節奏感。值得留意的是，「呦呦」本身亦是擬聲詞，即詩人直接把真實世界的聲音引入至詩歌當中，亦人讀來即能於聽覺上有所想像，呈現出音樂感。另外，本詩亦按照章法形式，大量使用反覆手法，例如每章皆重複了「呦呦鹿鳴」「我有嘉賓」「食野」等語，藉由反覆出現的句子形成了貫通全篇的特定節奏。至於「我有旨酒」一句雖然重複出現在第二章及第三章，卻不見於第一章，則是同中有異的寫作，為反覆的節奏增添一點變化，更見靈活。而在各章之內，其實亦有一些連續出現的反覆手法，如第三章的「鼓瑟鼓琴」連續出現了兩次。更值得注意的是第一章的「鼓瑟吹笙。吹笙鼓簧」。此句重複字眼之餘，亦涉及頂真手法，令句子的過渡之間亦存有強烈的節奏感。

小雅．常棣

一、試指出以下句子畫線部分的詞性：

（1）　兄弟急難：動詞，釋作搶救，此處謂兄弟救我於危難中。

（2）　原隰裒矣：動詞，釋作聚作，此處謂人們聚集於原隰之地。

（3）　外禦其務：副詞，釋作對外，於此用以修飾動詞「禦」，表明其施行動作的方向，即謂抵抗外侮。

二、以下詩句使用了代詞，試說明其實際指向：

（1）　儐爾籩豆：第二人稱代詞，即「你」，於此指向主人公的兄弟，即謂主人公向其兄弟陳列盛滿食物之器皿。

（2）　宜爾室家：第二人稱代詞，即「你」，於此指向主人公的兄弟，即謂主人公希望和順兄弟的夫妻關係。由於大家是一家人，所以兄弟夫妻和睦與否，亦是關涉主人的家事。

三、試判斷以下複句的類型，並加以解釋：「每有良朋，烝也無戎」

此為轉折複句，即上句與下句為相反的面向。在這個句子當中，「每」為連詞，釋作「雖然」，已表明了此句的轉折性質。而在語意上，上句言有良朋出現，是美好的事，但至下句，則言「亦無幫助」，否定了上句的價值，一正一反，是為轉折複句。

小雅．伐木

一、試判斷以下詩句中畫線部分之詞性：

（1）　相彼鳥矣：動詞，釋作觀看，此處謂觀看那些雀鳥。

（2） 以速諸父：動詞，釋作邀請，此處謂邀請同宗的上一代長輩。

（3） 陳饋八簋：動詞，釋作陳列，此處謂陳列食物，成「八簋」的規模。

二、本詩使用了不少對偶句，試舉例說明其效果。

本詩使用了不少對偶句。且以「伐木丁丁，鳥鳴嚶嚶」一句為例子，雖然「伐木」和「鳥鳴」二詞的結構尚有差別，但整體觀之，它們仍是動態配搭擬聲詞的形式，是廣義上對偶句。這種整齊且相對的結構不單加強了詩歌的美感，更有助增加詩歌的節奏感。尤其「丁丁」和「嚶嚶」兩種聲音相對而出，更產生出一種人工之聲與自然之聲互相和應的效果，令讀者易於感受到聲律與意境之和諧。至於「出自幽谷，遷於喬木」一句更是結構嚴謹的對偶句，其節奏感強烈之餘，又藉由形式上的相對位置突顯出「幽谷」和「喬木」之間的極端差距，有效表達詩句的焦點所在。

三、按照「燕朋友故舊」的主旨，本詩開首提及的伐木和鳥鳴事宜實與此無關。詩人如此寫作的用意何在？試解釋之。

按照「燕朋友故舊」的主旨，本詩開首提及的伐木和鳥鳴事宜實與此無關，可知詩人在此用上常見於《詩經》作品的「興」筆手法，即如朱熹謂之「先言他物以引起所詠之辭」。在進入書寫宴會的主題之前，作者先寫伐木的聲響和鳥兒的鳴叫，營造出和諧且快活的氛圍，為往後的宴會情節定下基調，令讀者更易體會和投入其表達的感情。而且部分論者指出，鳥鳴之事更有象徵意義，即謂鳥兒從幽谷而來，如今遷上高大的樹上，從最下處升至最高點，卻不忘本，仍以鳴叫聲呼喚友人。這預示了詩旨提及的友道精神。

小雅·采薇

一、試判斷以下詩句中畫線部分之詞性：

（1） 靡使歸聘：動詞，釋作探問，此處講回家探問其狀況。

（2） 一月三捷：副詞，釋作多次，此處用於修飾下接之動詞「捷」，謂一個月之內多次勝利。

（3） 豈不日戒：副詞，釋作每日，此處用於修飾下接之動詞「戒」，謂每日都在戒備。

二、以下句中的畫線部分涉及詞性轉換，試解釋之：

（1） 歲亦莫止：莫即暮，本為名詞，釋作日落，此處轉換為動詞，釋作時間將盡，謂一年將盡之意。

（2） 雨雪霏霏：本作名詞，釋作雨水，此處轉為動詞，用以描述雨或雪從天降下的動態。

三、本詩大量使用反覆手法，試舉例闡述其寫作效果。

本詩大量使用反覆手法，即在行文中不斷使用相同的字句。在本詩當中，反覆的情況有三。一是於一句之內反覆用詞，例如「采薇采薇」一句，詩人透過連續使用「采薇」一語，以強調的語氣表達出士兵工作不斷，大量採摘薇菜的情況。同樣，「曰歸曰歸」一句，亦是藉連續出現的相同用詞增強語氣，表達對歸家的深切渴求；第二種情況是於一章之內出現了相同的句子，如首章中兩次使用「玁狁之故」一句，強調了主人公受苦的根源，宣泄出不滿的情緒；第三種情況則是同一語句出現在各章之中，包括剛才提及之「采薇采薇」和「曰歸曰歸」都見於前三章。部分用詞如「君子」和「四牡」等亦是多次出現。如此寫法，一方面當然是用以增強語氣，強調語意，另一方面則是增加節奏感，於個別詩句以至全篇詩歌營造變化有致的節奏。

小雅‧斯干

一、試判斷以下詩句中畫線部分之詞性：

（1） 如竹苞矣：形容詞，釋作茂盛，此處謂竹子長得茂盛。

（2） 式相好矣：副詞，釋作互相，此處用於修飾下接之「好」，謂相親相愛。

（3） 載衣之裳：動詞，釋作穿着，此處謂為嬰兒穿上圍裙。

二、以下句中的畫線部分涉及詞性轉換，試解釋之：

（1） 君子攸芋：即「宇」，本為名詞，釋作屋簷，此處轉為動詞，釋作居於屋中，如同受其庇護的意思。

（2） 女子之祥：本為形容詞，釋作吉祥，此處轉為名詞，釋作徵兆。

三、以下詩句使用了代詞，試說明其實際指向：

（1） 約之閣閣：釋作「它」，按詩歌意思，此處當指向牆板，謂捆束牆板，因而發出「閣閣」的聲響。

（2） 大人占之：釋作「它」，指向上一章提及的怪夢，謂請卜筮之官就此夢進行占卜。

小雅‧十月之交

一、試判斷以下詩句中畫線部分之詞性：

（1） 不用其行：名詞，釋作軌道，此處謂日月不依其應有的軌道。

（2） 以居徂向：動詞，釋作前往，此處謂主人公希望前往向地。

（3） 四方有羨：名詞，釋作有餘之物，此處講四方之地皆積聚了有餘之物，如財物、資源等，即有生活豐足，不愁缺乏之意。

二、以下詩句中的畫線部分涉及詞性轉換，試解釋之：

（1） 十月之交：本作動詞，釋作事物之相交，然此處轉為名詞，謂「日月相交」之事。

（2） 不用其良：本為形容詞，用於形容人或事物之好，然此處轉換詞性為名詞，謂好的臣子。

（3） 豈曰不時：本為名詞，釋作時機、時節等，此處則處轉換詞性為動詞，謂適時，即事物能抓緊或配合時機。

三、本詩對皇父多有批評，卻又有「皇父孔聖」一句，頌揚他賢明聰慧，其由何在？這是甚麼修辭手法？

本詩對皇父多有批評，卻又有「皇父孔聖」一句，頌揚他賢明聰慧，實為使用了反語手法，即正話反說，從而表達反諷的意思。觀乎本詩的內容，在「皇父孔聖」一句之後，主人公所述者是皇父「作都於向」之事，又言「擇三有事，亶侯多藏」。如同清人顧炎武的理解，這是說皇父眼見國勢大不如前，遂帶同平日斂財藏私的黨羽前往向地，企圖獨善其身，偏安一方。最重要的是，其後主人公表明自己的意願是以老臣之身留守，力求保護周室，顯然與皇父的行為相反。換言之，主人公根本不認同皇父，故其言「皇父孔聖」一句必不可能從其字面之褒意來理解，否則就會與上文下理構成矛盾。唯有以反語手法和諷刺語氣來理解「孔聖」一詞，亦即不恥其「聰明」於不理君臣之義，保存自身利益。這方能符合詩意與語境。

小雅・蓼莪

一、試判斷以下詩句中畫線部分之詞性：

(1) 出入腹我：動詞，釋作懷抱，此處謂父母出入時都懷抱着我。

(2) 出則銜恤：名詞，釋作憂傷，此處謂主人公出外服役時含着憂傷。

(3) 民莫不穀：形容詞，釋作美善，此處謂萬民都過着美善的生活。

二、以下詩句使用了代詞，試說明其實際指向：「欲報之德」。

「之」在這裏釋作「此」，此處指向自「父兮生我，母兮鞠我」起的一段內容，其所代稱者即主人公的父母。換言之，此句謂主人公希望報答父母的恩德。

三、自「父兮生我」一句起，詩人多次使用第一人稱代詞「我」，其用意何在？試從表達詩歌旨要和藝術效果的層面解釋之。

自「父兮生我」一句起，詩人多次使用第一人稱代詞「我」，有助表達詩歌旨要和發揮詩歌的藝術效果。在表達旨要方面，詩人在此講述父母在其成長過程中對其照料有加的片段，並藉由反覆的手法多次使用「我」這字眼，強調了自己是此恩情的唯一得益者，自身盡孝實為責無旁貸，不容推卸；至於藝術效果方面，藉由反覆地使用由「我」字構成的二字短語，製造出急速有致的節奏，令詩歌的緩急起伏富於變化。同時，從語意觀之，詩人在此急速節奏中數出有關父母的不同片段，如同走馬燈一般呈現出主人公的思緒，營造出電影感之餘，亦反映出主人公其時的情感由平靜趨向強烈，藉由具體的手法增強抒情效果。

小雅‧何草不黃

一、試判斷以下詩句中畫線部分之詞性：

（1） 何草不黃：擬問詞，釋作「哪」，此處提問「哪一株草沒有枯黃？」之意。

（2） 獨為匪民：副詞，釋作唯獨，此處用於修飾動詞「為」，即謂「唯獨我們一眾征夫不是人」的意思。

（3） 有芃者狐：形容詞，用於形容獸毛蓬鬆之貌，於此謂狐毛蓬鬆之景象。

二、以下詩句中的畫線部分出現詞性轉換，試闡釋之：

（1） 何草不黃：「黃」本作名詞，是顏色名稱，此處則轉換動詞，謂植物枯萎而變黃之意。

（2） 何草不玄：「玄」本作名詞，亦是顏色的名稱，此處則轉換動詞，謂植物枯爛而變成焦黑之意。

三、本詩的第一章和第二章加以連續的問句啟首，其用意何在？

本詩的第一章和第二章加以連續的問句啟首，意在表達主人公的不滿和痛苦。觀乎他的提問，其答案於當時的狀況而言都是心知肚明的，諸如「何日不行」「何人不將」等，正是主人公正在進行的動作，所謂「何日」「何人」者實為「日日」「人人」，亦即「沒有一天不行前進」「沒有一人不用移行」。他的提問並不是旨在尋求答案，而是用以表達心中的不滿，以叩問的語氣加上默認的答案質疑這些不合理的待遇。另一點須要留意的是，在兩章之間，從「何草不黃」到「何草不玄」，呈現出生命漸漸枯竭，以致死亡的過程。而從「何日不行」到「何人不鰥」，則是由形體上的勞累進深至心理上的孤單。連續出現的問句有層遞效果，令讀者感受到主人公的痛苦愈來愈深，景況亦是愈來愈惡劣。

‖大雅‖

大雅·文王

一、試判斷以下詩句中畫線部分之詞性：

(1) 令聞不已：形容詞，釋作美好，此處以定語的狀態修飾後接之名詞「聞」，謂「美好的名聲由來已久」。

(2) 假哉天命：形容詞，釋作偉大、浩大，此處用於修飾下接之名詞「天命」，也就是說「偉大的天命啊」。

(3) 克配上帝：副詞，釋作能夠，此處用於修飾下接之動詞「配」，謂「能夠配合上帝」之意。

二、以下詩句使用了代詞，試說明其實際指向：

(1) 其麗不億：釋作他們的，此處指向上一句「殷人孫子」，故此「他們的」就是謂「殷商子孫的」之意。

(2) 無念爾祖：第二人稱代詞，釋作你或你們，而根據詩歌語境，此處為周人對殷商後裔的發言，故「爾」就是指向這些殷商後裔，即謂「你們不要想念自己的祖先了」，從而希望他們乖乖臣服於周室。

三、本詩以「文王在上，於昭於天」一句開首，結尾則為「儀刑文王，萬邦作孚」。於全詩的結構而言，此為何種寫作手法？試解釋其效果。

本詩的開首與結尾俱歌頌文王的形象，是為首尾呼應的手法。

就「文王在上，於昭於天」一句而言，這有助於詩歌開首時提綱挈領地帶出全詩主旨，奠定詩歌往後的發展方向，即往後的內容當為由此所敷演出來的；而結尾的「儀刑文王，萬邦作孚」，則是在長篇敷演過後，重申一次對文王的肯定與讚美，不單總結了全詩的內容，同時亦於詩歌的最後部分加強讀者的印象，以致讀者不會在漫長而多角度的內容中有所迷失。詩人還能夠藉由前後如一的寫法，重申一次自身的觀點與立場，控制後世的詮釋方向，避免誤會或歧解。

大雅．生民

一、試判斷以下詩句中畫線部分之詞性：

（1） 會伐平林：動詞，釋作適逢，此處謂適逢伐林之事。

（2） 胡臭亶時：名詞，釋作氣味，此處謂強烈的香氣確實美好。

（3） 庶無罪悔：副詞，釋作幸好，於此修飾下接之動詞「無」，即謂幸好沒有罪過與遺憾。

二、以下詩句中的畫線部分出現詞性轉換，試闡釋之：

（1） 鳥覆翼之：本作名詞，釋為翅膀，此處轉為動詞，釋為翼蔽，即以翅膀覆蓋事物，以保護之，於此即謂雀鳥翼蔽剛出生的后稷。

（2） 誕后稷之穡：本作名詞，釋為成熟的穀物，此處轉為動詞，釋為種植穀物，參與農事，於此即謂后稷參與農事。

三、以下詩句使用了代詞，試說明其實際指向：

（1） 誕寘之隘巷：釋作「他」，此處指向剛出生的后稷，謂把剛出生的后稷棄置於窄巷中。

（2） 厥聲載路：釋作「他」的，此處同樣指向剛出生的后稷，謂后稷的哭聲傳及路上。

大雅·蕩

一、試判斷以下詩句中畫線部分之詞性：

（1） 下民之辟：名詞，釋作君主，此處謂一眾下民的君主。

（2） 其命多辟：為「僻」假借字，作形容詞，釋為邪僻，此處謂君主的政令充滿邪僻。

（3） 小大近喪：副詞，釋作將會或近乎，此處用於修飾下接之動詞「喪」，謂「不論大小事情，都將要或幾乎失敗」，或者「不論是大小官員，都將要或幾乎喪失之」。

二、以下詩句使用了代詞，試說明其實際指向：

（1） 女興是力：即「汝」，第二人稱代詞，釋作你，此處指向殷商的君主，甚至是末代的商君紂王，謂向其作出呼告，指出「你的興起是依靠自身努力的」。

（2） 而秉義類：即「爾」，第二人稱代詞，釋作你，此處同樣指向殷商的君主，謂「你把持良善一類的人」或者「你把持邪曲之念」。

三、詩中多次使用「咨女殷商」一句，行文中亦多使用第二人稱代詞。這是甚麼修辭手法？其效果又是如何的呢？

詩中多次用「咨女殷商」一句，行文中亦多用第二人稱代詞，實為呼告手法，即敘述者直接向讀者或其他特定的對象發言，呈現出如同親身對話一般的效果。在詩歌中，即如「咨女殷商」一句所示，呼告的對象為殷商的君王。敘述者直接面對殷商的君王，斥責其不懂感謝上天賜其興盛的恩德，反而處處失德而行，最終失去官員和百姓的支持，甚至斷送國運，並藉此含沙射影地告誡真正在位的周王。這種寫法的效果是脫離原來的敍述語氣，改以對話的話氣表達一己想法，同時流露充沛的情感。例如，在「咨女殷商」一句中，敍述者就使用了「咨」這個歎詞，以個人發言的形式直接表現出憂傷的語氣。如此即能生動且靈活地表達感情，亦能直接地扣連特定的宣泄對象，令詩歌的抒情效果更見明確和有力。

大雅．烝民

一、試判斷以下詩句中畫線部分之詞性：

（1） 天生烝民：形容詞，釋作眾多，此處謂眾多的子民。

（2） 袞職有闕：副詞，釋作偶然，此處用於修飾下接之動詞「有」，形容此動作發生的頻繁程度，即謂龍紋禮服偶有破損。

（3） 以慰其心：動詞，釋作慰藉，此處謂慰藉他的心靈。

二、以下詩句中的畫線部分出現詞性轉換，試闡釋之：

（1） 柔亦不茹：本作形容詞，釋作柔軟，此處轉換為名詞，指稱柔軟的食物。

（2） 不畏彊禦：本作形容詞，釋作強橫暴虐，此處轉為名詞，指稱強橫暴虐的人。

三、以下詩句使用了代詞，試說明其實際指向：

（1） 纘戎祖考：即「你」，此處指向仲山甫，即對他說「延續你的祖先的功德」。

（2） 仲山甫將之：即「它」，此處指向上一句「王命肅肅」之「王命」，即謂「仲山甫執行王命」。

‖周頌、魯頌、商頌‖

周頌·清廟

一、試指出以下詩句畫線部分之詞性：

（1） 秉文之德：動詞，釋作持守，此處謂持守文王之德，或者持有文德的人。

（2） 對越在天：介詞，位於「天」之前，用以表示「天」就是事物所處的位置，意處「在天」謂文王之靈所處的位置就是天上。

（3） 駿奔走在廟：副詞，釋作急速，於此用作修飾動詞「奔走」，謂執行此動作時的狀態，即「急速地奔走」。

二、以下詩句之畫線部分出現了詞性轉換，試解釋之：「肅雝顯相」

「相」本作動詞，謂協助，此處轉為名詞，謂出手協助的人。

三、本詩旨在歌頌周文王的德行，然篇幅不大言此，反而多寫與祭祀相關的人事。這是甚麼寫作手法呢？

本詩旨在歌頌周文王的德行，然篇幅反而多寫與祭祀相關的人事，其實是使用了正襯手法，即從祭祀之盛大與祭祀參與者的反應，反映出文王是多麼教人尊敬。例如，本詩寫參与者的神情皆是「肅雝顯相」，可見眾人認真看待此活動。而「濟濟多士」一句亦見出是次活動投入了大量人力，場面盛大，亦可知全國上下對祭祀文王之事的重視。再如「駿奔走在廟」亦由動態描寫反映出參與者如何表達出心中對文王的敬意。由這些反應觀之，即可教讀者明白文王是一位偉人，以致國人都會這樣全情投入地祭祀和歌頌他。

周頌·時邁

一、試指出以下詩句畫線部分之詞性：

(1) 時邁其邦：動詞，釋作出巡，此處講出巡諸侯國。
(2) 肆於時夏：動詞，釋作施行，此處謂施行於華夏大地。
(3) 我求懿德：形容詞，釋作美好，此處謂美德。

二、以下詩句之畫線部分出現詞性轉換，試闡釋之：

(1) 昊天其子之：本作名詞，為兒子，此處轉換為動詞，謂當某人作兒子。
(2) 載櫜弓矢：本作名詞，指稱古人用於收集盔甲或弓矢的大袋子，此處轉換為動詞，謂收集弓矢的動作。

三、以下詩句之畫線部分用了代詞，試指出其指向：

(1) 昊天其子之：此處謂周武王，即上天以周武王為兒子。
(2) 允王保之：此處謂上文之「是夏」，即確實是周武王保護了這片華夏土地。

周頌·敬之

一、試指出以下詩句畫線部分之詞性：

(1) 敬之敬之：動詞，釋作警戒，此處謂警戒它。
(2) 日監在茲：副詞，釋作每天，此處用於修飾下接之動詞「監」，謂上天於此地每天監察我們。
(3) 日就月將：動詞，釋作前往或成就，此處用於描述主語「日」的動態，謂太陽前往天上，或者太陽有所成就。

二、以下詩句之畫線部分用了代詞，試指出其指向：

（1） 陟降厥士：釋作他的，其指向按對句意的理解而有所不同，或謂對應第二句的「天」，謂上天的使者，或者對應周室自身，謂周室的政事。

（2） 日監在茲：釋作此，指向此處、此地，即謂上天每日都在此處監測人間。

三、以下詩句於句子結構的層面上用了甚麼修辭手法，試闡釋之：「敬之敬之」

此處使用了反覆的手法，即連續重複使用了「敬之」一語。其效果在於產生強調的作用，加強語氣，於此就是強調警戒這行動之重要，以引起聽者關注。且此句為全篇的開首，如此寫來更有先聲奪人的效果，令人留下深刻印象之餘，亦會提供其警覺，從而更認真和小心地注意往後的內容。

魯頌．有駜

一、以下詩句之畫線部分出現了詞性轉換，試解釋之：「在公載燕」

燕與「宴」相通，本作名詞，釋作宴會，此處轉為動詞，謂舉辦宴會，即在國公的處所舉辦宴會。

二、以下詩句之畫線部分使用了借代手法，試解釋它們的實際指向：

（1） 駜彼乘黃：釋作黃色，在此形容馬匹的毛色，故其實際代表那些拉車的黃馬。

（2） 夙夜在公：釋作國公，其實際指向為國公的處所，因為「公」

是此處所的主人家，所以為詩人用作借代詞。

（3） 振振鷺：本意是一種雀鳥，在此則是指向由其羽毛製成的舞具。（案，其實把「鷺」理解為借喻亦可。如此，詩歌所稱則非舞具的代稱，而是直接比喻舞者為鷺鳥。）

三、一如其他《詩經》作品，本詩使用了疊章法。試分析之，並評論其效果。

一如其他《詩經》作品，本詩使用了疊章法，即各章採取大致相同的結構，僅變換特定位置的字眼。觀乎本詩的三章，其實其疊章法不算穩定。固然，第一章和第二章的結構是相當相似的，即其單數句皆是相同的，雙數句則變換了個別字眼，如「醉言舞」換作「醉言歸」，「鷺于下」換作「鷺于飛」等等。然而，及至第三章，變化顯然增多。它一方面仍然重複了前兩章的「有駜有駜」和「于胥樂兮」等，亦按前兩章的模式變換字眼，如首章的「駜彼乘黃」，次章的「駜彼乘牡」變為此章的「駜彼乘駽」等。然另一方面，它又有前章未見的句式，即「自今以始。歲其有。君子有穀，詒孫子」一節，其字數、句式皆與前章不同。與此同時，細觀三章的韻腳分佈，其實亦有不同，即首章和末章都有五個韻腳，但第二章只有四個，其第五句「振振鷺」的句末未如第一章般入韻。因此，本詩所用的並非最嚴謹的疊章法。

商頌·玄鳥

一、試指出以下詩句畫線部分之詞性：

（1） 方命厥后：副詞，釋作遍及、全面，於此用作修飾後表之動詞「命」，即把命令遍告於四方諸侯的意思。

（2） 殷受命咸宜：形容詞，釋作適合，此處講都很適合的意思。

(3) 百祿是何：動詞，釋作承受、承擔，此處謂蒙受無數的福氣。

二、以下詩句中的畫線部分使用了代詞，試解釋其實際指向：「方命厥后」

厥，釋作其、它的，此處對應上句「正域彼四方」中「四方」，即謂商人征服了四方之後，便把命令遍告四方的諸侯。

三、試指出本詩的韻腳分佈。

本詩的韻腳多見於句末，然由於本詩未有採取疊章法，所以其於各句的分佈實無明確規律。本詩合計有四組韻腳，第一組為「商」「芒」「湯」「方」，屬於上古音的「陽」部韻；第二組為「有」「殆」「子」「里」「止」，屬上古音的「之」部韻；第三組為「勝」「乘」「承」，屬上古音「蒸」部韻；最後一組屬於上古音「歌」部，「脂」部構成的通韻，即「祁」「河」「宜」和「何」。

責任編輯：楊　歌
裝幀設計：龐雅美
排　　版：黎　浪
印　　務：劉漢舉

中學生◉◉文言經典選讀

詩經

編著
陳煒舜　凌頌榮

出版
中華教育
香港北角英皇道 499 號北角工業大廈 1 樓 B
電話：(852) 2137 2338　傳真：(852) 2713 8202
電子郵件：info@chunghwabook.com.hk
網址：http://www.chunghwabook.com.hk

發行
香港聯合書刊物流有限公司
香港新界荃灣德士古道 220-248 號
荃灣工業中心 16 樓
電話：(852) 2150 2100　傳真：(852) 2407 3062
電子郵件：info@suplogistics.com.hk

印刷
美雅印刷製本有限公司
香港觀塘榮業街 6 號海濱工業大廈 4 字樓 A 室

版次
2020 年 12 月第 1 版第 1 次印刷

規格
16 開 (210mm x 153mm)

ISBN
978-988-8676-65-1